AF392875

Mia Antiere

A princesa Coreana

The Books Editora

Editora Chefe: Waldineia Oliveira Gomes
Capa: Crys Magalhães
Revisão: Miriam Aguiar
Diagramação: Cris Spezzaferro

Dados Internacionais de Catalogação na Publicação (CIP)

A629p	Antiere, Mia
	A Princesa Coreana / Mia Antiere.
	1. ed.Unaí, MG : The Books, 2019.
	ISBN 978-85-54906-30-6
	1. Ficção brasileira 2. Romance. I. Título

CDD: B869-3

CDU: 82-3

The Books Editora
Rua Três 572 – 38610–000 Santa Luzia
Unaí/MG
Site: www.thebookseditora.com.br

Dedico a todos os apaixonados por doramas e k-pop.

Você fez disparar o meu coração, minha irmã, minha noiva; fez disparar o meu coração com um simples olhar, com uma simples joia dos seus colares.
Cânticos 4:9

Prefácio

Ser convidada para escrever este prefácio me causou uma alegria sem tamanho. Sinto-me honrada em participar desse singular momento de produção de uma obra da qual me tornei fã antes mesmo de ler.

Me atrevo a dizer que é a realização de um sonho ter meu nome gravado aqui, pois foi através do livro **O Príncipe Coreano** (primeira obra da autora inspirada em doramas) que conheci o mundo dos dramas asiáticos e do K-Pop.

Percebo pela escrita da autora que a mesma se entrega ao criar os personagens e suas histórias. É como se ela deixasse uma trilha de pistas sobre o que ama, sobre o que pensa e o que acredita.

O amor de Mia pela cultura oriental está explícito em cada página.

Durante a leitura me emocionei. Fiquei encantada e irritada em muitos trechos. Encantei-me com o crescimento dos personagens mesmo diante das maiores adversidades. Adorei acompanhar suas descobertas, seus amores, suas conquistas. Senti como se o próprio amor narrasse a história da princesa e do herdeiro. Narrasse sem medos e sem falsidades dando a certeza de que mesmo quando tudo parecia perdido em uma página na outra tudo seria resolvido.

Apesar da máscara de menina má que a personagem principal usa inicialmente, suas conquistas e suas ações demonstram a beleza da diversidade humana e um profundo poder de superação.

É um texto cheio de esperanças e de posições reflexivas sobre como os personagens lidam com assuntos como família, carreira, lutas e realizações; e em como expressam suas esperanças.

Para mim esse livro é um hino de afirmação do poder do amor, um hino sobre a capacidade de todos em se superar sempre. Claro que tem aqueles personagens que nos faz querer entrar no papel e bater neles, mas são ofuscados pelas cenas que fazem suspirar. Me senti a Dona Florinda perto do Professor Girafales enquanto lia; suspiros e mais suspiros.

Recomendo *A Princesa Coreana* a todos, não só aos dorameiros e dorameiras, a todas as pessoas que sabem nutrir esperanças no amor. Saímos deste livro absolutamente tomados pela urgência de mergulhar noutras tantas páginas ou doramas.

Chloe Reymond - autora do livro Wrong wife

Nasce um herdeiro

Pohang, 1992

Cha Yang Mi sem esforço convenceu o marido a passarem os primeiros meses de vida do filho na casa dos pais dela em Pohang. Ela queria a participação dos avós na criação do primogênito e pretendia usar esses dias para convencê-los a se mudarem para Seul.

O nascimento da criança foi uma festa, mas o parto complicado a deixou fraca. Ela só voltou para casa após alguns dias internada no hospital.

Kim Hyun Su costumava viajar para Seul constantemente por causa dos negócios da empresa. Ele estava à frente da Dreans; uma multinacional sul-coreana de lojas de departamento fundada por seu pai há cinquenta anos e que já conta com mais de quinze mil lojas espalhadas em diversos países. Seu pai afastou-se da empresa poucos anos atrás com a certeza de dever cumprido e de que seu império estaria seguro nas mãos do filho mais velho.

Durante as viagens do marido Cha Yang Mi ficava com seus pais e com Ga-eul, uma babá recentemente contratada para ajudar a família.

No primeiro dia em que Cha Yang Mi dormiu na casa de seus pais, após o nascimento do bebê, todos estavam presentes.

Era madrugada quando ela sorrateiramente foi até o quarto do filho. Segurou a criança nos braços com carinho e caminhou pela casa admirando e conversando baixinho com ele, ninando seu sono. Sorria diante de seu primeiro filho de um casamento cheio de amor.

Ga-eul também estava acordada e, sem a patroa perceber, a olhava com um misto de sorriso e preocupação na face.

— Meu bebê. Você é ... – Cha Yang Mi começou a dizer, mas foi interrompida pela voz da babá:

— A senhora precisa descansar. O parto foi complicado e mesmo que tenha recebido alta não pode se descuidar para se recuperar logo e curtir seu filho.

— Sei que no momento pareço uma criança desobedecendo os pais, mas é tão difícil simplesmente dormir sabendo que ele está tão próximo. Minha vontade é ficar só assim; olhando esse rosto lindo para sempre.

Ga-eul sorriu.

— Imagino como se sente. Também sei que vai se sentir muito pior se despertar de manhã sem forças para ao menos um passeio no jardim com seu principezinho.

— Você tem razão Ga-eul – mesmo sabendo que ela tinha razão não queria se afastar de seu filho. Ainda que seu corpo reclamasse para voltar para a cama queria continuar contemplando o sono dele.

— Deixe-me levá-lo para o quarto – Ga-eul estendeu os braços.

Relutante ela entregou o filho depois de beijar sua testa.

Observou a babá sair com a criança cantando sobre belas aventuras antes de voltar para o quarto onde o marido dormia tranquilamente, encostar a cabeça no travesseiro e dormir.

Ga-eul tinha planos que em nada incluía levar o garoto ao quarto dele.

Desde que começou a trabalhar para a família, meses atrás, ela sentia apenas três coisas pelos seus patrões: ciúmes, inveja e raiva.

Tinha inveja da vida que eles levavam. Raiva por saber que nunca alcançaria nada daquilo e ciúmes ao ver que mesmo que tivessem muito dinheiro ainda tinham sorte no amor e na família.

Esses sentimentos chegavam a causar insônia nela. Saber que trabalhava como louca para manter uma família e um na-

morado boêmios ajudava a intensificar o sentimento de inferioridade.

Quando seu namorado sugeriu o sequestro do bebê para pedir uma recompensa ela até pensou nas consequências, mas se viu aceitando quando ele disse:

— Vamos mudar para um lugar tropical e viver com o dinheiro do resgate. Ninguém precisa se machucar. Vai ser o fim da vida miserável que levamos.

— Como faríamos isso? – o medo de passar o resto dos seus dias presa e a possibilidade de passá-los vivendo como rainha fazia seu coração disparar.

— Tenho alguns contatos. Deixa comigo – disse animado. – Assim que tiver uma chance roube o bebê e o resto deixa comigo. Vou tratar do resgate e da nossa fuga.

— Você faz parecer fácil – tinha dúvidas sobre os tais contatos do namorado.

— Sei que seus chefes confiam em você. E você é esperta. Vai sair da casa com a criança sem ser pega. Só precisa fazer isso.

Pois se me pegarem você cai comigo – pensou já planejando como sairia da casa com o bebê sem ser pega por um dos três guardas que mantinham a segurança.

Enquanto recordava o que combinou com o namorado, ela saiu com a criança pela porta dos fundos onde o segurança dormia ao invés de vigiar e onde quebrou as câmeras mais cedo. Tinha que entregar o bebê e voltar antes de alguém acordar para não ser considerada suspeita.

Seu plano era voltar e aplicar um boa noite cinderela em si mesma usando uma seringa para parecer que foi atacada na cama antes que pudesse gritar ou reagir. Seguraria com a manga da blusa para evitar digitais.

Nada saiu como planejado.

Seu namorado não conseguiu contar para ela que não tinha conseguido ajuda; que seus conhecidos, apesar de possuírem históricos de crimes, não mexiam com pessoas no nível do magnata da Dreans.

Quando ele recebeu a ligação para encontrá-la no local marcado, pois já estava com o bebê, ele se entupiu de álcool para conseguir coragem de contar que o plano não daria certo, que ela teria que dar meia volta com a criança.

Era alta madrugada. O local onde se encontrariam era um ponto de ônibus. Ela deixou a cesta com o bebê em cima do banco e foi para o meio da rua ver melhor se ele estava vindo.

O tom de voz dele durante a ligação mostrava claramente que estava embriagado e isso a deixou muito apreensiva.

Ela viu o carro dele se aproximando e fez sinal, mas ele estava tentando pegar uma latinha de cerveja que caiu perto do seu pé e não viu que ela estava na rua. Acabou passando por cima dela.

Quando se deu conta do que fez ele ficou desesperado com medo das consequências do atropelamento e do sequestro. Olhou para todos os lados e fugiu deixando a mulher caída e o bebê chorando em uma cesta no banco do ponto de ônibus.

Um casal vinha passando perto do ponto de ônibus quando ouviram o choro do bebê.

Eles estavam hospedados em uma pousada próxima onde passavam alguns dias de férias. Estavam caminhando antes de pegar o carro e seguir o caminho de volta para a cidadezinha no interior onde moravam. As férias era uma forma de aliviar a tristeza ao descobrirem que não poderiam ter filhos.

Ouvir o choro da criança naquele lugar em plena madrugada foi, para eles, como se estivessem tendo alucinações.

Se aproximaram e ao perceber a cesta sentaram no banco para proteger a criança até o retorno dos pais. Acreditavam que fosse alguém que estava entre os curiosos no acidente logo a frente.

A esposa viu um pedaço de papel no chão e num impulso pegou.

Era a foto de uma mulher. Ela se aproximou do acidente e teve certeza que a mulher na foto era a mesma sendo socorrida.

— Ela está morta – ouviu alguém dizer.

Voltou para o ponto de ônibus e esperou por mais alguns minutos. Ninguém parecia dar atenção a eles ou ao bebê.

— Querido, acho que esse bebê foi abandonado ou é da mulher atropelada.

— Então devemos avisar para as autoridades.

— Não. Você não percebe? Foi Deus quem enviou essa criança para nós.

— Querida, mesmo que a mãe tenha morrido pode existir um pai preocupado ou avós.

— Que família anda por aí com uma criança em uma cesta de madrugada? Essas pessoas não merecem ter filhos.

— Ainda assim não podemos pegar o bebê e agir como se fosse nosso.

— Eu posso – ela pegou a cesta e saiu andando em direção a pousada.

— Querida, espere!

O marido ainda tentou argumentar, mas nada parecia penetrar a crença da esposa de que estava ajudando uma criança indefesa.

Se viram saindo de Pohang com uma criança e a possibilidade de serem presos acusados de sequestro.

Para alivio do casal que levou a criança e desespero dos pais dos quais ela foi tirada parecia que o destino não queria que o garoto fosse encontrado. Era como se nenhuma câmera funcionasse por onde o bebê passava, como se ninguém o visse.

Os policiais foram atrás da família da babá suspeita do sequestro. Descobriram que ela havia planejado tudo com o namorado, mas apesar de prendê-lo não descobriram nada sobre o paradeiro da criança. Era como se ele houvesse simplesmente evaporado no ar.

Deu em todos os meios de comunicação do mundo sobre o sequestro do herdeiro de uma das famílias mais poderosas da Coreia do Sul, inclusive Kim Hyun Su ofereceu uma recompensa para quem trouxesse informações que levassem ao paradeiro do filho, mas parecia que o destino não queria que ele fosse encontrado, pois as notícias não alcançaram o casal que por fim adotou o menino com a ajuda de familiares e de um amigo assistente social que acreditaram na história inventada de que o bebê foi deixado na porta deles.

O bebê estava muito longe de Seul e de Pohang, em uma cidadezinha interiorana onde as pessoas não se importavam com as coisas que aconteciam nas grandes cidades ou com o que era noticiado na televisão. Onde todos se ajudavam facilitando suas vidas.

Cheios de tristeza, os pais de Cha Yang Mi se mudaram, mas não para Seul. Mudaram-se para uma fazenda no interior para onde ela ia toda vez que a tristeza se tornava insuportável. Eles se culpavam pelo que aconteceu, pois haviam indicado a babá para a filha.

Todos da família tornaram-se tristes e fechados.

Nasce uma estrela

Pohang, 1994

Byeol com o pequeno embrulho nas mãos andava pelas ruas de Pohang a noite até chegar a praia.

As pessoas mal olhavam para ela.

Se soubessem quem sou.... – pensava consigo mesma.

Por trás da peruca preta, dos óculos feios de grau e da roupa de bazar havia uma celebridade disposta a voltar ao auge depois de meses de reclusão.

A criança em seus braços dormia alheia aos seus planos.

Quando descobriu que estava grávida do homem que abandonou por causa da sua carreira ela sentiu como se o mundo tivesse acabado. Porém seu empresário estava lá para apoiá-la.

Não o apoio que ela precisava, mas o apoio que ele achava que a carreira dela precisava.

Ele a ajudou a esconder a gravidez ao perceber que ela não aceitaria fazer aborto. Byeol era sua maior fonte de lucro, uma das estrelas mais badaladas da atualidade no mundo musical; ele não pretendia perder sua *galinha de ovos de ouro* por causa de uma gravidez indesejada. Inventou que ela estava doente, com um grave transtorno alimentar, quando a barriga começou a aparecer e ela se afastou dos compromissos. Permaneceu escondida com os pais que acreditavam que ela pelo menos os deixaria ficar com o bebê e os ajudaria com uma substancial mesada. Ledo engano.

— Você devia me agradecer criatura. Deve me agradecer por eu ainda ter a boa vontade de te deixar onde alguém possa te encontrar – continuava falando com a bebê como se ela entendesse sua situação e aceitasse.

— Você quase destruiu minha carreira. Tive que me esconder durante meses por sua causa, mas agora vou atrás de conquistar tudo que quase perdi por uma simples aventura com um pobretão.

— Eu poderia contar para Dong-yul e te deixar ser criada como uma pobre, mas jamais arriscaria ser desmascarada por vocês. Sinto muito, mas você está por sua própria sorte.

O risco de ser ligada a um escândalo era o que fazia com que ela não entregasse a criança diretamente a alguém, muito menos seus pais. Na verdade, já tinha combinado com seu empresário que ao voltar cortaria os vínculos com os pais que só demonstravam querer explorá-la. Ele se prontificou a contratar o melhor agente para ela. Já tinha planejado tudo. Havia um mega show programado anunciando o retorno da aclamada estrela. Ele fez questão de que seus fãs acompanhassem a recuperação dela através de transmissões, fotos e matérias. Porém nada que deixasse a barriga aparecer.

Ela só conseguia pensar no seu retorno aos palcos enquanto andava lentamente com a garotinha nos braços.

Quando chegou próximo a escultura da **Mão da Harmonia**[1] olhou para os lados observando se havia alguém por perto e, depois de confirmar que não havia testemunhas, colocou o embrulho na areia e se afastou sem olhar para trás.

Para sorte da bebê as ondas não chegavam até onde ela estava. Byeol a havia deixado longe o suficiente das ondas e visível o suficiente para a próxima pessoa que passasse a encontrasse.

Algum tempo depois o barulho do despertar da cidade e o frio das ondas se aproximando acordou a criança que ao se perceber sozinha usou seu único artificio; chorar.

Ela chorava cada vez mais alto.

---

1 Mão da Harmonia: escultura de bronze de um enorme braço saindo da água.

Dois anos depois do sequestro do seu primeiro e único filho Kim Hyun Su voltou a Pohang. Ele continuava voltando lá sempre que podia. Conversava com os policiais da cidade, distribuía as únicas fotos que tinha do filho em pontos estratégicos e lamentava a perda.

Os policiais de certa forma já haviam desistido. Crimes aconteciam todos os dias e eles consideravam mais útil usar a força policial para combater esses crimes ao invés de procurar uma criança que havia sumido sem deixar rastro.

Até mesmo o investigador particular que Kim Hyun Su contratou o havia orientado a desistir, pois não conseguiu nenhuma pista, mas ele se negava a aceitar que não encontraria o filho.

Depois de um dia de busca infrutífero Kim Hyun Su andava pela praia de madrugada aproveitando o pouco movimento das pessoas para deixar as lágrimas descerem livremente. O dia estava quase amanhecendo.

Imaginava se o seu filho estaria bem, se teria fome ou frio.

Sua dor era tão grande que ele parecia ouvir um choro de criança. Relacionou aos seus pensamentos tristes e continuou andando, mas logo o choro se tornou mais forte. Ele ficou intrigado, pois não havia ninguém por perto. Muito menos alguém com uma criança.

Olhou para todos os lados até que viu um embrulho estranho e seguiu na direção dele. Quando viu que era um bebê sentiu seu coração disparado com a possibilidade de ser seu filho. Na hora nem lembrou que seu filho já teria dois anos e aquele era um recém-nascido.

Chorou com a criança nos braços.

O cobertor cor de rosa que a cobria estava molhado. As ondas chegaram próximo o bastante para umedecer a areia e, consequentemente, o tecido.

O lado lúcido conseguiu se fazer mais forte em Kim Hyun Su e ele levou a criança para a delegacia que acompanhava o caso do seu filho perdido.

Foi uma grande surpresa para os policiais a entrada do magnata com um bebê nos braços.

Descobriram que se tratava uma garotinha sem nenhuma pista que identificasse a sua família.

Kim Hyun Su acompanhou tudo sobre a menina nos dias seguintes. Já encantado com a criança e com o apoio de sua esposa ele conseguiu adotá-la depois que os esforços para encontrar os pais ou familiares foram em vão.

Quando ele finalmente entrou em sua casa com a bebê em seus braços foi como se a vida, que havia sido levada com seu filho, retornasse. A saudade ainda permanecia. A busca permanecia incansável, mas dessa vez havia uma semente de vida que os fazia sorrir e lhes dava forças para prosseguir. Alguém para quem dedicar o imenso amor que possuíam.

Um encontro no bar

Seul, muitos anos depois

Park Sung Woo olhou o relógio de pulso pela décima primeira vez no intervalo de quinze minutos. Depois observou seus amigos se embriagando, mas não conseguia entrar no clima. Fariam uma prova muito importante na manhã seguinte e essa não era a melhor forma de se prepararem. Mas seus amigos não conseguiam relaxar, então cedeu quando eles convidaram para uma bebida.

Sang e Yong eram seus melhores amigos; e para eles Park Sung Woo era apenas Sung.

Enquanto fingia dar atenção a conversa dos amigos ele observava o rapaz de boné preto na mesa à frente.

Percebia que algo estava fora do lugar naquele rapaz. As unhas dele estavam pintadas de rosa e a voz, mesmo embargada pelo álcool, era feminina demais.

Não era uma questão de preconceito. Nunca foi preconceituoso. Só tinha a estranha sensação de que algo estava errado naquele cenário. Além disso, estava hipnotizado pelos lábios daquele garoto e isso não costumava acontecer. A última vez em que quis beijar alguém com tanta intensidade foi quando se apaixonou por sua professora quando tinha quinze anos. Como na época era tímido e nem um pouco tolo não se declarou, pois sabia que seria rejeitado delicadamente como tinha acontecido com outro aluno apaixonado.

Depois dela seu coração nunca mais acelerou e apesar de muitas garotas se mostrarem interessadas ele preferia ser homem de uma só mulher como o seu pai que costumava contar que soube que sua mãe era a mulher da sua vida com apenas um olhar.

Ele se lembrava disso enquanto permanecia observando o garoto.

A curiosidade era tamanha que ele quis sentar mais perto para confirmar se realmente aquela boca era tão perfeita quanto parecia.

Viu o rapaz levantar, arrastar a cadeira e sentar ao lado da menina que estava com ele. Nesse processo a mochila preta que ele carregava caiu no chão. Ele não pareceu se importar. Abraçava e beijava o rosto da companheira dizendo coisas que Park Sung Woo não conseguia ouvir de onde estava por causa da música alta.

— Vamos embora, tá difícil se divertir só pensando em notas e notas. Onde você deixou sua moto? – seu amigo Sang perguntou.

Não houve resposta.

— Park Sung Woo – Sang enfiou a cara na frente do amigo depois de fazer a mesma pergunta duas vezes.

Park Sung Woo o encarou:

— O que disse?

Sang se virou para onde ele olhava antes e questionou:

— O que tem de tão interessante naquela mesa?

Yong também olhou e comentou cheio de malícia:

— O rapaz ou a namorada dele?

Todos riram brincalhões.

Park Sung Woo pensou um pouco na resposta, pois não tinha ideia do motivo de estar mais interessado no namorado da garota.

A música havia sido desligada indicando que queriam fechar o bar.

Antes que Park Sung Woo pudesse responder as provocações dos amigos viu que dois homens passaram pela mesa do rapaz e um deles tropeçou na mochila que ele havia deixado no chão.

Esquecido da pergunta do amigo Park Sung Woo acompanhava tudo.

— Ei, olha por onde anda! – o estranho garoto disse alto demais com sua voz feminina embargada pelo álcool.

Ele não parecia ter força para lutar contra ninguém.

Naquele momento o bar estava quase vazio.

O cara rosnou, mas olhou ao redor e recebeu uma encarada do dono do bar. Era um aviso de que não queria confusão em seu estabelecimento. Ele então sorriu e piscou para a garota ao lado do rapaz antes de sair.

Ela fez cara de nojo e o namorado apenas riu alto.

Park Sung Woo decidiu parar de olhar o casal e deu atenção aos seus amigos.

— Estava olhando ao redor para esquecer a bendita prova – mentiu.

Seus amigos aceitaram a mudança de assunto sem questionar. Também estavam preocupados. O professor tinha fama de carrasco. Havia até lendas de que alunos suicidavam por causa das provas dele.

Eram só lendas, mas ainda assim o fato de que ele costumava ser rigoroso em suas avaliações era real.

— É. Se você não for bem seus pais morrem e depois voltam para te matar – Yong comentou.

— *Meu filho, você nunca tirou uma nota baixa. O que houve? Me esforcei tanto para você ser alguém na vida* – Sang tentou imitar a mãe do amigo.

Pensando nos pais que não dormiam enquanto ele não chegava Park Sung Woo declarou:

— Vamos terminar essa cerveja e encerrar por hoje. Voltaremos para comemorar quando anunciarem nossas excelentes pontuações.

Enquanto bebiam ele viu o casal saindo. A menina parecia estar com dificuldade para arrastar o namorado.

Cinco minutos depois Park Sung Woo despediu de seus amigos na porta do bar. Viu eles pegarem um táxi e partiu em direção a onde estava a sua moto.

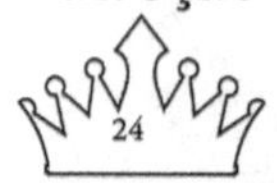

Se eu for aprovado vou beber até precisar de um táxi – pensava fazendo uma prece.

Ao virar a esquina viu a cena a sua frente e soube porque não houve briga mais cedo no bar.

O garoto de unhas pintadas e namorada estavam cercados por quatro caras. Dois deles eram os que Park Sung Woo havia visto no bar.

Os dois empurravam o rapaz provocando:

— Como pode uma bichinha fracote como você ter uma namorada tão linda?

— Fique longe dela! – o rapaz ordenou colocando o dedo na direção da cara do agressor.

A atitude só fez os caras rirem.

Park Sung Woo viu o rapaz se preparar para a briga, mas estava bêbado demais. Parecia um boneco de pano mole.

Um empurrão o jogou no chão.

— Nos deixe em paz. Socorro! – a menina gritava desesperada vendo o parceiro no chão.

Park Sung Woo olhou para todos os lados na esperança de que alguém aparecesse para espantar os baderneiros. Parecia de propósito o fato de não ter mais ninguém por perto.

Os dois homens chutavam as pernas do garoto no chão.

— Levanta bichinha! – provocavam.

Enquanto isso os outros dois impediam que a menina chegasse perto segurando-a pelos braços.

Ela lutava para se soltar e gritava por socorro.

— Eu vou me ferrar – Park Sung Woo resmungou enquanto ia ao socorro dos dois.

— Ei, parem com isso! – gritou se aproximando.

— Meta-se com sua vida – dois deles gritaram praticamente ao mesmo tempo.

— Já disse para deixá-los em paz – apesar de não estar nada confortável com a situação ele não pretendia recuar e deixar duas pessoas, nitidamente mais fracas que os agressores, serem molestadas.

Como resposta um deles veio para cima de Park Sung Woo que revidou com golpes de Muay Thai o derrubando sem muita dificuldade.

Ao perceber que o herói não era nada fraco os outros três ignoraram completamente o casal e atacaram Park Sung Woo.

Em um momento de distração ele levou um soco na boca quase perdendo o equilíbrio. Se caísse sabia que estava perdido. O casal mal dava conta de se livrar de um dos agressores que tentavam afastar de Park Sung Woo usando a mochila do rapaz como arma.

A briga não demorou muito. O barulho do carro da polícia fez os agressores fugirem. Um transeunte havia visto a confusão e ligou para a polícia.

Estranhamente Park Sung Woo se viu correndo para longe seguindo um casal maluco que também fugiu ao ouvir as sirenes. Ele não sabia porque os dois estavam correndo, mas teve medo de ser levado para a delegacia então os imitou.

Os três pararam longe do cenário da briga. Park Sung Woo ainda sentia o gosto de sangue na boca e estava com raiva por ter brigado praticamente sozinho.

— Você está bem Branca? – a menina perguntou analisando o namorado embriagado.

— Então hoje sou a Branca de neve? – a voz feminina demais respondeu.

Park Sung Woo foi ignorado completamente.

Quando ele estava prestes a partir a menina disse:

— Obrigada por nos ajudar! – o olhava com real gratidão. – Me chamo Kim Min Soo e essa ...

— Não foi nada – ele a interrompeu com vontade de ir embora de uma vez. Nem percebeu a palavra *essa*. Tentava não ficar encarando os lábios do rapaz.

O garoto de unhas pintadas apenas olhou de um para o outro.

Virando-se para o namorado a garota chamada Kim Min Soo disse:

— Você devia ter um segurança assim quando decidir sair para suas aventuras.

— Não se sente segura ao meu lado, querida? – ele passou o dedo no rosto dela e riu.

Incomodado com a cena Park Sung Woo começou a andar de volta ao local onde estava sua moto.

— Obrigada! – a menina gritou antes que ele fosse longe.

Ele se virou para acenar. Foi quando aconteceu.

O namorado fez uma exagerada reverência e ao levantar a cabeça mais rápido que o necessário o boné caiu revelando uma touca preta.

— Isso esquenta – puxou a touca e uma cabeleira castanha desceu pelos ombros da pessoa que Park Sung Woo descobriu ser uma garota.

As coisas começaram a fazer sentido na cabeça dele.

A garota disfarçada focou em sua direção como se tivesse dificuldade de vê-lo, como se só nesse momento percebesse sua presença.

— Ops! Meu segredo foi revelado – ela continuava rindo e arrumando o cabelo desajeitadamente.

Não demorou para Park Sung Woo reconhecer a personalidade do momento. A princesa do K-pop que aparecia em cada outdoor por onde ele passava.

Fez sentido minha obsessão pela boca dele – pensou analisando-a da cabeça aos pés. O casaco e a calça frouxa escondiam qualquer curva do seu corpo.

— Vamos, Branca! Vamos providenciar um táxi – Min Soo insistiu com ela.

— Não preciso de táxi. Preciso de soju – resmungou e, parecendo um pouco sóbria, olhou para Park Sung Woo. – E, você? Não vai embora? Quer um autografo?

Ele lembrou de todo desprezo que sentia por pessoas como ela e se virou partindo sem olhar para trás.

Ainda conseguiu ouvir a garota tentando fazer a tal *Branca* decidir ir para casa.

Quis voltar e dizer que ela não se chamava Branca; muito menos era princesa. Não passava de uma esnobe que gasta com besteiras dinheiro que poderia usar ajudando os outros, mas manteve seus passos firmes para longe dali.

Tinha essa visão dos ricos desde seus nove anos de idade. Desde o momento em que um colega ficou doente e morreu em casa por não poder pagar o tratamento de uma doença terminal.

No hospital disseram que ele podia esperar uma vaga no tratamento gratuito, mas ele não aguentou esperar.

Na escola, os pais haviam feito campanhas para ajudar, mas só serviu para perceber que só os que tinham pouco pareciam dispostos a ajudar. Aqueles que trocavam de carro como quem troca de roupa nem sequer olhavam os panfletos que eram distribuídos.

Eles pareciam treinados para fingir que não viam. Park Sung Woo era o mais ativo na campanha para ajudar o colega e presenciar a descaso das pessoas o fez erguer uma barreira em seu coração afastando-o de qualquer pessoa que ele considerasse mais rica que o necessário.

Não que ele fosse pobre. Sua família tinha uma vida estável, seu pai trabalhava em uma fábrica de calçados e sua mãe para ajudar na renda fazia alguns artesanatos para uma vizinha que vendia. Além disso, depois que ficou mais velho Park Sung Woo passou a fazer alguns trabalhos de meio período; como entregas para restaurantes do bairro.

Eles costumavam viver tranquilamente, porém nos últimos dias essa estabilidade estava sendo ameaçada, pois seu pai perdeu o emprego quando a fábrica decretou falência e estava com dificuldade para encontrar outro trabalho.

Isso abalou um pouco Park Sung Woo, mas nada que o desanimasse ou abalasse suas convicções.

Ele continuava literalmente escolhendo seus amigos pelo saldo no banco, os escolhidos eram os com menor saldo.

Na faculdade ele se envolvia com poucas pessoas, apesar de que era onde sempre se encontrava com a pessoa que mais desprezava: Han-gil. Eles eram colegas de curso.

Han-gil costumava se gabar de que morava na mansão do magnata Kim Hyun Su e sempre chegava e partia da universidade em carros caríssimos.

Desde o primeiro dia de aula eles perceberam que não se dariam bem. O jeito esnobe de Han-gil irritava Park Sung Woo e o jeito de dono da verdade de Park Sung Woo irritava Han-gil. Eles viviam se alfinetando e disputavam as melhores notas. Graças a essa disputa a bolsa de estudos de Park Sung Woo permanecia garantida. Suas notas nunca caíam.

Ele vagava em lembranças tentando esquecer a boca da esnobe cantora enquanto pilotava de volta para casa.

Antes do encontro no bar

Era quase fim de tarde quando Ju Hong Ji, agente de Sun Nan-hee, a procurou no estúdio com um recado.

— Aquela cantora Byeol está a sua procura – disse quando a localizou.

— Byeol? – Sun Nan-hee custava a acreditar. Era fã da cantora desde criança. Tinha tudo relacionado a ela. Foi ouvindo as suas músicas que cresceu e se tornou cantora.

— Sei que gosta das músicas delas então pedi para esperar – Ju Hong Ji comentou como se ouvisse os pensamentos da garota.

— Onde ela está? – ela já andava em direção a porta.

— No estúdio 4.

Sem perder nenhum minuto ela saiu correndo para o primeiro encontro com sua cantora favorita.

Entrou no estúdio 4 sorrindo.

Byeol estava sozinha no lugar encostada no vidro que isolava os artistas durante as gravações.

— Queria falar comigo? – Sun Nan-hee perguntou assim que entrou.

Byeol ficou encarando-a. Passeava o olhar da cabeça aos pés analisando-a.

— Apesar de ter o meu talento não é nada parecida comigo. Deve ter puxado a família do seu pai – sua voz saiu amarga. Tinha inveja da juventude da garota. Com trinta e nove anos ela precisava se esforçar para manter a forma e se valia de tintura para esconder os fios brancos que apareciam em seus cabelos castanhos.

Automaticamente ela olhou para trás. Queria ter certeza de que Byeol conversava com ela. As palavras da mulher a sua frente não faziam nenhum sentindo.

Sun Nan-hee abriu a boca para questionar sobre o que ela estava falando, mas Byeol interrompeu dizendo impassível:

— Antes que comece com a ladainha de final de novela vou dizer de uma vez: eu sou sua mãe.

— O que? – Sun Nan-hee não acreditou que realmente ouviu o que achou que ouviu.

— Eu sou a mulher que te deixou, com uma manta bordada com a palavra princesa, na praia da *Mão da harmonia* em Pohang logo que nasceu.

Ela não demonstrava nenhuma emoção em seu tom de voz ou em seu rosto.

Sun Nan-hee estava sem reação. Simplesmente a encarava com olhos arreganhados.

Como ela sabe que fui abandonada? Como ela me encontrou depois de todos esses anos? Ela não pode ser minha mãe! – seus pensamentos estavam confusos.

— Você é uma garota de sorte. Imaginei que fosse comida por algum cachorro de rua ou encontrada por algum bêbado pobre ou até mesmo que fosse levada pelas ondas, mas me surpreendeu e foi encontrada por um dos homens mais rico da Coreia do Sul.

Sun Nan-hee tremia. Mesmo confusa era como se seu coração soubesse que tudo que aquela mulher dizia era verdade. Ela realmente era a mãe que nunca a amou.

As lágrimas queimavam seus olhos. Não conseguia controlá-las. Sequer cogitou a possibilidade de que poderia estar na frente de alguém que desejasse armar um golpe. Ela sabia coisas que somente seu pai e a polícia de Pohang sabiam.

— O que você quer? – conseguiu perguntar com muito esforço. Sua vontade era de sair correndo e fingir que nunca encontrou a mulher a sua frente.

Muitas vezes imaginou um encontro com seus pais biológicos, mas nunca esperou algo assim. Em suas fantasias sempre encontrava uma mulher amorosa que dizia sentir sua falta. A mulher dos seus sonhos chorava dizendo que alguém a tirou dela e que, como a mulher que a criou, vivia à espera do filho perdido.

— Minha carreira não é mais a mesma. Eu quero que me ajude – Byeol respondeu sem rodeios.

— Ajudar você? – ela estava pasma.

— Imagino que revelar que sou sua mãe não vai ser algo bom para minha imagem ou para a sua, mas isso não te impede de me ajudar. Afinal, se não fosse por mim você não existiria – estava disposta a qualquer argumento para conseguir alcançar seu objetivo.

— Você é mesmo minha mãe? – Sun Nan-hee perguntou apaticamente.

— Podemos comprovar se quiser. Isso é algo que um simples exame de DNA resolve – mentalmente Byeol agradeceu ao seu empresário que descobriu onde a filha abandonada estava e lhe deu a ideia de usá-la para voltar ao topo no mundo da música quando sua carreira começou a descer ladeira abaixo.

— Você é mesmo minha mãe? – repetiu. Sentia-se em um pesadelo. – Uma mãe deixaria um filho para morrer em um lugar qualquer? Uma mãe apareceria exigindo algo que não tem direito?

— Eu tenho direito. Eu fiz você – respondeu sem alterar o tom de voz.

— Vá embora! – Sun Nan-hee gritou. – Finja que eu morri naquele dia porque hoje você morreu para mim.

— Eu disse para não ser melodramática. Realmente puxou seu pai – Byeol parecia entediada com a conversa.

A palavra pai despertou a curiosidade de Sun Nan-hee.

— Onde está o meu pai? Quem é ele?

— Possivelmente morto. Não é ninguém – mentiu sem constrangimento. – Já disse o que queria. Quando pensar em uma forma de me ajudar ligue nesse número – colocou um cartão em cima da mesa de madeira que fazia parte da decoração do lugar.

Sun Nan-hee olhou do cartão para ela. Sua tristeza já mesclava a raiva.

Byeol andou até a porta lentamente. Foi só nesse momento que Sun Nan-hee percebeu que sequer tinha fechado a porta. Agradeceu mentalmente por ninguém ter visto a lamentável cena.

Quando estavam lado a lado a mulher se despediu:

— Aguardo seu contato. E lembre-se de nunca contar que sou sua mãe.

Sun Nan-hee ficou parada até que ela fechou a porta atrás de si. Nesse momento um acesso de fúria fez com ela socasse a porta várias vezes até cair de joelhos no chão com as mãos machucadas e o rosto banhado em lágrimas.

Ju Hong Ji viu Byeol passar e, curioso sobre o encontro, foi até o estúdio 4.

Tentou abrir a porta, mas algo impedia. Colocou a cabeça no vão que conseguiu abrir e não acreditou em seus olhos.

— O que houve princesa? – perguntou preocupado.

Como ela não respondeu, com cuidado empurrou a porta o bastante para passar.

— O que houve? – perguntou novamente ao mesmo tempo em que a ajudava a se levantar.

— Traga minha bolsa – ordenou com voz fraca.

Entendendo que ela não queria falar sobre o ocorrido ele foi até o estúdio 7 e pegou a bolsa.

Sun Nan-hee tirou um espelho dela e encarou sua imagem. Estava horrível.

Sob o olhar preocupado de Ju Hong Ji ela começou a se limpar e a fazer uma nova maquiagem, mas outra onda de tristeza a envolveu fazendo com que chorasse novamente e destruindo seu trabalho.

Ela respirou fundo várias vezes para tentar controlar o choro.

Acabou desistindo da maquiagem e colocando os óculos escuros.

— Me leva para minha casa – ordenou.

Ju Hong Ji estava muito preocupado, já tinha presenciado suas crises, mas nada tão violento. Ela costumava quebrar coisas e beber quando estava com raiva de algo. Não chorava, dizia que isso era demonstrar fraqueza.

Assim que chegaram na casa dela ele se prontificou a pegar um kit de primeiros socorros para cuidar das mãos machucadas.

— Esquece isso. Só ficaram vermelhas.

— Quer beber? – era uma oferta para beberem juntos. Várias vezes fizeram isso quando ela tinha crises de tristeza e raiva com o fato de ter sido abandonada covardemente pelos pais.

— Hoje não. Preciso dormir um pouco – mentiu. Naquele momento não queria conversar com ele. – Vá embora.

— Se precisar me liga – em nenhum momento ele acreditou que ela iria simplesmente dormir.

Ela não respondeu.

Mesmo com o coração pesado Ju Hong Ji se foi. Sabia bem a dor que existia por trás da personagem de estrela temperamental que ela criou para si. No mesmo dia em que foi contratado, cerca de cinco anos atrás, o pai de criação dela teve uma longa conversa com ele sobre o que esperar do trabalho. Revelar o passado da filha foi um gesto de confiança que ele jamais quebraria.

Assim que ele saiu Sun Nan-hee se viu quebrando tudo no quarto ao notar o pôster de Byeol na parede. No começo quebrava as coisas relacionadas a ela, mas perdeu o controle e começou a quebrar tudo no quarto.

Encontrava-se em uma situação em que manter as aparências e procurar se iludir de que estava bem não era uma opção.

Cansada se sentou no chão da zona de guerra que virou seu quarto. Precisava esquecer tudo.

Se viu ligando para Min Soo.

— Vamos beber! Preciso muito da minha amiga agora – falou assim que ela atendeu.

— Vamos. Passo na sua casa em alguns minutos - Min Soo percebeu tanta dor no tom de voz da amiga que sentiu lágrimas vindo aos olhos.

Desligou disposta a consolá-la seja lá por qual motivo.

Rapidamente se trocou, pegou um ônibus e foi.

Sun Nan-hee a esperava sentada na escadaria da entrada de sua casa totalmente caracterizada de homem. Vê-la assim fez Min Soo ter certeza de que ela queria beber até esquecer o próprio nome.

O táxi chegou no mesmo momento em que Min Soo. Elas entraram no carro e foram para um bar onde conversaram sobre a terrível descoberta e beberam sem pensar em nenhum compromisso do dia seguinte.

Min Soo de vez em quando reparava na mesa onde havia três rapazes, mas passou a evitar olhar para eles quando percebeu que um deles encarava na direção delas sem parar. Ela temia que a amiga fosse descoberta e houvesse um escândalo em um momento tão delicado, então passou a ignorar os rapazes e dar atenção apenas a sua melhor amiga.

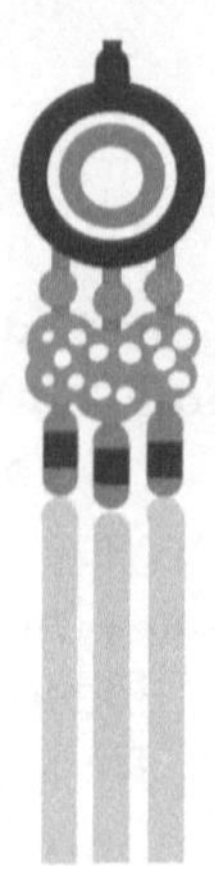

O emprego de segurança

No dia seguinte a bebedeira no bar Sun Nan-hee acordou depois de meio-dia. Sua cabeça latejava de dor e seu estômago parecia ainda pior.

Ouviu um barulho que indicava ter alguém na casa, mas supondo que era seu agente tomou um banho e escovou os dentes para tentar melhorar a ressaca antes de encontrá-lo.

Olhar a bagunça no quarto deixava claro que o que viveu não foi um pesadelo.

Quando entrou na cozinha teve um sobressalto ao ver seu pai no balcão com uma tigela de sopa de broto de feijão.

— Bom dia, minha filha! Sente-se e coma. Depois vamos conversar – era difícil saber se ele estava irritado, pois sua voz sempre suave não demostrava.

— Bom dia! – respondeu tentando esconder qualquer traço de ressaca mesmo sabendo que aquela sopa provava que ele já sabia.

— Coma. Te espero na sala! – ele disse dando a volta no balcão.

— Pode falar pai. Não quero tomar seu tempo – imaginava que ele devia ter muito trabalho na empresa, como sempre.

— Certo – ele parou. – O assunto é minha preocupação com você. Sua amiga Min Soo me ligou logo de manhã porque você não atendia as ligações dela.

Min Soo sua exagerada – pensou.

— Não precisa se preocupar eu estava apenas dormindo – começou a comer em uma tentativa de demonstrar que realmente estava bem.

— Quer que eu não me preocupe depois de saber que bebeu na noite passada e se envolveu em uma briga?

— Não foi nada. Sai sem nenhum arranhão – mentiu. Já tinha percebido lugares roxos em suas pernas enquanto estava no banho.

— Preste atenção! Quando deixei você morar sozinha achei que seria responsável, mas vejo que continua se vestindo como homem e aprontando.

Ela costumava sair por aí vestida como um garoto desde quando começou a ficar famosa. Dizia que assim podia ficar invisível e andar entre as outras pessoas.

— Pai, já disse que não foi nada. Não se chateei, por favor.

— Você vai voltar a morar comigo – declarou.

— O que? – ela abandonou totalmente a sopa e o encarou.

— Isso mesmo que ouviu. Vai voltar a morar comigo. Não vou suportar a preocupação de saber que anda pelas ruas brigando com marginais.

— Essa foi a primeira vez – quis dizer que já tinha vinte um anos e que podia viver como quisesse, mas engoliu as palavras. Jamais diria algo assim ao homem que a salvou e a amou como filha desde então.

— Você nem ao menos anda com o segurança quando sai assim. Precisa de alguma segurança quando vai fazer suas estripulias.

— O segurança é para proteger a artista. Quando me visto daquele jeito quero ser invisível – argumentou.

— Sua amiga me contou tudo o que aconteceu ontem. Minha filha, me ajude. Sei que é uma celebridade, que vive sua própria vida, mas tente entender seu pai. Como acha que eu fico ao imaginar que você pode se ferir?

Sem saber o que dizer ela simplesmente abaixou a cabeça e sussurrou:

— Desculpe.

Pela forma com ele agia, preocupado apenas com sua segurança, ela entendeu que Min Soo contou tudo o que aconteceu, mas não o motivo.

— Vamos fazer assim: contrate um segurança para ocasiões especiais. Alguém que possa acompanhar você e que não dê na cara que se trata de um funcionário – ele sugeriu.

— Um segurança disfarçado? – a ideia lhe parecia boa.

— Exato. Você tem uma semana – declarou percebendo que ela aceitaria a sugestão. – Se eu não for apresentado ao seu segurança na sexta-feira já chego aqui com o caminhão de mudanças no sábado.

Sem opções Sun Nan-hee aceitou as condições do pai.

Ela podia morar sozinha e ter sua própria fonte de renda, mas o amor e a gratidão que sentia por ele ia além de qualquer rebeldia.

Sempre o obedeceria. Mesmo depois que se cassasse e tivesse seus próprios filhos. E pretendia jamais esconder algo dele, por isso acabou decidindo contar o motivo de ter bebido tanto na noite anterior.

— Pai, minha mãe foi me procurar, por isso deixei as coisas saírem do controle ontem – sua voz saiu baixa. As lembranças doíam.

— Sua mãe não está no interior? O que ela queria com você e por que não a vi?

— A minha mãe biológica – disse tão baixo que ele quase não ouviu.

— Oh! – ele colocou as duas mãos na boca. Se a situação não fosse grave sua atitude pareceria até cômica. – Como foi? Como você está?

— Foi horrível – novamente começou a chorar. Se perguntava se um dia suas lágrimas secariam.

Seu pai se apressou e a abraçou.

— Está tudo bem! Eu estou aqui querida – a abraçava com força e repetia essas palavras.

— Ela só queria que eu ajudasse na sua carreira. Nunca me amou. Me deixou para morrer naquele dia – a voz dela estava embargada pelo choro.

— Não chore, princesa. Ninguém merece suas lágrimas. Sua mãe se chama Cha Yang Mi e ela te ama tanto quanto eu, entendeu?

Ela apenas balançou a cabeça indicando que tinha entendido. Abraçada a ele contou tudo o que aconteceu.

Minutos depois Kim Hyun Su ligou para o secretário e para Ju Hong Ji desmarcando qualquer compromisso do dia. Sua filha precisava dele e ele estaria com ela. Estava indignado com o que ela contou e mais indignado ainda porque ela implorou que ele não fosse atrás da mulher. Queria dizer algumas verdades para a tal Byeol, mas acatou ao pedido da filha.

Enquanto Kim Hyun Su consolava a filha Park Sung Woo saia da sala de aula com um sorriso no rosto. A prova estava mais fácil do que esperava.

Seus amigos já aguardavam no portão principal.

— Vamos comemorar? – os dois convidaram ao mesmo tempo.

— Só quando sair o resultado. Hoje preciso ir para casa procurar alguns trabalhos de meio período. Preciso ajudar agora que meu pai perdeu o emprego.

— Certo nos vemos amanhã – Yong declarou um pouco decepcionado. Acenando caminhou em direção oposta ao amigo seguido por Sang.

Park Sung Woo mal andou alguns passos e foi chamado por uma voz desconhecida.

— Ei garoto, venha aqui, por favor!

— Pois não? – virou-se para o homem que estava encostado em um carro de luxo.

— Acabei ouvindo a conversa entre você e seus colegas sem querer. Caso tenha interesse a filha do meu patrão é uma cantora famosa e vai selecionar essa semana um segurança pessoal. Esse é o endereço onde serão feitas as entrevistas – estendeu um cartão do estúdio forçando Park Sung Woo a se aproximar.

A pessoa quem entregou o cartão era Yeon Sang Joo, motorista e secretário pessoal de Kim Hyun Su.

Ele sempre foi extremamente supersticioso e ao ouvir o rapaz falando sobre procurar emprego, logo após receber uma ligação do seu patrão sobre a necessidade de um segurança particular para a filha, foi logo considerando coisa do destino.

— Agradeço pela indicação. Irei comparecer com certeza.

— Ela é meio esnobe para as pessoas que não a conhecem, mas é uma boa pessoa. Se fizer seu trabalho direito não terá problemas – alertou.

Park Sung Woo olhou o cartão e havia apenas o endereço de uma gravadora.

— Qual é o nome da pessoa que devo procurar?

— Procure por Ju Hong Ji. Ele é o agente da senhorita Sun Nan-hee. Diga a ele que Yeon Sang Joo indicou você – instruiu.

Sun Nan-hee. A princesa do k-pop. A arruaceira que se veste de homem e sai procurando briga – pensou ao recordar o incidente da noite passada.

— Agradeço novamente – se curvou e partiu.

Enquanto andava olhou para trás e viu o aluno mais esnobe de sua classe entrando no carro com o homem que indicou o emprego. Ficou pensando se a cantora esnobe tinha um irmão. Se tivesse, claro que seria alguém como Han-gil.

Duas horas depois.

— Mande entrar o próximo candidato – Ju Hong Ji pedia a secretária da sala de reuniões onde estava entrevistando.

Quando foi incumbido de fazer a seleção apenas fez uma postagem na intranet da empresa de entretenimento, ainda as-

sim tinha se passados poucas horas e já havia aparecido seis concorrentes.

Estava cansado de fazer as mesmas perguntas, mas preferia isso aos caprichos de sua estrela. Mesmo com os motivos dela era cansativo ser escravizado. Chegou a suspirar quando foi liberado para fazer as entrevistas.

Analisando os currículos sobre a mesa decidiu que só entrevistaria o próximo candidato. Escolheria entre os sete.

Assim que o rapaz entrou ele já o analisou da cabeça aos pés com a sobrancelha levantada e pensou: Novo demais. Lindo demais. Vai dar problema com as fãs.

— Boa tarde, senhor! – Park Sung Woo disse fazendo uma leve reverência.

— Sente-se – Ju Hong Ji pediu e esperou ele se sentar na cadeira a sua frente antes de continuar. – Qual é o seu nome?

— Park Sung Woo.

— Seu currículo, por favor – estendeu a mão.

Park Sung Woo entregou o currículo.

— Vejo aqui que você não tem experiência no ramo. Como soube da vaga?

Tenho sim, mas achei que não seria interessante colocar no currículo experiência em defender celebridades da música que se vestem de homem – pensou antes de responder:

— O senhor Yeon Sang Joo soube que eu estava precisando de emprego e me indicou. Posso não ter experiência, mas tenho muita disposição. Se o senhor me der uma chance garanto que não vai se arrepender. O que me pedir para fazer será feito sem questionamentos – queria se mostrar disposto, pois sabia que haviam muitos candidatos mais experientes.

Ju Hong Ji o olhou por um tempo pensativo. Se foi uma indicação do motorista da família significava que o garoto era uma pessoa de confiança. Além disso, ele não tinha cara de segurança como os outros seis candidatos e era isso que foi orientado a procurar durante as entrevistas. O rapaz era alto, possuía um corpo de atleta, cabelos escuros em um corte moderno e um rosto invejável.

Notou que ele estava ansioso por uma resposta.

Sete é meu número da sorte – pensou já decidido a dar uma chance.

— Certo. Vamos fazer um teste no evento de amanhã. Se der tudo certo a vaga é sua. De acordo?

— Sim, senhor. Agradeço pela oportunidade – a expressão de Park Sung Woo permanecia séria apesar da sua vontade de gritar: "consegui".

— Esteja nesse endereço amanhã após o almoço – entregou um pedaço de papel com o endereço de Sun Nan-hee. – Explicarei suas funções de acordo com cada necessidade.

Park Sung Woo pegou o papel e agradeceu novamente antes de sair.

Enquanto Park Sung Woo agradecia e partia Ju Hong Ji pensava: quanto tempo será que esse daí aguenta?

O teste

O primeiro encontro da "princesa" com Park Sung Woo não foi tão constrangedor como ele queria.

Quando Ju Hong Ji o apresentou como novo segurança ela simplesmente o olhou por alguns instantes baixando os óculos escuros e logo voltou os óculos para o lugar e começou a dar ordens. Não parecia se lembrar dele e isso o decepcionou. Ele queria que ela recordasse e ficasse envergonhada por suas ações.

— Vamos participar daquele programa de rádio e depois quero o dia livre para me preparar para hoje à noite – ela anunciou sem olhar para nenhum dos dois.

— O programa na rádio vai ser com o grupo. As meninas estão reclamando por você não chegar com elas.

— Claro que estão reclamando. Só sabem fazer isso. Ignora – seu tom de voz demonstrava tédio.

Ele não disse nada e ela continuou:

— Quero chegar lá dez minutos antes do horário.

— Princesa, vocês são um grupo deveriam chegar juntas – Ju Hong Ji tentou argumentar.

Quando ele disse princesa Park Sung Woo revirou os olhos.

— Sei que é uma perda de tempo, mas vou te explicar novamente: somos um grupo, logo temos quer estar juntas em shows, apresentações, reuniões, etc e tal. O que não significa que precisamos morar juntas e/ou chegar juntas nos compromissos do grupo desde que cheguemos no horário marcado.

Ju Hong Ji não questionou e Park Sung Woo permaneceu em silêncio assim como continuou o resto do dia.

Na rádio havia alguns fãs, mas outros seguranças impediram que avançassem. E Sun Nan-hee passou sorrindo e acenando para os fãs.

Foi um evento rápido. Menos de duas horas depois eles estavam novamente na casa dela. Várias profissionais vieram para ajudá-la a se produzir para o evento de mais tarde.

Na hora do evento que Park Sung Woo descobriu ser o lançamento de uma peça muito esperada pelos fãs de teatro, partiram para o local na van. Ele e Ju Hong Ji sentaram na frente e Sun Nan-hee foi atrás sozinha.

Park Sung Woo estava satisfeito por ter suportado o dia sem nenhum incidente. Sua única obrigação era seguir a cantora e seu agente.

Logo chegaram na entrada do teatro onde a peça seria exibida.

Como era esperado havia muitos fãs do grupo.

Park Sung Woo se adiantou para abrir a porta para Sun Nan-hee. Ganharia alguns pontos por ser proativo.

Foi o que ele pensou.

— Você precisa me levar no colo até o tapete vermelho. Como pretende fazer isso? – Sun Nan-hee disse ao perceber que ele ficaria parado segurando a porta até ela descer.

Ju Hong Ji controlava a vontade de rir com dificuldade. Não tinha contado sobre esse detalhe de propósito só para ver a reação do rapaz.

— O que? – Park Sung Woo a olhou cheio de incredulidade.

— Não sabe mais trabalhar Ju Hong Ji? – ela se virou para o agente por alguns instantes. – Imaginei que no mínimo explicaria o que o novo segurança deveria fazer já que não trouxe nenhum outro com você. Odeio quando superestimo as pessoas.

O sorriso de Ju Hong Ji sumiu por completo. Ele abriu a boca para dizer algo, mas Sun Nan-hee levantou a mão fazendo um sinal para ele não continuar e olhou para o segurança que encarava um e outro sem nenhuma intenção de fazer o que ela mandou.

— Eu não vou discutir sobre isso com você. As pessoas estão esperando então me pega no colo e me leva até o início do tapete vermelho – exigiu.

— E se eu não fizer isso? – Park Sung Woo desafiou. Por um instante esqueceu que precisava do emprego.

— É o seu trabalho – disse baixo. Não queria que os fãs percebessem o que estava acontecendo.

— Meu trabalho é ser seu segurança não seu carregador.

Essas pessoas ricas tem cada mania – resmungava internamente. Ele achava a situação ridícula.

Sun Nan-hee apenas revirou os olhos em sinal de tédio.

— Escuta coisinha insignificante: se quiser continuar nesse trabalho faça o que eu mando sem reclamar. Se eu pedir café me traz café. Se eu pedir que pule você deve pular. E se eu pedir que me leve até onde for nos seus braços só faça.

Park Sung Woo ainda tinha dificuldade de aceitar algo que achava tão degradante. Levaria sua mãe, uma namorada ou até um amigo no colo se fosse preciso, mas se sentia um escravo em fazer isso para uma garota mimada que mal conhecia.

A multidão de fãs, que já havia reconhecido o carro da integrante principal do grupo Princess Girl, começaram a gritar.

— *Princesa! Princesa!* – gritavam sem parar.

— Meus fãs me chamam. Ou faz o seu trabalho ou sai da frente para outro fazer – ela estava sem disposição para discutir. Havia sido avisada que Byeol estava entre os convidados e isso a deixava mal.

Park Sung Woo sabia que qualquer um daqueles seguranças que impediam o avanço dos fãs a levaria com prazer. Pensou em seus pais, em como ficariam felizes em saber que ele estava trabalhando. Acabou entrando no jogo.

Sem muita delicadeza enfiou um braço em baixo das pernas dela e passou outro atrás das costas.

Ela estava com um vestido longo estilo princesa e ele com o que Ju Hong Ji considerava uniforme para um segurança pessoal; terno, calça e sapatos pretos.

Por um instante a proximidade fez seu coração bater mais forte. Recordou o quanto a boca dela lhe atraiu naquela noite. Mas o barulho dos fãs o trouxe de volta a realidade. Puxou ela para fora do carro com nenhuma delicadeza.

Por um tris não bateu a cabeça dela na porta do veículo.

Os fãs foram ao delírio quando a viram sair do carro nos braços dele. Era o segurança mais lindo que já tinham visto.

Quando ele a colocou sobre o tapete vermelho ela sorriu para os fãs e disse entre dentes para ele:

— Esteja esperando quando eu sair.

Lentamente ela seguiu pelo tapete sorrindo para as câmeras e para os fãs. No fundo também se sentiu abalada no pouco tempo em que esteve nos braços do segurança, mas se forçou a não pensar sobre o assunto. Sua vida já estava tumultuada o bastante.

Como ela tinha mania de sair antes dos eventos quando não gostava das coisas ou estava de mau-humor Ju Hong Ji fez Park Sung Woo esperar na van com ele.

Usou esse tempo para explicar com mais detalhes o trabalho para ele. Informou que inicialmente o horário de trabalho seria de 14:00 às 21:00, que ele muitas vezes teria que estar disponível nos fins de semana e que o trabalho também incluía acompanhá-la quando ela saísse à noite, principalmente para beber.

O horário o agradou, pois não coincidia com seus horários na faculdade.

Depois de explicar sobre as obrigações, Ju Hong Ji disse:

— Você foi bem hoje. Soube contornar a situação que eu criei por estar com a cabeça na lua – nem se importou que seu sorriso trairia a mentira em suas palavras.

Park Sung Woo deixou passar o "trote".

— Realmente a levam no colo aos eventos?

— Não foi algo que ela criou. Os seguranças anteriores, por causa da beleza dela, insistiam que uma princesa não podia sujar os pés e acabou virando uma tradição para os fãs.

— Ela parece gostar bastante dessa tradição.

— Devagar garoto – interrompeu ao perceber que o segurança já tirava suas conclusões. – Nem todos são bonitos como você. Imagine se é agradável ser carregada por pessoas muitas vezes desconhecidas, com mal hálito, etc.

— Ainda acho que ela gosta – tentou não dar o braço a torcer, mas a imagem dela em situações desagradáveis insistia em formar em sua mente.

— Se continuar com esse gênio vai ter problemas com ela – Ju Hong Ji não estava nem um pouco preocupado com isso. Gostava quando as pessoas mexiam com Sun Nan-hee, pois isso a tirava do foco que mantinha no abandono dos pais.

Park Sung Woo apoiou a cabeça nas mãos cruzadas enquanto Ju Hong Ji descrevia como seria o trabalho dele.

Ele se sentiu como sendo contratado para ser babá.

Só levantou a cabeça quando ele falou sobre o perigo que ela corria em algumas situações.

— Como segurança da princesa, tem uma pessoa que você deve ter um cuidado especial. Na verdade, duas.

— Fãs malucos? – interrompeu um pouco curioso.

Como se não houvesse sido interrompido Ju Hong Ji continuou:

— Um deles é a "amiga" e parceira de grupo Yeon Na – fez sinal de aspas ao dizer amiga. – Elas disputam o vocal, ou melhor, elas disputam tudo. Já aconteceu brincadeiras de uma colocar o pé para a outra cair, trancar no camarim para não conseguir entrar no show; coisas assim. Só fique atento para que não se prejudiquem.

Mimadas! – pensou antes de perguntar:

— E a outra pessoa?

— O outro é um assunto mais grave. Um fã a persegue há algum tempo. Já foi preso por segui-la e foi aberto uma ordem para que ele mantenha determinada distância dela.

— Ele respeita essa lei?

— Aparentemente sim, mas a empregada da senhorita Sun Nan-hee afirma que já o viu várias vezes rondando a casa. Como nada foi detectado pelas câmeras da rua ele permanece livre.

— É tão perigoso assim?

— É obcecado. Uma pessoa nesse nível de obsessão é capaz de qualquer coisa.

— O que ele fez para chegar ao nível de ser exigido legalmente que se mantenha distante? – encarava o agente cheio de curiosidade.

— Tem uma música do grupo que no clipe ela encerra quase beijando um modelo. Uma vez quando o grupo cantou essa música em um show ele conseguiu invadir o palco e tentou beijá-la a força. Foram necessários dois seguranças para tirá-lo do palco e uma das meninas do grupo se machucou. Por isso ele foi preso por um tempo e ao sair o advogado da Sun Nan-hee conseguiu a ordem de restrição – contou com um tom conspiratório.

— Você falando assim imagino um moleque magricela. Não sei por que – riu. Não conseguia imaginar uma pessoa seguindo a garota geniosa que o fez levá-la no colo até o tapete vermelho.

— Pois pode apagar essa imagem – Ju Hong Ji comentou sem conseguir imaginar o perfil que ele descreveu. – Olha aqui a foto do delinquente – procurou no celular e estendeu para ele.

Park Sung Woo se assustou. Tratava-se de um homem bonito, possivelmente na casa dos trinta anos.

É impossível imaginá-lo como um fã maluco de uma patricinha que se intitula princesa – pensou.

— Posso dizer por sua expressão que você está cogitando a possibilidade de ser uma pegadinha. Não faça isso – sua ex-

pressão se tornou séria. – Se esse homem aparecer a menos de quinhentos metros da princesa faça seu trabalho.

— Se eu descobrir que está brincando comigo novamente porque sou novato vai ter volta – Park Sung Woo tinha dificuldades de acreditar.

— Fica nessa de rebelde sem causa, mas não dou um mês para cair de amores – comentou para si mesmo com um sorriso no rosto. Ele tinha notado as faíscas que ascenderam quando o garoto pegou a cantora no colo.

— O que disse? – perguntou disposto a não aceitar provocações.

— Nada, só me convida para ser padrinho – Ju Hong Ji disse, e para fugir dos resmungos do novato saiu do carro cantando uma música sobre primeiro amor.

Pouco tempo depois Sun Nan-hee apareceu com cara de poucos amigos.

Park Sung Woo foi até ela e a pegou no colo para levar até o carro antes de levar uma bronca. Os fãs ainda estavam lá e fotografavam e filmavam a cena.

Assim que ele a colocou no carro ela disse:

— Ju Hong Ji me leve para casa. Minha cabeça está prestes a explodir – estava com a cabeça apoiada no banco do carro e com os olhos fechados.

— Tenho que providenciar algum pedido de desculpas? – rezou para ela não ter saído no meio do espetáculo.

— Não. Já havia acabado o que tinha de importante.

Ju Hong Ji deu partida em direção a casa dela.

Quando chegaram lá ele dispensou Park Sung Woo pedindo para ele voltar no dia seguinte. O que significava que ele havia passado no teste de um dia.

Ele pegou a moto que deixou na garagem da sua atual chefe e partiu para sua casa pensando que tipo de inferno seria trabalhar com a princesa do K-pop.

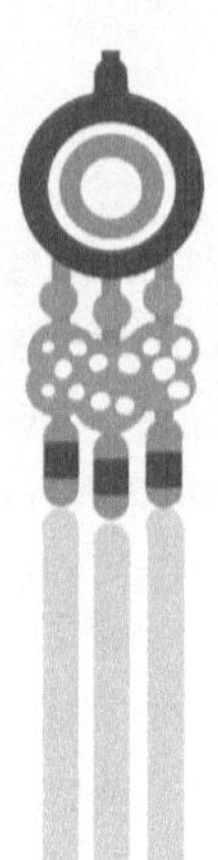

Cada dia uma farpa

No dia seguinte não havia evento com tapete vermelho, mas não foi menos estressante para Park Sung Woo. Sun Nan--hee o irritava com suas atitudes. Ela não cumprimentava suas colegas de grupo, exceto Yeon Na, mas qualquer um percebia que o cumprimento das duas era provocação.

Elas estavam filmando um comercial para uma grife feminina. Era a primeira vez que Park Sung Woo via uma gravação e sua curiosidade o fazia observar tudo.

Quando o diretor anunciou uma pausa as meninas foram para suas respectivas cadeiras se refrescarem antes de voltar as gravações.

— Ei, garoto, traz um suco de maça – Sun Nan-hee falou se dirigindo a Park Sung Woo, mas sem olhar para ele.

Pacientemente ele foi até a mesa, pegou o suco e parou na frente dela.

— Não te dei autorização para falar informalmente comigo – permanecia parado e trocava o suco de mãos. Estava irritado, mas mantinha a voz baixa para que outras pessoas não ouvissem.

Sun Nan-hee tirou os óculos e o encarou com um sorriso de deboche.

— Eu mando em você. Não preciso de permissão.

— Porém eu sou mais velho. Acho que seus pais a educaram – retrucou.

Uma sombra passou pelos olhos dela ao ouvir a palavra pais, mas ela disfarçou:

— Como devo chamá-lo? Oppa? – debochou.

— Meu nome é Park Sung Woo. Apenas use meu nome e um pouco de respeito.

— Aí, você está muito chato hoje e é só seu segundo dia. Me faça um favor, Oppa: chame Ju Hong Ji e vaza.

Foi o que ele fez. Chamou Ju Hong Ji e manteve distância. *Meu trabalho é te proteger não bancar a babá ou suportar suas grosserias* – pensava olhando-a de longe.

Desconfiada de que Sun Nan-hee podia ter algo com o segurança Yeon Na planejou acabar com a possibilidade de qualquer relacionamento amoroso entre eles.

— Seu nome é Park Sung Woo, não é? – se aproximou entregando café americano para ele.

Ele encarou a bonita garota de olhos e cabelos negros sem entender suas intenções, mas aceitou o café. Estava curioso, pois sabia que ela era a rival declarada de sua chefe.

— Sim. Posso ajudá-la? – inevitavelmente ele comparou as duas e percebeu que mesmo se esforçando muito Yeon Na não chegava ao nível de beleza ou talento da sua rival. Mesmo que ele não quisesse admitir já tinha reconhecido que a chefe tinha um brilho natural como se a música e a dança fossem extensões do seu corpo.

— Eu gostaria de convidá-lo para sair – ela disse sorridente.

Park Sung Woo se assustou com as palavras dela. Pretendia responder que não estava interessado, mas ao ver que Sun Nan-hee olhava em direção a eles respondeu:

— Será um prazer.

— Ótimo! Me passa seu número. Vamos combinar quando estiver de folga.

Eles conversaram um pouco antes das gravações recomeçarem. E Park Sung Woo achou a garota muito simpática.

Sun Nan-hee não falou mais nada com ele durante o resto do seu expediente.

No dia seguinte eles estavam na casa de Sun Nan-hee. Não havia eventos programados. Ju Hong Ji orientou Park Sung Woo a ficar parado como uma estátua até o fim do expediente.

Foi o que ele fez. Sentou-se com um livro na sala e se ocupou de ler enquanto sua chefe assistia televisão.

Até que ...

— Ei, secretário Kim, pode me trazer uma cerveja? – ela perguntou apenas para irritá-lo. Não queria cerveja, estava entediada.

Antes de responder ele esfregou o rosto.

— Depois de me tratar informalmente vai começar com piadinhas? – fechou o livro e colocou sobre o sofá.

— Devia se sentir honrado por trabalhar comigo. Muita gente gostaria de ser meu secretário.

— Pois estou mais que satisfeito em ser seu segurança. Já é trabalho suficiente – ele nem se levantou. Não tinha intenção de pegar nada para ela.

— Pretende trabalhar para Yeon Na? – ela não resistiu ao impulso de perguntar e se sentou como se preparando para a resposta.

— Meus assuntos com ela não são profissionais – piscou provocativo.

— Desde que não atrapalhe seu trabalho como meu segurança – a resposta não a agradou.

— Não vai atrapalhar.

— Tanto faz.

Irritada por não conseguir deixá-lo irritado saiu da sala e entrou no quarto batendo a porta.

No quarto ela jogou um monte de livros sobre a cama, ligou sua playlist favorita no aparelho de som e começou a estudar.

As horas foram passando e inquieto por ela não sair nem para comer ou beber Park Sung Woo foi até o quarto e bateu na porta várias vezes.

Sem resposta ele se viu obrigado a abrir e ver o que estava acontecendo.

Foi recebido por um rock pesado e a visão dela concentrada entre os livros.

Como que para dar uma chance dele se anunciar houve uma pausa entre a música que acabava e a próxima.

— Então você estuda? – disse parado com os braços cruzados sobre o peito.

— Claro – pausou a playlist. – Não posso ser apenas uma cantora. Eu faço Literatura.

Ele achou interessante e surpreendente a forma como ela colocou. Mostrava que tinha maturidade para pensar em segundas opções.

— E como funciona isso que você chama de cursar Literatura? – perguntou curioso, pois nunca chegou a pensar nela como uma estudante.

Ela se viu respondendo sem nenhuma farpa:

— Eu estou autorizada a comparecer as aulas quando for conveniente e nos dias de avaliações. A universidade é flexível desde que eu apresente bons resultados.

— E por que escolheu Literatura quando está obvio que seu futuro está na música?

Ela riu, pois era o que todos perguntavam.

— Eu gosto de Literatura. Aprendi a gostar com minha mãe – a lembrança de duas mães muito diferentes nublou sua mente, mas ela espantou a tristeza. – Quando estiver velha demais para viajar pelo mundo fazendo shows ou quando decidir que preciso de uma vida privada quero ter um lugarzinho aconchegante para curtir minha paixão por livros e deixar outros se apaixonarem também.

Mais uma vez Park Sung Woo percebeu seu coração bater mais forte.

Odeio olhar para você e gostar do que vejo e ouço – pensou irritado com os sentimentos inoportunos.

Simplesmente comentou:

— Entendo – sua voz saiu mais seca do que queria.

Por que eu comentei sobre meus sonhos? – Sun Nan-hee se repreendeu entendendo pelo tom dele que ele achava seus sonhos tolos.

Com raiva disse:

— E o que ainda faz aqui? Não conhece a palavra proatividade?

— O que quer dizer? – Park Sung Woo realmente não entendeu sua pergunta.

— Que seu trabalho é ser meu segurança não minha babá. Ainda preciso ser mais específica?

— Não. Ouvi e entendi. Voltarei amanhã. Se precisar dos meus serviços antes, sabe como ...

— Sim. Sim. Me deixe estudar em paz. Saia – ela o interrompeu.

Ele saiu irritado, mas no caminho não resistiu e enviou uma mensagem no celular dela que dizia:

Não esqueça de comer e beber enquanto estuda.

Para ele a preocupação se justificava pelo fato de que poderia ser responsabilizado se ela ficasse doente, mas seu coração sabia que o único motivo era estar preocupado com a megera que já não achava mais tão megera.

Ao receber a mensagem Sun Nan-hee leu várias vezes para confirmar que realmente estava ali e que tinha vindo do destinatário que aparecia. Acabou rindo com o telefone na mão sem saber o significado do que estava escrito, mas obedeceu.

Melhor amiga

Passou uma semana e apesar das farpas que soltava diante de algumas exigências da patroa Park Sung Woo conseguia levar o trabalho muito bem.

Ele estava satisfeito, pois seu pai podia procurar outro emprego mais tranquilamente. O que incomodava era sentir o sangue ferver sempre que estava com Sun Nan-hee; por raiva ou por um sentimento tolo que ele insistia em tentar ignorar.

Como sempre acontecia nos dias em que ela não tinha compromisso; ele estava sentado na sala lendo um livro enquanto aguardava o horário de encerrar o expediente ou a próxima ordem dela quando, em cima da mesa, o celular rosa com adesivos de coroa começou a tocar sem parar.

Vendo que ela não aparecia foi bater na porta do quarto.

Depois de gritar o nome dela mais vezes do que podia contar ele abriu a porta do quarto.

Ela estava sentada na cama de pijama com os cabelos presos em um coque, as pernas cruzadas, os cotovelos apoiados sobre os joelhos e os olhos fechados.

O motivo de não ter escutado seu chamado era o volume da música que as paredes com isolamento acústico não deixaram passar, mas que impedia qualquer som de chegar até ela. Ele já havia notado essa característica do quarto na vez em que a encontrou estudando.

Para não a assustar, e porque estava gostando de ver a cena, ele cruzou os braços e ficou observando como ela permanecia completamente imóvel durante os poucos minutos de música.

Parecia um anjo. A arrogância de sempre havia desapareci-
do completamente. Ela exibia uma expressão serena.

Tocava *The Best* de Tina Turner. Já havia escutado antes.
Várias vezes. Era o toque que ela escolheu para algumas ligações do seu celular. Uma música que continha uma letra romântica demais. Não combinava com ela.

Quando a música acabou ela abriu os olhos por alguns instantes, como se despertasse de um transe.

— Queria saber onde você vai quando escuta essa música
– ele comentou sem deixar de encará-la. Por alguns instantes
esqueceu que desejava continuar achando-a uma megera e que
ela o considerava apenas um mero funcionário.

Ainda sob o efeito dos pensamentos anteriores Sun Nan-
-hee não respondeu. Não tinha nenhuma intenção de contar
sobre suas dores e como com essa música a fazia sentir que um
dia um príncipe encantado viria em um cavalo branco para
salvá-la do sentimento de abandono; que teriam lindos filhos
e que eles seriam seus tesouros; que os amaria acima de tudo.
Mesmo que a letra não dissesse nada disso, desde a primeira
vez que ouviu a música ela sentiu como se fosse um remédio
para sua alma. Era o motivo pelo qual usava como toque das
chamadas de Min Soo que era sua amiga, confidente, seu porto
seguro.

— Está à espera do melhor? – Park Sung Woo perguntou
como se ouvisse seus pensamentos. Sentia uma grande necessidade de ser atrevido.

— O que faz em meu quarto? – ela ignorou a pergunta in-
vasiva. Estava sem ânimo para discutir. Tinha acabado de receber um e-mail de sua "mãe" insistindo em uma parceria.

— Seu telefone tocou várias vezes e como vi que era o seu
pai achei que gostaria de atender.

Ela saiu da posição devagar e desceu da cama.

— Agradeço a preocupação.

A frieza estava de volta desde o momento em que ela abriu
os olhos e isso o incomodava ao extremo. Nos poucos dias em
que estava trabalhando como seu segurança já percebeu que

ela não tratava ninguém com amizade. Muitas vezes até faltava respeito em suas palavras. E isso não era limitado aos seus funcionários ou inferiores. Ela tratava a todos com a mesma frieza. A única vez que a viu tratar alguém como amigo foi naquela noite no bar. Chegava a imaginar se aquilo realmente aconteceu.

— Disponha – respondeu tão frio quanto ela.

Imaginou que assim a deixaria incomodada, mas inabalável ela saiu do quarto e foi até onde o celular estava para ligar para o pai.

Foi quando a transformação aconteceu.

— Pai, desculpe não ouvi o celular tocando – a voz dela ficou suave e em seu rosto nasceu um sorriso verdadeiro.

— Irei vê-lo amanhã como prometido. Hoje vou esperar Kim Min Soo para experimentar sair como pessoas normais com o novo segurança.

Se Kim Min Soo existe a noite no bar foi real – pensou ao ouvir o nome da amiga que estava com ela naquele dia.

— Sim. Sim. Vou falar que o senhor sente falta dela. Também te amo. Até amanhã.

Durante toda a conversa Park Sung Woo permaneceu de braços cruzados analisando as reações dela.

Ao fim da ligação ela se deitou no sofá com um livro ignorando a presença dele.

Poucos minutos depois Sun Nan-hee recebeu outra ligação. Dessa vez era Kim Min Soo avisando que se atrasaria por causa da aula.

Animada para ver a amiga depois de dias ela declarou:

— Não saia daí. Vou pegar você na portaria da faculdade. E não aceito discussões.

Conversaram um pouco mais e encerraram. Em seguida ela se trancou no quarto e saiu quase uma hora depois de jeans, camiseta e segurando óculos e boné.

— Vamos buscar minha amiga. Você vai nos levar para beber – disse já andando em direção a porta.

Park Sung Woo, que já havia voltado para a leitura, simplesmente se levantou e seguiu atrás dela deixando o livro sobre a mesa de centro.

Quando chegaram na porta da universidade e perceberam
que Kim Min Soo ainda não estava esperando Sun Nan-hee
decidiu entrar:

— Espere aqui – ordenou.

Ela saiu e Park Sung Woo a acompanhou com o olhar para
ver se alguém a abordava, apesar de estarem em um carro do
pai dela e de ela ter colocado boné e óculos para disfarçar. Estava um pouco diferente, mas ele já havia notado o faro aguça-
do que os fãs dela pareciam ter.

Dentro da universidade Sun Nan-hee andava tranquilamente quando viu um aglomerado e ouviu parte de uma conversa que não gostou.

Alguém dizia:

— Vai continuar insistindo nessa mentira?

— Não tenho necessidade de mentir ou esclarecer nada – a
voz quase chorosa era de Kim Min Soo.

— Olhem só! A mentirosa tem garras – uma outra garota
comentou rindo.

— Eu ouvi você afirmar para o professor da turma de Literatura que tinha amizade com a tal princesa do k-pop e que
poderia dar um recado dele para ela – a mesma garota insistiu.
Era uma loira muito magra e alta.

— Isso é verdade ou mentira? – outra atiçou.

— Quando alguém como Sun Nan-hee daria atenção para
alguém como você? Se enxerga – mais uma se viu no direito de
atacar também.

Incomodada com a crueldade daquelas meninas Sun Nan-
-hee tirou o boné, soltou os cabelos e tirou os óculos.

Ninguém parecia disposto a se envolver para ajudar Min Soo. Não havia sinal de professores.

— Essa mentirosa merece uma surra – a mais alta disse alto para todos ao redor ouvir.

— Mentirosa! Mentirosa! – começaram a repetir e a empurrar Kim Min Soo de um lado para o outro.

A mais alta, que perecia ser a líder delas, levantou a mão em direção a Kim Min Soo, mas o braço dela parou suspenso. Outra mão a segurou.

— O que está acontecendo aqui, amiga? – Sun Nan-hee perguntou olhando o pequeno grupo.

Kim Min Soo encarou a recém-chegada como se visse a Supergirl.

As outras garotas apenas se limitaram a um *ohhh* quase em coro.

Sun Nan-hee com um sorriso no rosto torceu o braço da garota causando um grito de dor.

Ninguém interferiu. Mas muitos tiravam fotos.

— Foi essa coisinha que feriu seu belo rosto? – disse notando o pequeno corte perto da orelha de Min Soo.

— Está tudo bem Mulan! Pode relaxar e soltar essa patricinha – pediu preocupada de que uma briga pudesse sujar a imagem da amiga.

— Hoje sou Mulan? Gostei.

Ela falava sem soltar ou afrouxar a mão no braço da outra que reclamava com lágrimas nos olhos.

Min Soo olhou para as duas pedindo com o olhar: Solta ela.

Revirando os olhos Sun Nan-hee soltou o braço da garota e envolveu a amiga pela cintura.

— Meu segurança gato está lá fora esperando. Hoje ele é todo seu – falou alto para provocar. Já sabia que seu novo segurança aparecia muito nas redes sociais. As fãs costumavam tirar fotos dele e postar com comentários sonhadores.

Ainda meio chocada com o que aconteceu Min Soo não disse nada, mas Sun Nan-hee não deixaria ela sair com expressão de derrota.

Falou no ouvido dela:

— Vamos beber como meninas hoje?

— Adorei a ideia – Min Soo se animou o que deixou todas as meninas curiosas sobre o que a cantora disse no ouvido dela.

Sem mais, ela pegou a bolsa que havia caído no chão e acompanhou a amiga sem olhar para trás.

A patricinha agredida foi amparada por suas escudeiras que pareceram criar vidas depois da saída das amigas. Ficaram reclamando e falando mal das duas.

Ao sair e ver o segurança Min Soo abriu um largo sorriso. Recordava dele do incidente no bar.

Sun Nan-hee voltou a colocar o boné e os óculos, e foram a um bar pouco movimentado.

As meninas pediram cerveja e Park Sung Woo pediu suco. Para comer dividiriam churrasco de carne de porco.

— Você foi contratado por causa do incidente do bar? – Min Soo perguntou olhando diretamente para Park Sung Woo.

Mas antes que ele pudesse responder ela virou para Sun Nan-hee.

— Lembra? Foi ele que ajudou naquele incidente com os baderneiros.

— Vagamente – as imagens daquela noite estavam distorcidas por causa do excesso de álcool.

— Não foi por causa daquilo. O motorista do senhor Kim Hyun Su que me indicou – ele respondeu.

— Você o conhece? – a curiosidade de Min Soo era sua característica mais marcante. Isso e seu cabelo preto curto e repicado que somado ao fato de que era baixinha, fazia algumas pessoas compará-la a uma fada.

— O vi algumas vezes. Ele percebeu minha necessidade e me indicou.

— Ele é realmente um ótimo homem. Acompanha a família com dedicação e discrição – Min Soo comentou.

Sun Nan-hee se limitava a ouvi-los, mas Park Sung Woo se virou para ela:

— Por falar nesse motorista, me diga: você tem um irmão? – estava curioso para saber se seu esnobe colega tinha algum parentesco com ela.

— Não que eu saiba – recordou que não sabia nada sobre seu pai biológico. – Por que?

— Percebi que o motorista do seu pai sempre busca um aluno da minha universidade.

— É o filho dele. Meu pai permite que o senhor Yeon Sang Joo use os carros para fins pessoais. Ele está com a família há mais de trinta anos. São mais amigos que funcionário e patrão.

— Entendo.

— Você vai encontrar com eles caso eu precise que me acompanhe até a casa do meu pai. Eles moram lá desde que a esposa do senhor Yeon Sang Joo faleceu.

Park Sung Woo, enquanto ouvia, tentava imaginar o que levaria Han-gil a agir como herdeiro quando era apenas filho do motorista.

— Aquele Han-gil é um esnobe. Não gosto dele – Min Soo disse como se ouvisse os pensamentos do segurança.

— Vamos parar de falar sobre essas pessoas e beber, pode ser? – Sun Nan-hee começou a encher o copo da amiga.

— Sim. Sim. Não viemos aqui falar sobre quem deu ou não o emprego. Vamos beber – Min Soo concordou.

Park Sung Woo se pegava imaginando porque sua chefe não deixava outras pessoas entrarem na vida dela como permitia a garota sorridente ao seu lado. Não conseguia entender.

Ele observava tudo. Viu que Sun Nan-hee colocou um embrulho em cima da mesa e com um sorriso Kim Min Soo fez o mesmo.

— Feliz Dia dos Namorados! – falaram juntas.

Sob o olhar curioso de Park Sung Woo elas abriram as caixas. Encontraram chocolates em diferentes formatos. Os de Sun Nan-hee eram em formato de sapatinhos como os de Cinderela e os de Min Soo eram em formatos de carinhas sorrindo.

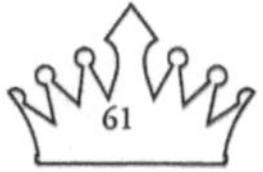

— Nós trocamos presentes no Dia dos Namorados – Min Soo respondeu à pergunta que Park Sung Woo não fez. E distraidamente passaram a falar sobre o Dia dos Namorados. Park Sung Woo até se animou a contar que a única vez em que deu presente para uma mulher foi quando anonimamente deixou flores na mesa da professora. Ela nunca descobriu que foi ele, mas agradeceu diante de toda a classe seu amigo anônimo.

Durante a conversa ele brincou que depois de sua professora não amou mais ninguém. As meninas ririam e não acreditaram nele.

Passaram um longo tempo conversando sobre amenidades. Algumas pessoas até desconfiaram que a pessoa de óculos e boné era a princesa do k-pop, mas não se atreveram a abordá-la.

A namorada

Já estava tarde quando Park Sung Woo deixou as meninas na casa de Sun Nan-hee. Estava ansioso por um longo banho e uma noite tranquila de sono.

Mas ele não tinha tanta sorte. Para sua surpresa Yeon Na o esperava perto da sua casa.

Assim que o viu ela saiu do carro.

— Como descobriu onde eu morava? – foi a primeira coisa que ele disse.

— Não é educado fazer esse tipo de pergunta a uma garota que esperou muito tempo para te ver – ela se fez de magoada.

— Devia ter me ligado. Eu estava trabalhando – tentou não demonstrar seu desânimo diante da visita.

— Eu sei. Aquela garota suga a energia de qualquer pessoa – fez uma expressão de nojo ao mencionar sua rival. – Ainda assim, posso pedir para que dê uma volta comigo?

Park Sung Woo pensou em dizer que estava cansado, mas acabou cedendo. Afinal ela esperou na porta da sua casa. Deveria ter algo importante para dizer.

Eles entraram no carro e Yeon Na dirigiu até a beira de um lago.

Desceram do carro, caminharam um pouco e pararam observando a água iluminada pela lua.

Sem olhar para ele Yeon Na perguntou:

— Sei que vai soar muito atrevido, mas preciso saber antes de me envolver mais: você tem namorada?

Automaticamente a imagem de Sun Nan-hee tomou conta da mente dele, mas Park Sung Woo a espantou indignado com seu subconsciente.

— Não – respondeu também sem olhá-la.

Corajosamente Yeon Na se virou e disse:

— E o que acha de mim? Namoraria comigo se eu me declarasse?

— Você está se declarando? – ele também se virou. Não queria parecer insensível.

Ela sorriu.

— Estou.

Não parece uma declaração – ele pensou encarando-a.

Estava prestes a dizer não quando lembrou de que a mulher a sua frente era a inimiga declarada de Sun Nan-hee. Lembrou do quanto sua chefe parecia se divertir atormentando-o. Foi o bastante para se decidir.

— Eu namoraria com você – respondeu.

Yeon Na sorriu com a dupla vitória; atormentaria sua rival e de bônus namoraria um homem lindo.

Eles mal se conheciam, mas não estavam ali por se gostarem. Park Sung Woo agiu por impulso diante da possibilidade de descobrir se seu namoro irritaria Sun Nan-hee. Enquanto Yeon Na estava disposta a manter o relacionamento enquanto achasse que isso atormentaria sua rival.

Só que as coisas não ficaram claras entre eles, ela esperava um beijo para selar o compromisso, mas esse beijo nunca veio. E ele tinha dúvidas se começar um namoro só para irritar a mulher que mexia com seus sentimentos era a coisa certa.

Permaneceram mais um tempo observando o lago antes de Yeon Na levá-lo em casa onde se despediram com um abraço desajeitado.

Mesmo com o pedido de namoro estranho e a resposta ainda mais estranha, Yeon Na estava satisfeita com sua conquista. Espalhou aos quatro ventos que namorava o segurança da princesa.

Sun Nan-hee engoliu a raiva para não ajudar a alimentar a felicidade da rival.

Só que não conseguiu segurar essa raiva por muito tempo.

Alguns dias depois desceu para tomar café na cafeteria da gravadora e encontrou os dois juntos conversando. Pretendia passar por eles e sentar em uma mesa afastada, mas Yeon Na segurou seu braço.

— Ei, amiga, sente-se aqui conosco.

— Não quero atrapalhar o casal nos poucos instantes em que podem ficar juntos – justificou com um sorriso falso.

— Bobagem! Odeio ver você tomar café sozinha – Yeon Na insistiu.

O tempo todo Park Sung Woo olhava a chefe com uma expressão indecifrável.

— Então me sentarei com você – Sun Nan-hee se viu sem saída. Não queria que a rival percebesse que seu namoro a incomodava.

Para sua surpresa Park Sung Woo olhou o celular como se lesse uma mensagem e se levantou.

As duas olharam para ele estranhando a atitude.

— Não entendam mal, mas preciso ir agora. Ju Hong Ji me chamou para algo que ele acha urgente – justificou.

— Pensei que tinham te dado um intervalo – Yeon Na reclamou.

Sun Nan-hee para evitar qualquer mal-entendido levantou as mãos dizendo:

— Não olha para mim. Desconheço o assunto.

Claro que desconhece. É uma mentira que acabei de inventar porque não gosto que me veja com Yeon Na – ele confessou em pensamento.

Qualquer um que os visse notaria que ele olhava mais para sua chefe que para sua namorada.

— Ele não disse o assunto. Tenho que ir – justificou. – Aproveitem o café.

Depois que ele saiu as garotas ficaram se encarando. Até que Yeon Na quebrou o silêncio:

— Estou tão apaixonada e feliz. Espero que não incomode o fato de estar namorando seu funcionário – sua voz e sua expressão deixavam claro que ela esperava exatamente o contrário.

— Desde que não esteja namorando-o só para me irritar porque se estiver deve mudar de tática. Não me afeta.

— Que bom! – Yeon Na tinha certeza que afetava ou ela não mencionaria isso.

— Quem sabe vocês não casam e formam uma grande família feliz? – o desdém transbordava da sua voz.

Yeon Na riu alto.

— Acho que te incomoda mais do que quer transparecer. Isso me deixa muito mais feliz.

Sun Nan-hee riu também e disse levantando:

— Não precisava esperar tanto para mostrar as garras – sabia que a rival havia esperado o namorado estar longe para que não ouvisse.

Pegou seu café ainda intocado e saiu em direção ao elevador. Precisava subir até o terraço e respirar ar puro. Não tão puro em uma cidade como Seul, mas longe da poluição Yeon Na.

Compondo com meu amigo

No dia seguinte era dia de ensaio de dança. Sun Nan-hee e as outras integrantes treinaram várias coreografias.

Depois de algumas horas as meninas se foram, mas Sun Nan-hee permaneceu ensaiando. Dançar era algo que ela amava e costumava continuar por algum tempo sozinha colocando os pensamentos em ordem.

Através do espelho ela viu a porta se abrir e Ju Hong Ji aparecer.

— Princesa, você tem uma visita? – ele disse enquanto a observava dando alguns passos de dança.

Na porta aberta atrás dele surgiu um belo homem de cabelos ruivos.

— Kwan?!!! - com um sorriso que iluminava todo o ambiente ela correu e o abraçou.

— Que saudades, Cinderela! – ele a apertou nos braços.

A forma como ele a chamou a fez sorriu. Kwan e Min Soo tinham a mania de chamá-la por nomes de princesas da ficção. Apesar da diferença de idade de cinco anos e da concorrência no meio musical eles se tornaram amigos desde que se conheceram no início da carreira de Sun Nan-hee. Ele costumava dizer que ela era sua pupila.

— Oppa, que saudade! Depois que encontrou o amor no Brasil você me abandonou – reclamou.

— Nunca vou te abandonar. Venha, vamos sentar – entregou a bebida que Ju Hong Ji trouxe para ela.

Ele já havia saído para deixar os dois conversarem à vontade. Gostava muito quando Kwan e ela se encontravam, pois ela se transformava. Expressava com facilidade alegria assim como quando estava com seu pai ou Min Soo.

Eles sentaram nos bancos acolchoados no canto oposto aos espelhos.

— Minha visita é relâmpago. Vou embora ainda hoje. Só vim resolver algumas coisas pessoais – Kwan explicou.

Quando ela abriu a boca para reclamar ele continuou:

— Vim pessoalmente te contar que o empresário do Princess Girl me fez um convite aproveitando que estarei de férias aqui em Seul no fim desse ano.

Ela o olhava interessada enquanto se refrescava.

— Ele me perguntou o que eu achava de um dueto especial com você. Sem o grupo. Sem o compromisso de me ter de volta na empresa. Eu gostei da ideia.

— Quanta honra! – fechou a garrafa e colocou no chão. – Ele não me disse nada.

— Certamente tinha medo que a voluntariosa princesa Sun Nan-hee fosse colocar empecilhos – riu.

— Tem razão. Minha fama de megera faz isso – riu também. – Mas ele devia saber que com você é diferente.

— Você devia mostrar para essas pessoas que não é a megera que pensam – comentou pensativo. Apesar da amizade dos dois ele não sabia qual o motivo por trás da máscara que ela usava diante da maioria das pessoas.

— Para que? É mais divertido assim – riu.

— Deve ter razão. Também quem ainda não viu sua verdadeira face é cego, pois está explícito quando o assunto são seus fãs, seus amigos e sua família.

— Sábio guru, vamos parar de falar sobre minha personalidade e voltar ao assunto dueto, pode ser?

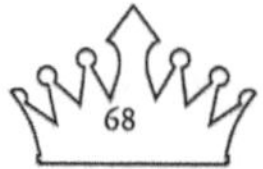

— Sim, Cinderela! Podemos compor a distância e organizar um ou outro evento para quando eu vier nas férias. Até pensei em uma apresentação especial no Brasil. O que acha?

— Acho excelente como quase todas as suas ideias.

— Qual ideia que eu já tive que não foi excelente? – ele levantou uma sobrancelha.

— Morar no Brasil.

— Se você tivesse aceitado meus pedidos de casamento eu não teria sido enfeitiçado por uma bela brasileira – brincou.

— Você é velho demais para mim, oppa!

Eles riram e passaram a conversar sobre o projeto e sobre a vida pessoal deles.

Sun Nan-hee contou que a vida pessoal dela estava do mesmo jeito e Kwan contou sobre como estava cada dia mais apaixonado por sua brasileira. Contou que ela não o acompanhou nessa viagem, mas que viria nas férias para aproveitar e visitar sua amiga Mel que passava 90% do tempo na Coreia do Sul.

Passaram um longo tempo conversando até que Ju Hong Ji veio informar que estavam procurando por Kwan.

Se despediram com um longo abraço cientes de que só se veriam pessoalmente no fim do ano.

A visita renovou as energias de Sun Nan-hee. Ela passou os dias seguintes pensando em melodias e letras para a primeira reunião que teria com seu amigo via Skype. Haviam combinado de conversarem sobre a música a cada quinze dias.

Na sexta-feira, enquanto saia no fim do seu expediente Park Sung Woo parou bruscamente antes de pisar em Sun Nan-hee.

Ela estava deitada no piso da sala com o rosto voltado para o chão.

— Que susto garota! Enlouqueceu de vez? – com o susto não conseguiu medir as palavras.

Bufando ela respondeu sem olhar para ele:

— Primeiro: cuidado com o que diz. Existem muitos seguranças desempregados querendo o seu lugar. Segundo: Busco inspiração. Fui convidada para compor uma música com um amigo.

— Vai falar sobre estar no chão? – perguntou ignorando a ameaça dela e o bom senso.

Ela fingiu não entender a ironia. Estava animada demais para perder tempo com ele.

— Até agora pensei em coisas como "Plantei em solo fértil a semente do nosso amor" ou "Seu amor transformou meu coração de pedra em solo fértil." – depois de alguns segundos em silêncio completou. – Não estou satisfeita com a palavra fértil.

Não é tão incompetente – ele pensou saindo sem dizer mais nada.

Ela continuou na mesma posição pensando em letras e melodias para a música.

Park Sung Woo aproveitando o tempo livre ligou para os amigos e combinou de se encontrarem no mesmo bar em que viu Sun Nan-hee pela primeira vez.

Quando eles chegaram Park Sung Woo já estava aguardando.

— Até que enfim veio visitar os pobres – Yong brincou sentando.

— Traga mais cerveja – Sang pediu gritando para o atendente.

— Não exagera. Estou trabalhando como um cachorro e, pior, suportando aquela megera – Park Sung Woo respondeu a provocação.

— Eu daria tudo para aturar aquela megera – Sang comentou com um suspiro.

— Ei, já estou na fila – Yong declarou pegando a cerveja que acabou de chegar.

— Vamos beber! – brindaram.

Park Sung Woo queria mudar de assunto, mas seus amigos estavam no clima *fãs da princesa.*

— Cara, que inveja! – Yong não parava de suspirar.

— Sua inveja vai dobrar quando eu disser o que descobri – Sang disse conspiratório.

— Conta de uma vez, cara – estava todo ansioso.

— Por que você não conta? – se virou para Park Sung Woo.

— Eu? Nem sei do que você está falando – realmente não tinha ideia do que o amigo queria que contasse.

— Ah, seu cínico. É o assunto do momento. Número um em buscas em todos os sites de fofocas.

— Isso explica porque não sei – desistiu de tentar adivinhar. Não tinha costume de ver sites de fofocas.

— Pesquisa aí Yong. Pesquisa o termo Park Sung Woo.

— O que? – Yong não acreditou.

— Pesquisa logo.

Havia uma declaração recente na página do grupo Princess Girl dizendo que o segurança de Sun Nan-hee estava namorando a integrante Yeon Na.

Yong deu um salto e colocou o celular colado na cara de Park Sung Woo para que ele visse a notícia.

— Seu canalha! – gritou animado.

Park Sung Woo pegou o aparelho e leu enquanto os amigos discutiam sobre o motivo dele esconder que namorava a segunda integrante mais bonita do grupo.

Por que ela não disse nada? – Park Sung Woo se perguntou ao lembrar que passou o dia com Sun Nan-hee e ela não mencionou a postagem. – *Será que não se importa nem um pouco?*

— Conta tudo! – os rapazes falaram ao mesmo tempo tirando Park Sung Woo de seus pensamentos.

Então enquanto bebiam ele contou que Yeon Na havia se declarado e que ele aceitou. Foi o menos detalhista possível. Apesar de confiar nos amigos queria ter certeza sobre os próprios sentimentos antes de contar para eles.

Ele até pensou em conversar com Yeon Na sobre a postagem que ela fez sem consultá-lo, mas decidiu deixá-la se divertir já que não dava a atenção que um namorado deveria dar.

Depois de beberem um pouco os garotos foram para um karaokê onde se divertiram imitando as integrantes do Princess Girl em várias performances.

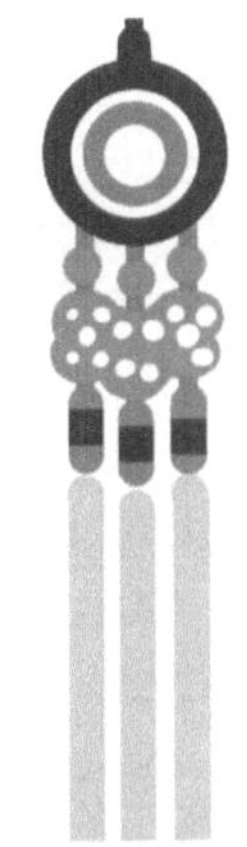

O incidente

Todas as manhãs em que Sun Nah-hee não acordava de ressaca ela costumava correr em um parque próximo a sua casa.

Nos fins de semana a função de acompanhá-la para que, caso seja reconhecida por algum fã, não fosse assediada era de Park Sung Woo.

Era um dia normal. Com fones no ouvido ela corria despreocupadamente até sentir um fone ser puxado e ouvir uma voz conhecida dizer:

— Você fica mais linda de manhã.

Era Kyu-Bok, o fã que a perseguia e que devia manter no mínimo quinhentos metros de distância.

Antes de responder ou acelerar a corrida Sun Nan-hee olhou para trás e viu Park Sung Woo falando ao celular distraidamente.

— Fico pensando porque tenho um guarda-costas – resmungou.

— Não gostei dele. É bonito demais. E te olha demais – como se a pergunta fosse para ele Kyu-Bok respondeu.

— Não quando preciso que olhe – ela comentou sem muita preocupação ao notar que havia muitas pessoas ao redor que poderia ajudar se ele tentasse algo. Além de que depois do primeiro ataque começou a fazer defesa pessoal. Ainda não era nenhum *Bruce Lee*, mas já aprendeu alguns truques.

— Tenho que ir – Kyu-Bok disse olhando para trás e vendo o segurança correndo em direção a eles. De acordo com o que ele ia chegando perto a preocupação estampada em seu rosto se tornava evidente. – Continue brilhando mais que o sol todas as manhãs e mais que a lua todas as noites.

Com essas palavras ele correu em direção a um táxi e desapareceu no tráfego.

Sun Na-hee teve certeza que ele a observava de manhã e a noite.

Não demorou e Park Sung Woo chegou.

— Tudo bem? – perguntou olhando o rosto sem expressão dela. Sabia que aquele era o mesmo homem da foto que Ju Hong Ji mostrou.

— Não me siga – dando meia volta Sun Nan-hee voltou para sua casa.

Ju Hong Ji acabava de chegar quando ela se aproximou da entrada da casa.

— Aconteceu alguma coisa? – perguntou para Park Sung Woo quando ela passou direto em direção ao portão.

— Só um segurança inútil que você conseguiu contratar – ela que respondeu antes de entrar e bater o portão.

Ela já estava procurando um motivo para externar sua raiva pelo fato dele estar namorando sua rival sem parecer que sentia ciúmes. Era a oportunidade perfeita. Poderia quebrar quantos copos quisesse e a culpa seria dele.

Nem estava tão preocupada assim com o que aconteceu com seu fã maluco.

Os dois homens se encararam do lado de fora sem saber dos pensamentos dela.

— Explique – Ju Hong Ji exigiu.

— Tive que atender uma ligação importante enquanto corríamos e fiquei para trás. Quando notei ela estava longe e aquele homem estava com ela – relatou.

Ju Hong Ji bufou e passou as mãos nos cabelos.

— Ele fez algo?

— Pelo que vi conversaram um pouco. Cometi um erro em tão pouco tempo. Acha que ela vai exigir minha cabeça? – estava realmente preocupado. A ligação que causou toda bagunça

era do seu pai dizendo que mais uma vez foi rejeitado em uma entrevista de emprego e que estava feliz por o filho ter conseguido um trabalho.

— Muito provável. Vá para sua casa. Te ligarei quando ela decidir conversar.

— Obrigado!

Ele pegou sua moto e partiu pensando em como diria ao pai que não tinha mais um emprego.

Assim que entrou em casa Park Sung Woo começou a andar de um lado para o outro.

— Filho, o que faz aqui nesse horário? Não disse que iria trabalhar hoje? Aconteceu alguma coisa? – sua mãe apareceu enxugando as mãos no avental.

— Estou de folga. A Sun Nan-hee vai ficar em casa descansando e me dispensou – mentiu.

Decidiu que se realmente fosse demitido só contaria quando encontrasse outro emprego.

— Aproveita para estudar – sua mãe sugeriu.

— Sempre a mesma frase – ele riu e a abraçou. – Já estou na universidade senhora Nam-Kyu.

— Mas não deixou de ser meu filho. Vou cuidar de você até eu morrer.

— Não diga essa palavra mãe – sem querer recordou o homem ao lado de Sun Nan-hee.

Ele deve ser perigoso mesmo para eles agirem tão drasticamente. Se não for demitido vou cuidar melhor dela. Se tivesse levado a sério todos os avisos de Ju Hong Ji o incidente não teria acontecido – martelava esses pensamentos enquanto desfazia o abraço e seguia para o quarto disposto a realmente estudar.

Se sentiu um idiota por não acreditar que aquele homem era um perigo e muito mais idiota por namorar a pessoa que era rival declarada de Sun Nan-hee só para abafar o que sentia por ela.

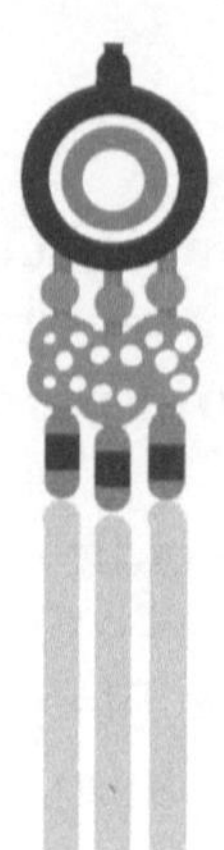

Dia comum de trabalho

No dia seguinte Sun Nan-hee acordou com uma terrível dor de cabeça. Não tinha conseguido dormir direito por causa das constantes mensagens de sua mãe e dos estranhos sentimentos por seu segurança. Chegou a pensar em demiti-lo para acabar de vez com o que sentia, mas inventou um monte de desculpas para deixar tudo como estava. Mesmo que não admitisse gostava da presença dele.

Sua cabeça latejava quando se levantou. Ela precisava se livrar da dor uma vez que passaria o dia gravando cenas de um clipe em um parque de diversões.

Os fãs já sabiam da gravação, então estariam cercando o lugar.

Enquanto ela tomava um remédio após um longo banho, Ju Hong Ji chegou.

— O carro já está pronto. Só preciso confirmar se vai chamar Park Sung Woo ou se prefere outra pessoa? – estava curioso sobre a decisão dela. O que Park Sung Woo fez foi grave, então se ela o aceitasse de volta confirmaria suas suspeitas de que sentia alguma coisa por ele.

— Quem é Park Sung Woo? – ela não conseguia ligar o nome a uma pessoa.

— O segurança que está em casa esperando para saber se foi demitido.

Sun Nan-hee percebeu que por o chamar de segurança, garoto ou secretário Kim não havia fixado o nome dele.

— O que sugere? – sentia muita dor para ser capaz de decidir.

Que você me diga para eu saber se estou certo ao cheirar romance no ar – pensou ao perceber que não teria essa confirmação tão facilmente.

— Acho que depois desse susto ele vai ficar bem mais atento. Além disso, trabalha muito bem. E é bonito o bastante para matar suas colegas de inveja – comentou sabendo que ela gostava de provocar as colegas.

Só quem pode matar alguém de inveja é Yeon Na – ela pensou um pouco irritada.

— Então o chame. Diga para estar na gravadora em trinta minutos. Vamos passar lá para eu pegar uma coisa.

— Como quiser – ele percebeu pelo jeito que ela esfregava a cabeça que ela não estava nada bem.

— Faça o máximo de silêncio durante todo o percurso e avise a ele para não conversar comigo enquanto eu não me dirigir a ele – exigiu.

Ju Hong Ji apenas assentiu.

Seguiram em silêncio.

A dor de cabeça de Sun Nan-hee já estava passando quando chegaram na gravadora.

— Espere aqui – ela colocou os óculos, ajeitou os cabelos e seguiu sem pressa até o estúdio 4 onde esqueceu o livro que queria terminar de ler.

Na volta quando ela apertou o botão acionando o elevador recebeu uma mensagem do agente. A mensagem dizia: ***O saguão está cheio de fãs. Desça pelas escadas que dão do outro lado. Seu segurança está esperando na saída.***

Sem ânimo para enfrentar os fãs ela seguiu para as escadas devagar. Sua dor não tinha passado completamente, por isso não queria arriscar ser mal-educada com eles. Eles eram sagrados.

Logo que chegou ao andar onde sairia viu Park Sung Woo nos primeiros degraus.

Ele a olhou sem saber o que dizer. Sentia que precisava se desculpar, mas não sabia como fazer. Subiu os degraus até onde ela estava.

— Espero que hoje não abandone seu posto para atender sua namorada – era uma oportunidade de fazê-lo se sentir culpado que ela não perderia.

— Sinto muito pelo que aconteceu, mas garanto que não estava falando com minha namorada. Eu estava....

— Não quero explicações – o interrompeu. – Só garanta que seu casinho não atrapalhe o seu trabalho.

Park Sung Woo engoliu em seco de raiva. Sempre ficava em seu limite quando estava com ela.

Queria dizer que só atendeu porque era seu pai, mas pressentia que ainda sim ela soltaria farpas e viraria uma discussão que acabaria se tornando sua demissão. Demissão que ele não podia aceitar no momento.

Virou as costas para ela disposto a sair dali antes de piorar a discussão, mas sua personalidade forte falou mais alto.

— Escute aqui garota! – se virou de uma vez a assustando e fazendo com que ela perdesse o equilíbrio.

Para evitar a queda Park Sung Woo a segurou pela cintura puxando-a para seus braços.

Seus rostos muito próximos. Os olhos castanhos dela mergulhados nos negros dele. Sequer piscavam.

O tempo pareceu parar. As únicas coisas que ouviam eram as batidas frenéticas dos seus corações. A raiva havia se transformado em algo que eles nunca sentiram antes.

Como que movidos por uma força invisível seus rostos se aproximaram lentamente.

— Vocês estão ai! Pensei que estavam em apuros – Ju Hong Ji falou logo que abriu a porta interrompendo o momento.

Sun Nan-hee e Park Sung Woo se afastaram como se houvessem levado um choque.

— O que estavam fazendo? – o agente perguntou com a sobrancelha levantada ao cair a ficha do significado da cena que viu.

Os dois saíram sem dizer nenhuma palavra. Ju Hong Ji os seguiu até a van com um sorrisinho permanente de quem queria dizer: "eu sabia".

Eles fizeram o caminho até o parque de diversões em silêncio. Ela acenou para alguns fãs que estavam depois de uma faixa de segurança e entrou no parque quase vazio. Só havia o pessoal da filmagem e seguranças.

Ainda abalada com o que quase aconteceu na escada Sun Nan-hee seguiu tudo que o diretor pediu sem reclamar. Estava com os pensamentos bagunçados.

Todos acharam a atitude estranha, mas não falaram nada para não despertar a fúria da princesa.

— Meninas, vamos fazer um intervalo de vinte minutos – o diretor anunciou após gravar uma cena do clipe no carrossel.

Aproveitando o intervalo Sun Nan-hee decidiu se fechar na van e ficou ouvindo música. Precisava pensar claramente no significado do que aconteceu na escada, mas se pegava lembrando apenas dos lábios de Park Sung Woo se aproximando dos seus.

Ele só estava me segurando para eu não cair – repetia mentalmente.

Durante o intervalo Park Sung Woo ficou encostado na porta da Van, disposto a não cometer o mesmo erro que quase causou sua demissão.

Também pensava no que quase aconteceu na escada. Tentava entender porque seu coração disparou mais forte que de costume.

Em meio a tais pensamentos ouviu a música que começou a tocar dentro da van e não resistiu. Abriu a porta.

Queria ver se ela estava na mesma posição de quando a encontrou ouvindo essa música pela primeira vez.

Dessa vez ela estava sentada no banco do carro com a cabeça apoiada no encosto e com os olhos fechados.

Ela acompanhava a música baixinho.

— Quando ouvi essa música pela primeira vez no toque do seu celular imaginei que você se achasse a melhor – disse anunciando sua presença.

Ela abriu os olhos e comentou sem virar em sua direção:

— Eu não acho que sou a melhor. Eu sou.

Ele riu.

— Mas me diga: não tem mais esse pensamento? – as palavras saíram da boca dela antes que pudesse controlá-las.

— Não sei. Agora me pego pensando se está esperando *o melhor* chegar como um príncipe encantado para te resgatar. Mas resgatar de que? De uma carreira de sucesso? De uma família que te ama? – pelo jeito que ela sorria toda vez que falava com o pai ele entendia que sua vida em família era no mínimo boa.

Depois de falar ele ficou pensativo. Pensando que desde que começou a trabalhar com ela não viu nenhum homem se aproximar, além dos fãs. Queria saber se ela tinha alguma mágoa de um relacionamento do passado que a impedia de se abrir.

— Procure algo mais produtivo para fazer quando estiver com tempo livre. Não perca seu tempo tentando adivinhar coisas sobre mim – ela disse tirando-o dos seus pensamentos.

— Sim, senhora.

Saiu e fechou a porta deixando-a com suas músicas. Mas não se abalou com suas palavras duras. Aos poucos aprendia a ver através delas.

Não conversaram mais em nenhum momento naquele dia.

Após a gravação Ju Hong Ji e Park Sung Woo deixaram Sun Nan-hee em casa e se despediram. Ju Hong Ji foi para o apartamento onde morava sozinho desde que saiu de sua ci-

dade natal para trabalhar e mandar dinheiro para os pais. E Park Sung Woo foi para a casa de seus pais onde tinha planos de viver até ter dinheiro para comprar uma casa maior na qual moraria com sua esposa, seus filhos e seus pais.

Planos que o destino insistia em querer bagunçar.

Algum tempo depois de chegar em casa Park Sung Woo descascava alhos para sua mãe e viajava em pensamentos.

Não conseguia tirar Sun Nan-hee da cabeça. A imagem do rosto dela tão próximo ao seu o perseguia.

Eu não gosto dela. Eu não gosto dela – repetia mentalmente.

— Filho! – Nam-Kyu chamou ao perceber que ele estava tentando descascar o alho descascado.

— Eu não gosto dela! – seus pensamentos se tornaram palavras. E palavras mais altas que o necessário.

— Calma! Não gosta de quem? – sua mãe sentou-se à sua frente sorridente.

— O que? – ele perguntou confuso. Ainda não tinha percebido que repetiu seu mantra em voz alta.

— Alguém está se apaixonando! – Nam-Kyu riu adivinhando os pensamentos do filho.

— Nada disso. Estava pensando em algumas opções para trocar de moto – mentiu.

Sua mãe astuta não aceitou sua justificativa e provocou:

— Moto? Sei. Eu acho essa moto que você diz não gostar linda.

— Mãe!!!

Sorrindo ela levantou e seguiu para o fogão onde fazia o jantar. Estava feliz por ver o filho apaixonado, por isso não falou mais nada sobre a "moto".

Raiva e bebida

Semanas depois Sun Nan-hee e as outras integrantes do grupo estavam gravando outro clipe. Dessa vez em um estúdio e dessa vez ela estava extremamente irritada.

O motivo disso era as constantes mensagens de sua mãe insistindo em gravarem juntas.

Cada vez que seu celular tocava ela sentia a raiva percorrendo suas veias. Ela lia e ficava um pouco mais sombria a cada instante.

Park Sung Woo percebeu que durante todo o dia o celular dela tocava com barulho de mensagem.

Em determinado momento ela o desligou, mas o estrago já estava feito. Seus nervos estavam a flor da pele e ela estourou com os diretores que supervisionavam a gravação do clipe.

— Quantas vezes mais teremos que repetir essa dança ridícula? – gritou quando o diretor pediu para repetirem um trecho pela quarta vez.

— Precisamos encontrar a harmonia entre o cenário e a coreografia – o diretor justificou calmamente.

— Não é repetindo a mesma porcaria que vai conseguir. Será que vou ter que te ensinar seu trabalho agora? Ou devo simplesmente fingir que você sabe o que faz e continuar dançando como uma idiota?

Além da raiva por causa das mensagens Sun Nan-hee também estava irritada por ver o quanto as meninas estavam exaustas por causa das constantes repetições. Estavam gravando há quatro horas.

— Uma pausa de quinze minutos – o diretor gritou para todos.

— Acalme-se princesa! Vamos acabar perdendo esse contrato – Ju Hong Ji se aproximou com uma garrafa de suco.

— Um clipe idiota, para uma empresa de roupa idiota, feito por um idiota. Eles é quem sairão perdendo – pegou a garrafa da mão dele.

Percebendo o quanto sua rival estava irritada Yeon Na decidiu colocar mais lenha na fogueira. Foi até Park Sung Woo e pediu ajuda simulando uma tontura.

Ele, alheio aos seus planos, a levou para se sentar um pouco em uma das cadeiras no canto.

Sun Nan-hee o viu se afastando com ela e sua raiva cresceu em proporções catastróficas. Se viu caminhando até eles.

— O que está acontecendo aqui? – perguntou diretamente para Park Sung Woo.

— Estou conversando com meu namorado, não posso? – Yeon Na respondeu por ele.

— Ele não é seu namorado. É meu segurança.

— Não deixa de ser meu namorado – acariciou o braço dele.

Sun Nan-hee respirou fundo.

— Só vim ajudar porque ela se sentiu mal. Estou aqui como seu segurança – Park Sung Woo decidiu intervir antes que algo mais violento acontecesse; também suspeitava que Yeon Na não estava tão mal assim.

— Vamos voltar a gravação em poucos minutos, estejam prontas – o diretor chegou perto deles com um sorriso no rosto.

Foi o pior erro que ele poderia ter cometido nesse dia.

Sun Nan-hee o olhou, depois olhou novamente na direção de Park Sung Woo que tentava em vão se afastar de Yeon Na.

— Quer saber? Por que ainda estou aqui? – se perguntou encarando o casal com expressão de puro nojo.

Saiu do estúdio a passos largos deixando todos pasmos.

Park Sung Woo a seguiu e Ju Hong Ji ficou tentando amenizar a situação alegando que ela estava com uma enxaqueca terrível e que insistiu para gravar ainda assim.

Todos fingiram acreditar porque não tinha como gravar sem a cantora principal.

Yeon Na ficou indignada com o fato de Park Sung Woo ter se afastado bruscamente e ido atrás da sua rival. Sua raiva também se devia ao fato de saber que se fosse ela que desse o *show* ninguém ligaria. Eram capazes de colocar outra pessoa cantando em seu lugar.

Quando Ju Hong Ji chegou onde a van estava estacionada Park Sung Woo estava encostado na porta fechada. Ju Hong Ji o olhou e ele deu de ombros como para dizer que ela continuava mais irritada que o normal.

Não havia mais motivos para permanecerem ali. Depois de tudo seria impossível continuar a gravação.

Dirigiram em um silêncio pesado.

Chegaram na casa de Sun Nan-hee rapidamente. Ela foi logo entrando, tirando cervejas e soju da geladeira e começou a misturar em um copo.

Eles entraram e ficaram sem saber se deviam perguntar o que estava acontecendo ou se era melhor deixá-la sozinha.

— Vocês podem ir – ela disse para os dois homens parados na sala.

— Mas... – Ju Hong Ji tentou argumentar.

— Vá de uma vez! Hoje não quero sua companhia – apontou a porta com uma lata de cerveja.

— Quer que eu chame Min Soo? – ele insistiu. Sabia sobre o aparecimento da mãe biológica, pois ela contou para evitar que ele promovesse novamente um encontro entre as duas. E suspeitava que Byeol tivesse culpa do mau-humor da garota.

— Eu chamo – ela respondeu.

— Tudo bem. Se precisar de qualquer coisa me liga.

Dizendo isso ele saiu. Iria aproveitar a folga forçada para visitar seu irmão mais velho e sua nora grávida que vieram recentemente para morar em Seul.

Depois que ele saiu Sun Nan-hee começou a beber.

Park Sung Woo estava na mesma posição olhando para ela desde que Ju Hong Ji se foi.

— E você? Não vai embora? – ela comentou no terceiro copo.

Devia aproveitar para ficar com a cobra da sua namorada – completou em pensamento.

— Estou esperando você ligar para sua amiga – ele respondeu impassível.

— Então sente-se para esperar – ela não tinha planos de chamar ninguém. Só queria beber até desmaiar.

— Se não pretendia chamá-la por que mentiu?

— Porque eu não preciso de babá. Assim como não preciso de interrogatório.

— Mas precisa de uma amiga. Posso não saber qual o motivo para sua tristeza, porém isso não significa que eu seja cego.

Sem querer desabar na frente dele ela perguntou:

— Se eu ligar para ela você vai embora?

— Irei assim que ela chegar – não confiava que ela ligaria de verdade.

— Tanto faz – revirou os olhos.

Pegou o celular contra a vontade e ligou para Min Soo chamando-a para ficar com ela. Preferia chorar na frente da amiga que na frente do segurança que abalava suas estruturas emocionais.

Poucos minutos depois Min Soo chegou.

Sun Nan-hee abriu a porta para ela e a manteve aberta depois que ela passou.

— Pode ir agora – disse olhando para Park Sung Woo.

— Boa noite! – ele cumprimentou Min Soo antes de sair. Gostava dela desde o dia em que beberam juntos.

Depois que ele saiu Min Soo reclamou:

— Por que foi tão má com ele?

— Ele me irrita. E não estou em condições de ser boazinha – sua voz estava embargada por tentar segurar o choro.

Percebendo as lágrimas que queriam sair dos olhos dela Min Soo a abraçou.

— O que houve?

— Pode só beber comigo? – pediu.

— Só se me contar tudo – apertou o abraço.

Sun Nan-hee se deixou abraçar por um longo tempo antes de começarem a beber. Só muito tempo depois conversaram sobre as mensagens e ligações de Byeol. Ela evitou falar sobre o segurança e seus sentimentos, mas Min Soo já havia percebido. Era um dos motivos pelos quais ela não contou que se apaixonou por ele desde o dia em que o viu surgindo como um herói para ajudá-las.

O sequestro

Depois de passarem grande parte da noite bebendo e conversando, Min Soo e Sun Nan-hee dormiram na mesma cama após avisarem a mãe de Min Soo que ela só voltaria de manhã. Sun Nan-hee não deixou a amiga ir embora à noite sozinha. E a amiga não a deixou chamar ninguém para levá-la.

Na manhã seguinte prepararam juntas sopa de broto de feijão para espantar a ressaca.

Depois da sopa Min Soo foi embora de táxi para não deixar sua mãe preocupada com a demora.

Sun Nan-hee ficou em casa de pijama zapeando a televisão. Não tinha nada na agenda.

Pensou em visitar seu pai, mas recordou que sua mãe estava em casa. Não queria que ela olhasse seu rosto e ficasse ainda mais triste por causa do filho perdido como sempre acontecia. Cha Yang Mi tentava disfarçar, mas a garota percebia.

Como não havia nada de interessante na TV acabou cochilando no sofá.

Um pouco mais tarde acordou com o barulho insistente da campainha.

Sonolenta foi até a porta e abriu quando viu que se tratava de Park Sung Woo.

Ele a olhou de cima a baixo antes de passar dizendo:

— Meu celular ficou aqui.

Resmungando ela voltou para o sofá e deixou ele procurando o aparelho pela casa. Pegou seu próprio celular para ver se havia alguma mensagem. Foi quando percebeu várias ligações perdidas da mãe de Min Soo. Inclusive ligações de poucos minutos atrás.

Quando ia retornar para saber o que estava acontecendo o celular começou a tocar.

Sun Nan-hee olhou a tela do celular antes de atender, mas o número não era identificável. Preocupada com a amiga atendeu:

— Alô!

— Olá, princesa! – uma voz masculina se fez ouvir.

Ela revirou os olhos ao reconhecer a voz.

— Vou desligar e informar a polícia que você está me perturbando – avisou pronta para encerrar a ligação e tentar contato com a mãe de Min Soo.

— Espere. Sua amiga quer falar com você – ele avisou antes que a ligação fosse encerrada.

Ao ouvir isso o coração de Sun Nan-hee parou e seu sangue gelou nas veias. Não conseguia respirar direito diante do medo que percorria seu corpo e mente.

Antes que pudesse dizer algo uma voz conhecida chamou o nome dela do outro lado da linha. Era Min Soo.

Tonta de pavor ela se deixou cair no sofá.

Park Sung Woo já com o seu celular na mão se preparava para partir, mas se aproximou preocupado com as reações dela.

— O que houve? – perguntou.

Ela não respondeu. Ouvia a voz do outro lado da linha com o coração disparado.

— Eu só queria um encontro com minha princesa, mas você me obrigou a me afastar, por isso tive que chegar a esse ponto – Kyu-Bok disse como se justificasse sua atitude.

— Não a machuque, por favor – ela implorou.

Park Sung Woo ficou mais preocupado. Rapidamente tirou o telefone da mão dela e questionou a pessoa do outro lado da linha:

— Quem é você?

Ouviu apenas o tu, tu, tu da ligação encerrada.

Ele se viu sem reação ao perceber que Sun Nan-hee tremia apavorada. Se era guarda-costas devia saber como reagir em uma situação assim, pois sabia que ela possuía fãs fanáticos.

Respirou fundo três vezes e se ajoelhou em frente a ela antes de dizer:

— Preciso que me diga o que aconteceu para que eu possa te ajudar.

Esfregava suas mãos na tentativa de fazê-las parar de tremer.

— Ele a levou. A culpa é minha – Sun Nan-hee disse com a voz tão trêmula quanto seu corpo.

— Quem levou quem? – Park Sung Woo perguntou temendo a resposta.

— Aquele louco que me persegue. Ele levou minha amiga. É a única amiga que tenho. Vai machucá-la. A culpa é minha – começou a falar rápido se levantando.

— Acalme-se – falou com firmeza.

O telefone tocou novamente e ela se adiantou para pegar. Ansiosa atendeu sem olhar quem era:

— Alô!

— Se não quiser que sua amiga se machuque ainda mais venha até o armazém abandonado próximo a entrada da Guryong Village[2]. O local está pintado de amarelo, não é difícil de achar. Ah, e nada de polícia ou seguranças. Quero um encontro privado. Você tem duas horas – disse rapidamente e desligou.

Ainda com o telefone na mão Sun Nan-hee correu para o quarto para pegar a bolsa e as chaves do carro, mas Park Sung Woo a parou segurando seu braço.

— Para que me contratou? – estava assustado com a situação, mas queria fazer algo por ela.

— Guarda-costas – sua resposta foi automática. Na verdade, não sentia a presença dele; apenas a presença do desespero.

---

2 Guryong ou Guryong Village: um acampamento ilegal em terras privadas em Seul.

Sem alternativa ele a abraçou com força tentando fazê-la voltar a raciocinar com clareza. Foi quando sentiu as lágrimas.

— Desculpe. Estou apertando você? – perguntou afastando-a um pouco.

Ela balançou a cabeça negando e confessou:

— Eu não sei o que fazer.

— Então vamos fazer uma aposta – ele se ouviu dizendo enquanto um plano se formava em sua cabeça.

Ela não esperou que ele dissesse seu plano, foi logo dizendo:

— Prometo que farei o que quiser se trouxer minha amiga em segurança.

Comovido com o desespero dela ele aceitou.

— Então essa vai ser nossa aposta: se eu a trouxer em vinte e quatro horas você vai fazer o que eu mandar. E se eu não conseguir pode me demitir.

— Temos uma aposta – ela aceitou sem pensar duas vezes.

Gentilmente ele a afastou um pouco mais e pediu que repetisse o que o sequestrador havia dito. Ela obedeceu.

— Fique aqui e não saia de perto do telefone – ele orientou assim que ela terminou de relatar. – Vou resolver isso.

— Vai avisar a polícia? – perguntou antes que ele passasse pela porta.

— Apenas em último caso. Me espere.

Rapidamente ele saiu da casa e ligou para seus amigos Yong e Sang. Precisava deles para o seu plano dar certo.

Quando chegou perto do local informado pelo sequestrador seus amigos já esperavam.

Não fizeram as piadas costumeiras. Guardaram para quando estivessem em um terreno amigável.

— Esse tipo de pessoa age sozinho. Não deve ter ninguém vigiando – Yong comentou analisando o armazém.

— Vou tentar ver alguma coisa lá dentro – Park Sung Woo anunciou.

— Cuidado. Qualquer movimento suspeito pode fazê-lo machucar a vítima – Sang alertou.

— Já chamei a polícia. Eles vão chegar em breve, mas tenho medo de que cheguem fazendo barulho e assuste o cara, por isso preciso ver a situação – Park Sung Woo explicou.

Ele foi andando devagar até encontrar uma porta aberta. Entrou sem fazer barulho, mas para o seu azar deu de cara com Kyu-Bok.

— O que está fazendo aqui? – ele perguntou ao reconhecer o segurança de Sun Nan-hee.

Park Sung Woo não respondeu, apenas disse:

— A polícia está chegando. Você não tem escapatória – se sentia mais seguro ao perceber que o homem estava desarmado. Era realmente só um louco fanático.

— O segurança quer bancar o herói? – Kyu-Bok não esperava por isso.

Nesse momento a polícia chegou. O barulho das sirenes fez com que ele tentasse fugir, mas Park Sung Woo o empurrou para impedir.

Começaram uma luta corporal.

Min Soo ao ouvir a voz de Park Sung Woo e o barulho das sirenes, começou a gritar para que soubessem que estava presa em uma sala.

Os policiais entraram após informados que Park Sung Woo já estava lá. Eles separaram os dois que ainda brigavam e libertaram Min Soo.

Logo Kyu-Bok saia algemado e gritando:

— A princesa é minha! A princesa é minha!

Sun Nan-hee que não conseguiu ficar parada em casa chegou exatamente quando Min Soo saia amparada por Park Sung Woo e um policial.

Ela correu na direção deles e abraçou a amiga.

— Sinto muito. Me perdoe. Você está bem? – analisava para ver se ela estava machucada.

— Se parar de me apertar vou ficar bem.

As duas riam e choravam.

— É tudo minha culpa. Quando sua mãe souber nunca mais vai me deixar chegar perto de você – Sun Nan-hee enxugou as lágrimas da amiga com as pontas dos dedos.

— Não é sua culpa. E minha mãe te ama tanto quanto eu – segurou a mão da amiga com carinho.

Todos foram até a delegacia onde Min Soo contou que o sequestrador estava esperando perto da casa dela e que a ameaçou com uma faca obrigando-a a entrar no carro dele e a manteve amarrada a uma cadeira no armazém com o único intuito de atrair Sun Nan-hee.

Depois que ela deu seu depoimento os outros também responderam algumas perguntas e foram liberados. Os amigos de Park Sung Woo voltaram aos seus afazeres e ele levou as meninas direto para a casa de Sun Nan-hee.

Por sorte saíram da delegacia antes da chegada dos paparazzi que descobriram sobre o ocorrido através de um dos policiais.

Apaixonada pelo herói

Já estava anoitecendo quando Sun Nan-hee se despediu de Min Soo. Elas haviam inventado uma desculpa para a mãe de Min Soo não se preocupar. Sabiam que era mais fácil contar o que aconteceu pessoalmente para diminuir a preocupação.

— Vou te acompanhar até lá fora – Sun Nan-hee se prontificou.

— Não precisa. O táxi já chegou – ela disse já em direção a porta.

— Então se cuida e me liga quando chegar na sua casa.

— Pode deixar.

Min Soo saiu fechando a porta atrás de si.

O tempo todo Park Sung Woo estava sentado no sofá observando a interação entre as duas.

Um silêncio se instalou na sala quando ficaram sozinhos.

— Se não precisa mais de mim vou indo também — ele anunciou se levantando para partir.

— Espera – Sun Nan-hee segurou seu braço.

Ele se virou devagar até ficarem frente a frente.

— Você salvou a vida da minha amiga. Sempre serei grata – disse olhando em seus olhos.

— Ela também se tornou minha amiga – ele foi sincero.

— Ainda assim, obrigada! – em um impulso ela ficou na ponta dos pés e colou os lábios aos dele o pegando de surpresa.

Foi um beijo rápido. Apenas um roçar de lábios, mas naquele instante todas as cores daquele relacionamento mudaram.

Para tentar disfarçar Sun Nan-hee disse atrapalhada:

— Estou cansada. Boa noite! – disse e saiu correndo com o coração aos saltos em direção ao quarto onde se trancou.

Park Sung Woo ficou parado no mesmo lugar alguns instantes. Logo sorriu, tocou os lábios com as pontas dos dedos e se foi.

Quando ele saiu da casa encontrou Min Soo esperando perto da sua moto.

— Ei, não devia estar aqui sozinha – comentou preocupado.

— Pode me acompanhar em casa? – ela pediu com um sorriso tímido.

— Tem sorte que estou com um capacete extra – ele sorriu também. Estava preocupado que ela ficasse traumatizada por causa do incidente.

Entregou o capacete e disse:

— Vamos nessa!

Quase conseguiram chegar, mas perto do bairro onde ele morava a moto começou a falhar e acabou deixando-os na mão.

— Vamos ter que continuar a pé – declarou parando a moto e tirando o capacete.

— O que houve? – Min Soo questionou já descendo e tirando o capacete também.

— Não sei bem. Meu amigo mora aqui perto. Vou deixar a moto com ele e continuamos de táxi.

— Podemos andar – Min Soo sugeriu. – A noite está linda e não moro muito longe.

— Você mora por aqui?

— Achou que eu morasse em uma mansão? – ela riu.

— Não. É que eu moro por aqui também. Fico me perguntando porque nunca te vi – comentou empurrando a moto.

— Eu não saia muito de casa, ainda não saio. Só mesmo para a faculdade ou com Sun Nan-hee. Tenho certeza que já ouviu falar da casa onde mora uma menina fantasma. Prazer,

fantasma – riu mais alto. Parecia ter esquecido o incidente com o fã louco.

— Você?! Nossa! – recordou que quando criança sempre que passavam por uma rua no fim do bairro se desafiavam a tocar a campainha da casa vermelha. – Você não parece o tipo reclusa.

— Graças a Sun Nan-hee. Ela me resgatou da morte – comentou pensativa.

Ele ficou incomodado de perguntar o que ela queria dizer com isso, mas ela parecia disposta a conversar.

— Eu sempre fui tímida e medrosa. Alguns anos atrás ganhei uma bolsa para entrar em um colégio conceituado e achei que minha vida mudaria. Era o mesmo colégio em que Sun Nan-hee estudava. Lembro que cheguei no primeiro dia de aula toda sorridente, crente que enfim teria coragem para fazer amigos, mas parece que havia uma faixa escrito bullying[3] na minha testa – começou a relatar.

Suspirou chutando o ar. Park Sung Woo apenas ouvia.

— Havia uma turma que me atormentava sem parar, enquanto os outros só observavam. Um dia em desespero quase me joguei do prédio da escola. Achei que estava sozinha no terraço, mas ouvi uma voz feminina que disse: *"se pular vai trazer repórteres para a escola. Eu não gosto de aparecer na mídia quando o negócio é tragédia"*. Quando vi de quem era a voz quase cai mesmo.

Sorriu recordando e continuou:

— Fiz a coisa mais ridícula; sai correndo. Voltei para a classe e fiquei no meu canto depois de ouvir o sermão do professor sobre pessoas que não dão valor ao que tem usando meu atraso como base. No fim da aula, enquanto esperava o ônibus, fiquei

---

3 Bullying: termo da língua inglesa (bully=valentão) que se refere a todas as formas de atitudes agressivas, verbais ou físicas, intencionais e repetitivas, que ocorrem sem motivação evidente e são exercidas por um ou mais indivíduos, causando dor e angústia, com o objetivo de intimidar ou agredir outra pessoa sem a possibilidade ou capacidade de se defender, sendo realizadas dentro de uma relação desigual de forças ou poder. Em geral, a vítima teme o(a) agressor(a) em razão das ameaças ou mesmo da concretização da violência, física ou sexual, ou a perda dos meios de subsistência.

imaginando se seria muito ruim desistir da bolsa, mas acabei voltando no dia seguinte, pois não podia decepcionar minha mãe. Foi quando aconteceu a coisa mais estranha: ninguém me perturbou quando cheguei ou jogou papel em mim durante a aula. No intervalo também não chegaram perto, me deixaram quieta na mesa do canto. E assim foi durante os outros dias.

Olhou para Park Sung Woo. Ele estava absorvido em sua história, então ela continuou a narrativa:

— Acabei descobrindo que Sun Nan-hee ameaçou o diretor do colégio de expor o bullying que acontecia e ele ameaçou expulsar o próximo que provocasse algo que pudesse sujar a imagem da escola. Sun Nan-hee também postou uma foto montada de nós duas com a legenda *amigas para sempre* na página do grupo Princess Girls. Na época ela tinha catorze anos e eu treze. Ela já havia conquistado o mundo. Não passava muito tempo no colégio por causa do grupo, ainda é assim. Sinceramente não sei por qual motivo louco, mas passamos a sair juntas e nossa amizade se fortaleceu cada dia mais – ela parou e completou sorrindo. – Desculpe. Fiquei falando como um papagaio.

Ele tentou imaginar Sun Nan-hee com catorze anos. Sua mente criou a imagem de uma menina rebelde e briguenta.

— Fique tranquila. É bom conversar enquanto andamos – voltou a empurrar a moto forçando-a a segui-lo.

— Só eu falo. Isso não é uma conversa – Min Soo reclamou. Queria saber um pouco mais sobre ele também, mas Park Sung Woo estava alheio aos seus desejos. Ele pensava coisas como: parece realmente que nossa megera possui uma princesa dentro dela.

Percebendo que ela esperava algum comentário ele disse:

— É uma conversa sim. Estou curtindo saber um pouco mais sobre o passado de vocês duas. Me diga: a amizade de vocês é pública? – por não acompanhar notícias sobre celebridades ele sabia pouco sobre Sun Nan-hee, apenas o que percebeu desde que começou a trabalhar para ela e algumas coisas que ouvia as pessoas comentarem.

— Não. A única vez que aparecemos juntas foi naquela foto montada. Costumo sair em público com ela, quase sempre, quando está disfarçada – respondeu.

Andavam lado a lado devagar.

— Por que? Ela tem vergonha de você por algum motivo? – novamente a dúvida sobre a existência da princesa dentro da megera.

— Claro que não – Min Soo deixou claro que se ofendeu com a pergunta. – Eu é que pedi para ser assim. Não quero que minhas conquistas ocorram por causa das minhas amizades. Também gosto de ser um porto seguro para a minha amiga. Alguém que ela possa contar como pessoa e não como celebridade.

— Desculpe se a ofendi – pediu sincero.

— Só não gosto que critiquem minha amiga – não estava mais curtindo a caminhada, pois mesmo que em seu íntimo implorasse para que ele a visse como mulher ela não admitia que falassem mal de Sun Nan-hee na sua frente. Nem mesmo a pessoa que as duas disputavam em silêncio.

Nesse momento chegaram à casa do amigo onde Park Sung Woo deixou a moto.

— Ok. Vamos mudar de assunto. Hora de falar de mim – ele sugeriu ao voltarem ao caminho.

— É um ótimo tópico – Min Soo comentou sorrindo, feliz por não focarem em falar de sua amiga.

— O que quer saber? – ele perguntou.

— Fale da sua infância.

Andavam devagar.

— Eu fui um garoto do tipo rebelde que vivia em encrencas com meus amigos. Mas foi uma época maravilhosa. Ainda saio com meus melhores amigos Yong e Sang, pois fazemos o mesmo curso: Administração.

— E ainda se mete em confusões – ela comentou lembrando do incidente no bar e do recente resgate.

— Às vezes. Mas garanto que me responsabilizo por todos os meus atos.

— Sei que é um príncipe – riu. – Me diz: por que se tornou segurança?

— Necessidade. Meu pai perdeu o emprego. E eu só fazia pequenos trabalhos de meio período. Me tornei segurança para ele se sentir seguro enquanto procura um novo emprego devagar. Quis que ele sentisse que pode contar comigo.

— Não disse? Um príncipe.

— Não exagere – riu.

— Por que seu pai não começa um trabalho familiar? Aposto que em sua família vocês possuem algum talento que possam usar para começar um negócio. É algo que vai depender apenas de vocês e ele não vai ter o risco de ser demitido.

Suas palavras o fez lembrar do talento que sua mãe tinha para artesanato e em como seu pai gostava de ajudá-la.

— Eu realmente gostei dessa ideia. Conversarei com ele sobre essa possibilidade – a encarou. – Está vendo como conversar é bom?

— Pena que a conversa será interrompida. Aquela é a minha casa – apontou uma casa de cerca baixa com um pequeno jardim de camélias.

— Encomenda entregue. Tenha uma ótima noite. Descanse e não pense em nada do que aconteceu – recomendou.

— Obrigada! Como você vai voltar?

— Moro a dois quarteirões daqui. Estarei em casa em um piscar de olhos – disse se perguntando como não havia se encontrado com ela antes.

Devo ter passado por ela várias vezes, mas nunca dei atenção – pensou.

Em despedida sorriu, piscou para ela e se virou andando devagar.

Min Soo o observou por algum tempo.

— Eu queria ser só um pouquinho egoísta para fingir que não percebo que vocês se gostam – sussurrou para si olhando a figura dele desaparecer.

Pagando a aposta

Depois do sequestro e da conversa com Min Soo, Park Sung Woo constantemente se pegava observando Sun Nan-hee e lembrando do beijo.

Ela tentava agir como sempre, mas às vezes ele a surpreendia olhando em sua direção pensativa.

Quase uma semana depois do incidente eles estavam no estúdio para um ensaio fotográfico do grupo.

Park Sung Woo observou de longe ela e as outras integrantes fazerem poses para várias câmeras.

— Está ótimo por hoje. Meninas, vocês foram perfeitas! – um dos fotógrafos anunciou.

Diante disso Yeon Na passou por Park Sung Woo em direção a saída depois de fuzilar Sun Nan-hee com o olhar. Com isso ela queria demonstrar que ainda estava chateada por ele não a ter defendido no último ataque de fúria da rival.

Ele não estava nem um pouco preocupado com isso.

— Terminou o ensaio? – perguntou quando Sun Nan-hee se aproximou.

— Sim. Já podemos ir, senhor motorista – respondeu depois de beber a água que ele ofereceu.

Há dois dias ele tinha assumido o posto de motorista porque Ju Hing Ji estava de cama abatido por um forte resfriado.

Park Sung Woo sorriu fazendo ela o encarar por causa da atitude estranha, uma vez que ele sempre fica bravo quando ela o chama assim.

Ele estava sorrindo porque lembrou que ela devia pagar uma aposta.

— Motorista? Esqueceu da nossa aposta? – usaria a oportunidade para fazê-la provar um pouco da vida real. Queria muito saber como ela se sairia no desafio.

— O que aquela aposta tem a ver com isso? – perguntou desconfiada.

— Você disse que se eu ganhasse poderia pedir o que eu quisesse.

— Diga logo seu preço – estava decidida a pagar mesmo que ele pedisse para voltar a pé os quilômetros até sua casa. Nada que fizesse era suficiente para mostrar o quanto estava grata por ele salvar sua amiga.

— Quero que vá para sua casa de ônibus – ele declarou.

— O que? Sério? – o pedido a surpreendeu. Estaria mais confortável e menos exposta se voltasse andando.

— Isso mesmo. Você tem dinheiro que dá para a passagem. Vou mandar te seguirem, então nada de tentar burlar. Quero que viva essa experiência.

— E se eu me recusar? – levantou uma sobrancelha em desafio.

— Não acontece nada. Só comprova minha teoria de que é uma garota mimada que não cumpre suas palavras.

— Cada dia gosto menos de você – apertou a garrafa vazia.

— Idem – sorriu e provocou: – Vou esperar na sua casa. Não demore.

Ela virou as costas e começou a andar para fora do estúdio fotográfico.

— Aonde vai? – perguntou imaginando que ela realmente se recusaria a fazer o que pediu.

— Vou me disfarçar. Não posso ser reconhecida em um ônibus. Ou fora dele – disse o surpreendendo.

Ele gostou de saber que a amizade dela era tão importante a ponto de fazer algo que a incomodasse.

— Vai se vestir de menino?

— Não. Apenas me disfarçar.

— Fighting[4]! – gritou chamando a atenção das pessoas ao redor.

Sem dizer mais nada ela saiu. Foi até um dos closets que a empresa disponibilizava para os artistas e selecionou alguns assessórios para o desafio. Uma peruca morena, óculos, casaco, tênis e, para completar, uma mochila onde colocou sua bolsa.

Se olhou no espelho e aprovou o resultado. Parecia uma estudante de universidade comum.

Saiu do estúdio sem ninguém prestar atenção nela e seguiu em busca de um ponto de ônibus.

— Tenho certeza que já vi um perto da gravadora – comentou como se conversasse com a cantora dentro da estudante.

Agradeceu por Park Sung Woo não aparecer em seu caminho. Estava irritada demais para controlar seu impulso de socá-lo.

O que ela não sabia era que discretamente Park Sung Woo a seguia e viu quando ela deu sinal para o primeiro ônibus que apareceu.

Ele pensou: ônibus errado. *Devia ter se informado.*

Riu enquanto observava ela tentar imitar as pessoas que entravam.

Era um horário em que trabalhadores e estudantes voltavam para suas casas. Ele não teve dificuldade de entrar sem ela perceber.

Mesmo com o ônibus lotado ele podia ver todas as reações dela de onde estava.

Ela segurava a barra de apoio do ônibus como se sua vida dependesse disso. Olhava para tudo como se fosse vomitar a qualquer momento. Até o teto do ônibus passou por uma inspeção do seu olhar. Não conseguia relaxar e piorou quando viu um passageiro se aproveitando do ônibus lotado para roçar em uma estudante.

---

4 Fighting: Termo usado como uma palavra de ânimo e encorajamento

Ela o olhava boquiaberta, principalmente porque parecia que ninguém via ou fingiam não ver.

Perdeu as estribeiras.

Sacudida de um lado para o outro por causa do movimento do ônibus, e empurrando as pessoas ela foi até ele e gritou:

— Seu tarado asqueroso!

Logo o empurrou fazendo ele cair pesadamente no piso do ônibus. Era um homem magro de meia idade que parecia estar voltando do trabalho.

Park Sung Woo chegou perto para ajudá-la mesmo que fosse revelado que a estava seguindo, mas uma cena o fez parar.

Sun Nan-hee segurou o homem pela mão, que ele levantou para agredi-la, e o arrastou em direção a porta de saída.

Enfim criando vida as pessoas abriam caminho para ela enquanto gritavam ofensas para o homem que costumava fazer isso impunemente há algum tempo.

— Seu pedaço de merda! Vou quebrar seus malditos dedos para nunca mais você abusar de nenhuma mulher – ela se esqueceu completamente de que não poderia ser reconhecida ou apareceria em todas as notícias.

O homem urrava de dor. Era um covarde que não sabia como reagir diante de alguém que não o temia.

O motorista parou o ônibus no próximo ponto para resolver a situação.

— Ele é um tarado – a vítima se apressou a dizer quando o motorista chegou perto deles.

Ele olhou o homem com desprezo, depois se virou para Sun Nan-hee:

— Aigo[5]! E você quem é? Xena?

Ela teve vontade de rir ao perceber que ele citava uma princesa guerreira. Isso a fez lembrar de quem era e que não podia ir para a delegacia com um molestador.

Soltou o homem como se ele a houvesse queimado.

— Eu preciso trabalhar. Você vai ser testemunha dela? – o motorista perguntou diretamente para Sun Nan-hee.

---

5 Aigo: expressão de surpresa ou incredulidade "Meu Deus!" "Céus!".

Ela ficou muda. Não queria que o homem saísse impune depois de tudo, mas certamente estaria em apuros se fosse para a delegacia.

Abriu a boca para responder e se surpreendeu ao ver alguns passageiros se manifestarem.

— Serei testemunha – duas pessoas disseram ao mesmo tempo.

— Coisas assim não podem acontecer impunimente – outros se pronunciavam.

O tarado vendo a comoção quis aproveitar da situação para fugir pela porta aberta, mas foi impedido por alguns passageiros que o manteve bem seguro enquanto saiam.

Outras pessoas vendo a cena acabaram descendo do ônibus com a vítima e o tarado. Todos dispostos a testemunhar contra o homem.

Sun Nan-hee aproveitou e se sentou em uma cadeira que ficou vazia. Olhava pela janela a movimentação.

No fim ninguém veio até ela agradecer ou exigir seu testemunho. O motorista voltou para o seu caminho.

A vida seguia. O incidente seria comentado por algum tempo, mas logo seria ofuscado por alguma outra coisa.

Para um rapaz sentado no fundo ônibus aquilo nunca seria esquecido, pois foi esse o momento em que ele teve certeza de que se preocupava com o bem-estar dela e que não queria que nada a deixasse triste ou ferida.

O tempo todo Sun Nan-hee permanecia olhando pela janela na esperança de reconhecer alguma coisa que indicasse que estava perto de sua casa. Não queria pedir informações. Já se sentia uma idiota por se meter em uma aposta sem sentido.

— Senhorita, esse é o ponto final – o motorista falou quando todos desceram menos ela.

Park Song Woo desceu quando o motorista desligou o veículo e ficou observando o que ela faria.

Ela olhou para os lugares vazios tentando pensar em algo que pudesse fazer. Acabou decidindo descer quando o homem falou:

— A senhorita está bem? Preciso levar o ônibus para a garagem.

Sem falar nada ela seguiu para a porta aberta e desceu.

Caminhava lentamente olhando o lugar estranho e mal iluminado.

Um pouco assustada ela pegou o celular e discou para Ju Hong Ji.

Não posso fazer isso – pensou e desligou antes que ele atendesse.

Logo ele retornou.

— Liguei por engano – ela falou e desligou na cara dele. Ju Hong Ji não entendeu nada, mas estava mais preocupado com o resfriado que não passava, então apenas se virou na cama e dormiu novamente.

Sun Nan-hee não pretendia mostrar fraqueza. Decidiu voltar e esperar no ponto de ônibus. Principalmente porque o local parecia mais iluminado do que a rua em que estava entrando e sentia que a pessoa do outro lado da rua, oculta pelas sombras, a estava observando.

Logo passa outro ônibus e eu faço o caminho de volta – pensou sentando no banco do ponto.

Só que sua esperança não durou muito. Um casal passou por ela e a mulher disse:

— Se estiver esperando ônibus, desista. Não passa mais ônibus nesse horário por aqui.

— Obrigada! – respondeu ao comentário friamente.

Como assim não passa ônibus? A noite mal começou. Como esse povo se move então? – pensava enquanto decidia se ficava ali esperando ou enfrentava as ruas desconhecidas ou pedia de uma vez informação de como chegar ao seu endereço.

Acabou optando por procurar outro ônibus.

Dessa vez vou perguntar para onde estou indo. Nenhum motorista tem bola de cristal – se sentia burra por não ter feito isso antes.

Andava rápido pelas ruas desconhecidas.

A sensação de que era observada só aumentava. Em nenhum momento associou essa sensação ao fato de que havia sido avisada que seria seguida. Tinha até se esquecido disso.

Sem coragem de olhar para trás ela tentou ouvir passos próximos. Parecia que a pessoa estava perto.

Ela virou algumas ruas para ver se continuaria sendo seguida. Estava preocupada apesar de perceber que o lugar não era totalmente deserto.

Ao notar que a pessoa continuava atrás dela Sun Nan-hee tirou discretamente o spray de pimenta da bolsa na mochila e se preparou para atacar. Quando ia se virar para enfrentar seu perseguidor foi abraçada por trás. Mãos fortes envolveram sua cintura e uma voz rouca e suave se fez ouvir:

— Calma, sou eu!

Ela ficou sem reação.

Como pode pedir calma quando me abraça desse jeito? – pensou com o coração disparado.

Não o afastou. Foi quando ele teve certeza de que ela também sentia algo. Ele a tinha abraçado por um impulso incontrolável, maior que o medo de ser rejeitado.

— Chega de aventura por hoje! – disse ao seu ouvido antes de desfazer o abraço e a segurar pela mão puxando em direção contrária. – Vamos encontrar um táxi.

— E quanto a aposta?

— Ver você imobilizando aquele homem paga qualquer aposta.

— Você me seguiu o tempo todo? – lembrou da pessoa oculta nas sombras momentos antes.

— Desde o momento em que entrou no ônibus errado – riu.

Foram para a casa dela onde ele a deixou e pegou sua moto. Nenhum dos dois teve coragem de falar sobre o que sentiam. Se separaram naquela noite com muitas dúvidas e muitos sentimentos.

Duas vezes primeiro amor

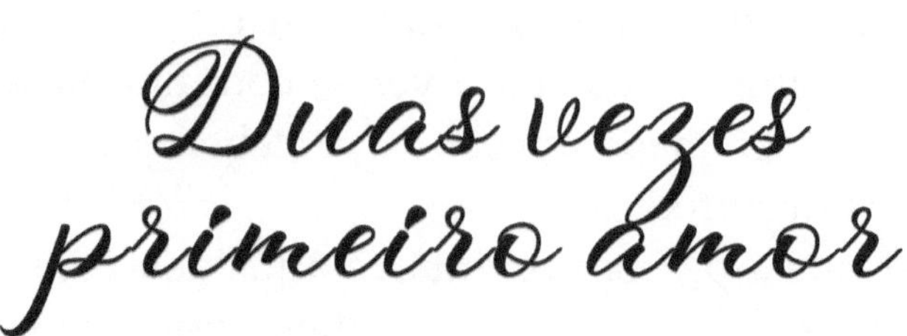

Enquanto Park Sung Woo e Sun Nan-hee estavam cada vez mais envolvidos Min Soo tentava esconder o sentimento que crescia em seu coração. Mas acabou se distraindo em pensamentos enquanto estava na casa da amiga se sem querer perguntou:

— O que sente por Park Sung Woo?

— O que? – Sun Nan-hee engasgou com a bebida.

Estavam bebendo cerveja e comendo frango frito na sala em um dos raros fins de semana em que as integrantes do grupo Princess Girl tinham folga.

Min Soo aproveitou o instante de coragem e continuou:

— É que vejo a forma como vocês se olham, mas ainda assim vocês passam mais tempo brigando que....

— Não tenho nada com ele – Sun Nan-hee a interrompeu.

— Certo. E seu eu disser que tenho uma amiga que está afim dele?

Claro que ela não acreditou que não tinham nada. A voz esganiçada da amiga depois de engasgar com a cerveja denunciava que não era tão indiferente quanto queria demonstrar.

— Eu perguntaria quem é a louca. Também diria que ele tem namorada.

E a mataria – completou em pensamento.

Riu diante do pensamento atrevido.

— Então vou ajudar ela a se aproximar. Não acho que alguém como Yeon Na seja a escolha ideal para ele.

— Não se preocupe comigo – mentiu. Ainda não se sentia pronta para falar sobre seus sentimentos. Sentiu falta de uma mãe que a ouvisse e aconselhasse.

— Como essa sua amiga o conheceu? – perguntou depois de alguns instantes de silêncio ao perceber que Min Soo não falaria mais no assunto. Estava curiosa.

— Eles moram no mesmo bairro. Uma vez ele a salvou de uma situação perigosa e ela se apaixonou. Descobriu nele seu primeiro amor.

Ele também é o meu primeiro amor – Sun Nan-hee pensou encarando um ponto qualquer a sua frente.

— Esse segurança gosta de bancar o herói – brincou para disfarçar seus sentimentos.

— Eu tenho que agradecer sempre porque talvez não estaria aqui se não fosse essa personalidade salvadora dele.

— Tenho que concordar. E você ficou em perigo por minha causa.

— Ei, pode parar!

Para evitar que o assunto se desviasse para coisas tristes elas decidiram ligar a TV e imitar alguns grupos de dança enquanto bebiam.

No fim da tarde da segunda-feira seguinte Sun Nan-hee gravaria uma música acústica no estúdio e Min Soo tinha se programado para assistir. Enquanto as integrantes se preparavam Min Soo conversava com Park Sung Woo no terraço.

Quando estava prestes a começar a gravação Sun Nan-hee subiu para chamá-la. Ao perceber que ela estava conversando com Park Sung Woo sentiu a curiosidade ferver. Queria ouvir a conversa então se aproximou em silêncio.

De acordo com o que se aproximava, sem ser vista, pode perceber a forma como a amiga olhava para ele.

Não pode ser! – pensou constatando que aquele era o mesmo olhar que via nos filmes de romance.

Assustada com a constatação até esqueceu o motivo de estar ali e se ouviu dizendo para Park Sung Woo assim que se aproximou o bastante para ser ouvida:

— Ju Hong Ji está procurando você – percebeu que seu tom saiu rude sem querer.

— Continuamos depois – ele disse para Min Soo e saiu olhando de forma nada amigável para a chefe.

O que fiz agora? – pensou enquanto saía tentando entender o motivo da irritação dela.

— Que se dane! – resmungou já no elevador.

— Já vai começar a gravação? – Min Soo perguntou.

— Me diga uma coisa: já apresentou sua amiga para o meu segurança? – perguntou ignorando o que ela questionou.

— Ainda não. Por que?

— Porque acho que você é uma grande mentirosa. Não existe amiga nenhuma.

Min Soo se sentia encurralada. Decidiu não mentir. Já tinha pensado muito sobre o assunto e decidido conservar apenas a amizade de Park Sung Woo. Guardaria o amor só para si.

— Como descobriu?

— Você olha para ele como aqueles cachorros na frente de comida nos comerciais.

— Vou me atentar a isso – riu, mas logo sua expressão ficou séria. – Ele gosta de outra pessoa.

— Quem perde é ele. Você é uma pessoa maravilhosa! Aquele imbecil tem que agradecer por ser amado por alguém como você – estava indignada por ouvir que Park Sung Woo gostava mesmo da namorada.

— Não tenho tanta certeza que ele está perdendo – suspirou.

— Está maluca? Você é mil vezes melhor que Yeon Na.

Min Soo suspirou novamente um pouco irritada por a amiga não entender que ela era a pessoa de quem Park Sung Woo gostava.

— Seu primeiro amor – lembrou de quando ela disse que Park Sung Woo era o primeiro amor da sua amiga desconhecida. – Sempre pensei que ele seria alguém como um dos professores da faculdade. Você tem cara de quem se apaixona por professores – brincou.

Min Soo se irritou ainda mais por Sun Nan-hee guardar seus sentimentos.

— Não quero que minta para mim. Seja sincera, pois se eu descobrir que é mentira não vou te perdoar – colocou as mãos na cintura em uma atitude que mostrava sua fúria.

— O que? Sobre o que está falando? – era a vez de Sun Nan-hee se sentir encurralada.

— O que você sente por Park Sung Woo?

Min Soo a encarava para não deixar passar nenhum detalhe da sua resposta.

— Eu... Eu... – não havia como mentir para a amiga com ela encarando dentro de seus olhos tão intensamente. Teria que dizer que ele mexia com seus sentimentos de forma a deixá-la confusa.

— Princesa, está na hora – a voz de um Ju Hong Ji, completamente curado do resfriado, se fez ouvir assustando as duas.

Salva por enquanto – ela pensou antes de sair dizendo:

— Vamos para você assistir a gravação. Conversamos depois.

Nos próximos dias ela evitou encontrar Min Soo. Estava dividida entre a amizade e os novos sentimentos.

Precisava colocar os pensamentos em ordem antes de dar a resposta que a amiga queria.

Declaração de amor na torre

Depois de muito pensar Sun Nan-hee decidiu que conheceria outras pessoas. Estava certa de que só se sentia atraída por seu segurança por causa do que ele fez por sua amiga ou por sua rivalidade com Yeon Na.

Escolheu entre seus conhecidos e acabou optando pelo filho de um dos acionistas da empresa do seu pai. Ele já havia demonstrado interesse várias vezes, aceitou o encontro sem questionar.

Sun Nan-hee cogitou a possibilidade de interditar toda a *Namsan Tower* para o encontro, mas para não chamar tanto a atenção apenas reservou todo o restaurante *N.Grill*.

Planejava terminar as sessões de fotos e ir para sua casa se preparar mentalmente para o jantar.

— Vocês estão dispensados por hoje – declarou antes de entrar na van.

Park Sung Woo não disse nada apenas fechou a porta e entrou para se sentar ao lado de Ju Hong Ji. Dispensado ou não precisava ir até a casa dela buscar a moto.

Ju Hong Ji a olhou pronto para dizer que havia outro compromisso.

— Cancele tudo que ainda tem programado para hoje. Tenho um compromisso pessoal – disse adivinhando suas intenções.

— Como quiser – ele sabia que não adiantava argumentar. O jeito era aguentar as reclamações por mais um compromisso cancelado.

Pelo menos ela só cancela compromissos que não envolvem fãs – pensou um pouco aliviado.

A deixaram em casa e cada um seguiu seu caminho.

Na hora marcada seu convidado parou na frente da casa dela em um carro conversível. Sun Nan-hee foi ao seu encontro após ele tocar a campainha.

Ela usava um sobretudo com capuz para evitar ser reconhecida quando chegasse a torre.

— Mesmo disfarçada você está linda! – ele falou antes de pegar sua mão e levá-la aos lábios em uma atitude galanteadora.

— Obrigada! – Sun Nan-hee teve vontade de rir ao perceber que não conseguia lembrar o nome dele.

Ele abriu a porta para ela e, depois de tomar seu lugar ao volante, dirigiu devagar enquanto conversavam sobre a inversão de papéis referindo-se ao fato de que ela o chamou para sair e reservou o restaurante.

Ela até pensou em olhar no celular para descobrir o nome dele, mas rejeitou a ideia ao lembrar que tinha salvo o contato com a palavra "teste" no lugar do nome.

O tempo todo ela só conseguia pensar em um segurança arrogante. Lembrava do beijo que roubou, do abraço dele, do momento em que quase se beijaram na escada, até mesmo da voz grave dele dizendo coisas que a irritava.

Cada vez mais tinha certeza que não poderia sentir isso pelo homem sem nome que dirigia ao seu lado.

Subiram para o restaurante sem serem reconhecidos. Somente quando ela teve certeza que o lugar estava vazio como havia pedido foi que se desfez do sobretudo e entregou a um funcionário para guardar.

O que ela não notou era que esse funcionário era um dos amigos de Park Sung Woo que trabalhava meio período para a empresa que serviria o jantar deles.

O rapaz ao ver que era um encontro secreto dela com um homem influente ligou para Park Sung Woo na hora. Não que ele soubesse dos sentimentos do amigo, mas precisava contar aquilo para alguém. Seu lado fofoqueiro exigia isso.

— Alô – Park Sung Woo atendeu ao quarto toque. Estava saindo do banho quando recebeu a ligação.

— Fofoca do milênio: sua chefe interditou a Namsan Tower para um encontro romântico – falou conspiratório exagerando na parte de que ela reservou a torre quando fora só o restaurante.

— O que? – Park Sung Woo parou a mão que secava os cabelos.

— Isso mesmo. Estou assistindo tudo de camarote. Parece uma cena de um filme romântico.

Filme romântico que nada! – pensou irritado enquanto se preparava para sair. Por um momento sentiu-se como se estivesse sendo traído. Em nenhum momento lembrou que apesar das faíscas nenhum dos dois havia se declarado.

— Sang, preciso de um favor – decidiu se arriscar e se jogar antes que fosse tarde demais.

— Qualquer coisa. Diz ai.

E eles planejaram uma forma de Park Sung Woo acabar com o encontro dos dois.

Evidentemente Sang ficou curioso sobre os sentimentos do amigo, mas decidiu que teria tempo para descobrir mais e zoar bastante depois.

Enquanto Park Sung Woo corria para impedir que a mulher que amava se comprometesse com outro Sun Nan-hee tentava pelo menos gostar da companhia da pessoa sentada a sua frente.

— Sei que vou me arrepender, mas preciso saber: por que estamos aqui? – ele perguntou colocando o talher de lado.

— Vamos jantar primeiro. Falo sobre isso durante a sobremesa – tentou adiar.

— Como desejar, princesa – ele custava a acreditar que finalmente teria uma chance com ela.

Já tinha feito várias propostas de casamento arranjado aos pais dela e só tinha como resposta: você deve conquistá-la. Nossa filha deve se casar por amor.

— Enquanto comemos pode me falar um pouco sobre seus negócios. Sei que fez uma grande mudança no shopping da sua família – comentou ao mesmo tempo em que se perguntava como não esqueceu sobre o trabalho dele, mas esqueceu do nome.

Esse pedido o fez sorrir. Adorava se gabar de suas conquistas profissionais.

— Apesar da ideia ter sido minha devo o sucesso do projeto ao seu pai que confiou em minhas habilidades e aceitou a parceria – comentou.

— Meu pai se orgulha de saber escolher bem os parceiros. Logo você deve ser bom.

Comiam devagar e conversavam sobre os negócios dele e do pai dela.

Sun Nan-hee sabia que ele era mais um dos que achavam que casando com ela teria acesso ao império Dreans; mais um que achava que ela era uma mimada que deixaria tudo nas mãos do marido na ausência do pai.

Como estavam enganados. Ela torcia para seu pai encontrar o filho perdido e que os dois pudessem cuidar da Dreans juntos mesmo depois que ele estivesse velhinho, mas isso não mudava a certeza que tinha de que se alguma coisa acontecesse com seu pai lutaria para manter o império dele com unhas e dentes.

Depois do jantar a sobremesa foi entregue pelo mesmo rapaz para o qual ela entregou o casaco.

Mal o garçom se afastou Sun Nan-hee ouviu seu companheiro dizer:

— Hora de revelar o motivo para estarmos aqui.

Como que escolhendo o momento certo outro garçom se aproximou com a champanhe. Ela nem o olhou. E o garçom discreto começou a servir a bebida nas taças.

Se ela tivesse se virado um pouquinho para ver quem a servia descobriria na hora que era Park Sung Woo disfarçado de garçom.

Sun Nan-hee olhava atentamente os objetos na mesa refletindo sobre a resposta que o homem a sua frente esperava. Estava tudo como ela programou. Tudo, exceto seus sentimentos.

Interpretando seu silêncio como timidez ele pegou uma das taças e entregou para ela sugerindo um brinde a noite perfeita que estavam vivendo.

Ela não disse nada, ficou olhando as bolhas na bebida ciente de que o que dissesse seria ouvido pelo garçom impertinente que permanecia parado ao lado da mesa sem dar privacidade ao casal.

Incomodado com a presença indesejada seu companheiro fez cara feia para o garçom que fingiu não ver.

Ele cogitou a possibilidade de expulsar o garçom, mas isso poderia tirá-la do foco então disse a ela:

— Esse champanhe significa que vamos brindar a algo, não é?

Por fim Sun Nan-hee olhou o homem a sua frente e decidiu colocar um ponto final na tentativa inútil de começar um relacionamento.

— Era para ser um pedido. Outra inversão de papéis em que eu te pediria em namoro. Mas ... – bebeu um gole do champanhe antes de finalizar. – Por que só em ouvir sua voz eu já quero desistir?

— Porque você gosta de outro. Se forçar a ficar com alguém só para esquecê-lo não é uma atitude inteligente – foi Park Sung Woo quem respondeu.

Sun Nan-hee quase deixou o copo de champanhe cair ao ouvir a voz dele.

— O que faz aqui? – o encarou.

— Direi após você se livrar desse seu convidado.

— Quem é você seu petulante? – perguntou ficando de pé. Não estava entendendo nada. E não permitiria que um garçom o desrespeitasse.

Ele costumava se alterar com facilidade. Era uma característica que Sun Nan-hee não conhecia, pois tinham quase nenhum contato. Ao que tudo indicava o jantar seria o primeiro e último encontro deles.

— Sou o segurança e futuro namorado dela – Park Sung Woo não se deixou intimidar. Já tinha dado o primeiro passo e não podia, nem queria voltar atrás.

— Futuro namorado? – os dois perguntaram ao mesmo tempo.

— O que está acontecendo? – se virou para Sun Nan-hee ignorando completamente Park Sung Woo.

— Desculpe – ela não conseguia pensar em mais nada para dizer.

— Nossa! – ele olhou de um para o outro entendendo que estava no meio de uma briga de casal. – Eu não preciso disso – saiu sem olhar para trás.

Foi só um figurante. Daqueles que nem lembramos o nome – Sun Nan-hee pensou olhando-o partir.

Foi a última vez que ela o viu pessoalmente.

Sozinhos Park Sung Woo e Sun Nan-hee se encararam.

Ela esperou que ele dissesse algo.

Ele simplesmente puxou uma cadeira para perto dela, se sentou e declarou mergulhado em seus olhos:

— Vou ser sincero: contra todos os meus princípios; eu amo você.

A declaração sem floreios ou rodeios pegou Sun Nan-hee de forma arrebatadora. Era como se tudo não importasse mais, bastava que estivessem juntos.

— Não é uma declaração muito romântica – disse sem desviar o olhar. Permanecia hipnotizada.

— O que quer que eu diga? Quer que eu confesse que me apaixonei por você no momento em que a vi naquele bar vestida como um garoto e com as unhas pintadas de rosa? Pois direi; naquela noite não consegui tirar os olhos de você mesmo achando que era um homem.

Sun Nan-hee olhou as unhas enquanto recordava aquele momento. Não tinha percebido a presença dele no bar. Só o notou quando a briga começou.

Com um sorriso no rosto ela perguntou:

— Sabe quando me apaixonei por você?

— Quando?

— Quando abri meus olhos e vi você me observando naquele dia em meu quarto. Foi estranho. Antes eu já sentia uma certa atração por você, porém naquele dia meu coração acelerou como nunca antes. Cheguei a pensar que estivesse passando mal.

A voz dela demonstrava calma demais. Ele estava acostumado com intensidade em tudo nela. Isso o deixou preocupado de que mesmo gostando dele ela fosse descartá-lo por não ser alguém importante.

— Engraçado, mesmo ouvindo você falar assim não sinto que tem intenção de ficar comigo. Se incomoda que eu seja pobre? – queria as cartas na mesa.

— Claro que não. Mas me incomoda que você seja o namorado da pessoa que mais me odeia e por ser o primeiro amor da minha melhor amiga – as palavras saiam da boca dela sem pedir permissão. Ela não pretendia revelar o segredo da amiga.

Ouvir que Min Soo era um empecilho porque gostava dele deixou Park Sung Woo sem ação.

— Nesse momento sinto falta da princesa egoísta e megera, pois da minha namorada me livro facilmente, mas não sei o que fazer no caso da sua amiga. Só sei que nunca a amarei como amo você – escolheu ser sincero.

— Eu também o amo de um jeito muito intenso e louco, mas a amizade de Min Soo é muito importante para mim – ela custava a acreditar que realmente estavam tendo tal conversa.

— A amizade dela também é importante para mim – segurou suas mãos entrelaçando os dedos. – Mas quanto a você; sinto dizer que não posso ser seu amigo. Eu quero beijá-la toda vez que olho sua boca e fico louco de ciúme de qualquer homem que se aproxime.

— Nunca imaginei que me apaixonaria por alguém tão insuportável quanto você – ela forçou um sorriso para espantar as sensações que a intensidade das palavras dele causou.

— Idem – disse levando suas mãos aos lábios.

— Preciso ir – Sun Nan-hee desfez o contato e saiu apressada. Temia deixar seu coração falar mais alto e magoar sua melhor amiga. Precisavam esclarecer tudo antes de dar o próximo passo.

Enquanto andava ela se sentia nas nuvens. Enfim tinha certeza sobre o que ele sentia por ela e ele sobre o que ela sentia por ele.

Park Sung Woo a viu partir. Sabia o quanto estava apaixonado pelo simples fato de já sentir sua falta.

Disposto a tirar o único obstáculo real do seu caminho ele ligou para Min Soo e marcou um encontro.

Apenas amigos

Na hora marcada Min Soo estava esperando em uma cafeteria. Park Sung Woo a cumprimentou, pediu um café americano e esperou.

Quando o café chegou ele ainda não sabia como iniciar o assunto. Min Soo era uma pessoa boa. Não queria magoá-la.

— Fico feliz que enfim vocês tenham se entendido. Pareciam cão e gato – ela começou percebendo sua indecisão.

— O que quer dizer?

— Para você me convidar para sair sem a Sun Nan-hee e ficar acuado assim só pode significar que criou coragem de aceitar que gosta dela, se confessou e ela disse que não pode aceitar seu amor porque sabe como me sinto em relação a você.

— É como se estivesse lá ouvindo – ele estava espantado com a sagacidade da garota.

— Não estava. Só conheço aquela garota muito bem. Talvez até mais que ela mesma. Sun Nan-hee é o tipo de princesa que abre mão de qualquer coisa pelas pessoas que ama mesmo que isso a faça sofrer. É muito difícil para ela deixar pessoas entrarem em sua vida, deixar que conheçam os monstros no seu armário, por isso se esconde atrás de uma máscara de frieza.

Park Sung Woo ficou imaginando que tipo de mágoas carregava alguém tão jovem.

— Ela ama você – disse afastando os pensamentos interrogativos. Descobriria sobre os motivos de Sun Nan-hee depois. Sua prioridade era Min Soo.

— E também te ama – ela sorriu. – Eu não sou o tipo de pessoa que mente, por isso não irei dizer que vou ficar bem vendo vocês juntos, mas também não sou idiota a ponto de lutar por um amor unilateral.

Park Sung Woo tomou um gole do café sem saber o que dizer, porém ela ainda não tinha terminado.

— O que posso prometer é que vou torcer para que sejam felizes, afinal a vida segue. Certamente existe um príncipe para mim em algum lugar.

— Você é maravilhosa! Vai encontrar alguém especial.

Espero que sim porque sofrer por amar o namorado da minha amiga dói muito. E não poder chorar por amor no ombro dela dói bem mais – lamentou enquanto escondia a tristeza em um sorriso e terminava seu café.

Depois de acertar as coisas com Min Soo, Park Sung Woo correu até o camarim onde Sun Nan-hee se preparava para entrar em uma apresentação.

Quando ele entrou ela analisava atentamente alguns figurinos em uma arara. Estava vestida com roupas semelhantes a fardas militares.

Sem fazer barulho ele se aproximou e a abraçou por trás.

— Não existe mais desculpas. Conversei com Min Soo e ela deu sinal verde para eu ficar grudadinho em você – desde que se declarou ele se sentia cada vez mais apaixonado.

— Ah é?! E a cobra suprema? – disse se referindo a namorada dele.

— Vou falar com ela pessoalmente assim que o show terminar – prometeu.

Mesmo que estivesse curtindo o abraço Sun Nan-hee segurou os braços dele e o afastou.

— Enquanto isso, senhor segurança, mantenha distância. Sabe o que acontece se te encontrarem aqui me abraçando desse jeito. Vou passar de princesa a amante em dois tempos sem direito a defesa.

— Estou decepcionado. Pensei que ficaria feliz com a notícia – disse fazendo bico e andando de ré até a porta.

Impulsiva ela correu o pouco espaço até ele e passou seus braços através da sua cintura abraçando-o.

— Um pouco mais não faz mal. – disse apoiando a cabeça no peito dele.

Park Sung Woo riu. Estava completamente apaixonado pela megera mais linda do mundo.

Mal-entendido e decepções

Park Sung Woo não conseguia ficar sozinho com Yeon Na para acabar com o namoro. Era como se ela soubesse o que ele pretendia. E sabia mesmo. O dia em que ele foi ao camarim de Sun Nan-hee contar que havia conversado com Min Soo ela o viu chegando e ao perceber que ele entrou no camarim da sua rival ouviu tudo atrás da porta.

Ela permanecia fugindo para não o encontrar em um ambiente propício ao término e ele continuava insistindo.

Foi até o estúdio de surpresa mesmo estando de folga para tentar falar com ela.

No estúdio Sun Nan-hee também recebeu uma visita inesperada no mesmo dia.

Byeol, mesmo depois que ela recusou o pedido de cantarem juntas e a expulsou de sua vida ignorando suas ligações e mensagens, voltou insistindo.

— Pensou no que te pedi? – foi logo perguntando quando viu que não havia ninguém por perto.

Na pressa esqueceu a porta aberta.

Sun Nan-hee olhou a mulher a sua frente e teve a mesma sensação de peso no peito da primeira vez que a viu.

— Pense bem antes de dar show. Nessa sala tudo é gravado – apontou uma câmera no teto e virou as costas para ela. Não disse com intenção de ajudá-la, disse porque queria que ela sentisse medo de ser desmascarada e fosse embora.

Byeol aproveitou a chance de fazer um teatro, principalmente porque viu o rapaz que quase entrou na sala, mas desistiu provavelmente com intenção de não atrapalhar. Pelo reflexo no vidro da parede em frente ela notou que ele não foi embora.

— O que estou pedindo não é nenhum absurdo. Só preciso de ajuda para me reerguer na música e poder me aposentar tranquilamente – argumentou com voz chorosa.

Sun Nan-hee se virou para olhá-la. Estava tão nervosa que não notou a porta aberta, muito menos o reflexo que indicava a presença de Park Sung Woo.

— O que houve? Não virá com o drama falso de que sem você eu não seria quem sou? – suas palavras saíram repletas de desprezo.

— Criança, só preciso da sua compreensão. Sabe que cantar é a única coisa que sei fazer. Me ajudar não vai te prejudicar.

Byeol já notava que não conseguiria nada da filha por bem, então queria no mínimo sair como vítima e usaria o rapaz curioso e as câmeras da sala para isso.

— Claro que vai! – Sun Nan-hee gritou irada. – Só o fato de ter um lixo como você associada ao meu nome já me enoja. Se não pode mais cantar aprenda a lavar roupa e cozinhar. Tem famílias que pagam por tais serviços.

— Não precisa ser tão cruel – limpou lágrimas imaginárias.

— A minha mãe me fez assim. Culpe a ela – Sun Nan-hee sentia o coração tão apertado que até respirar era doloroso.

— Alguém tão belo e com tão pouco amor – ela se aproximou da filha e tocou em seus cabelos simulando um carinho que não sentia.

Park Sung Woo ouvia tudo e assistia pelo reflexo no vidro.

Sun Nan-hee a empurrou fazendo com que perdesse um pouco o equilíbrio. O toque dela a fez sentir ânsia de vômito.

— Pelo contrário, me sobra amor assim como dinheiro, mas eles são reservados apenas para as pessoas que eu gosto. Não para lixos como você – cada vez que pronunciava a palavra lixo ela se lembrava que foi jogada fora como um. Isso fazia a dor em seu peito chegar a proporções em que ficar de pé se tornava um martírio.

— Não é verdade. Tenho pena de você, pois só ama a si mesma – declarou em alto tom.

Novamente limpou uma lágrima imaginária.

— Só me trata assim porque não sou tão famosa quanto você – insistiu em provocar ao perceber que a garota a sua frente se apoiava na mesa com força excessiva.

— Quem sabe? Pode sair, por favor? – a voz de Sun Nan-hee saiu baixa, ameaçadora.

— Ainda assim eu te perdoo. Vou rezar para que um dia alguém mude seu coração – Byeol insistia em provocar.

— Saia – gritou e virou as costas novamente.

Segundos depois ouviu o barulho dos saltos se afastando e virou novamente. Foi quando viu Park Sung Woo na porta. O rosto dele parecia uma máscara de raiva.

Ele entrou assim que Byeol passou pela porta com as mãos no rosto.

Foi logo exigindo:

— Por que tratou aquela mulher de forma tão arrogante? – a raiva e a decepção se misturavam em seu íntimo. Não conseguia associar a pessoa que amava ao monstro que acabará de ver. Alguém que tratava tão mal uma pessoa que só pediu ajuda.

Sun Nan-hee abriu a boca para responder, mas ele interrompeu:

— Acha que porque tem dinheiro e poder pode tratar as pessoas como lixo? – ele estava fora de si. Imaginava seus pais ou seus amigos sendo tratados daquela forma e seu sangue fervia.

Depois de encontrar sua mãe mais uma vez dentro de tão poucos dias Sun Nan-hee não tinha forças para uma discussão com ele. Muito menos para contar sobre seu passado vergonhoso.

— Vai me deixar falar? – questionou apoiando novamente na mesa.

— Não há nada que possa dizer que justifique. Estou tão decepcionado. Quase acreditei que você era uma pessoa decente. Me apaixonei por você. E é só a megera que sempre foi – ele estava fora de si. Recordou de como se sentiu aliviado ao descobrir que a melhor amiga dela não era uma patricinha. Que morava no mesmo bairro que ele.

Devia ser um truque para me fazer de idiota ou ela só está usando a menina como deve usar todos ao seu redor – pensava indignado por amar alguém assim.

Apertou com força a pulseira no bolso da calça.

Sun Nan-hee apenas o olhava sentindo seu coração se preencher ainda mais de tristeza.

— Saia da minha frente! Não estou com ânimo para discutir com funcionários petulantes – decidiu dar a ele a versão megera que ele queria ver.

— Não só da sua frente. Procure outro capacho porque para mim já deu. Eu me demito.

Sem dizer mais nada ele saiu da sala.

Sun Nan-hee pegou sua bolsa e saiu também. Precisava respirar. Se sentia sufocada.

Depois de andar sem destino por vários minutos tentando se livrar das emoções Park Song Woo, disposto a nunca mais olhar para Sun Nan-hee, voltou para a gravadora e entrou na sala onde deixou alguns livros que costumava ler enquanto ela estava em reunião ou ensaio. Ao ver que não tinha ninguém começou a colocar tudo em uma caixa vazia que encontrou no armário.

Estava muito decepcionado. Principalmente com o seu coração que se deixou enfeitiçar por uma pessoa tão cruel.

Enquanto ele conferia e guardava suas coisas Ju Hong Ji chegou.

— Hey, príncipe. Que bom que te encontrei! Estou procurando nossa princesa. Sabe onde ela está?

Ele o chamava assim desde que descobriu que ele se apaixonou como previu.

— Não. Aconteceu alguma coisa? – perguntou sem emoção na voz.

Antes de responder Ju Hong Ji olhou a caixa onde ele colocava suas coisas.

— O que está fazendo? – perguntou ao mesmo tempo em que o sorriso sumia em seu rosto.

— Não trabalho mais para vocês – respondeu rude e seco.

Ju Hong Ji abriu a boca para questionar, mas recebeu um telefonema. Virou as costas para Park Sung Woo e atendeu colocando no viva-voz:

— Estou no escritório procurando por ela. A encontrou? – perguntou para a pessoa do outro lado da linha. Era o segurança que cuidava dela antes de Park Sung Woo e que tinha passado a segurança secundário com a chegada dele.

— Na verdade o encontrei. Ela está soltando pipa usando sua fantasia masculina e nem viu que me aproximei.

— Droga! O que está acontecendo? – disse preocupado, pois soube da visita da mãe mais cedo. Imaginou que deveria ter acontecido um grave confronto porque a única vez em que ela fugiu para soltar pipa fantasiada foi quando descobriu que foi encontrada na praia. Ele soube disso durante a conversa com o pai dela.

A voz no telefone continuou como se quisesse esclarecer suas dúvidas:

— Além de confrontar aquela mulher ela teve outro confronto. Vou te mandar o vídeo de gravação da sala. Acabei de receber do responsável pelas câmeras.

— Tudo bem! Envie e cuide dela até que eu chegue aí.

Park Sung Woo fingia mexer nas suas coisas, mas no fundo queria saber como Sun Nan-hee estava. Mesmo se sentindo um idiota não conseguia sair da sala.

Pasmo Ju Hong Ji começou a assistir o vídeo ainda de costas para ele. Em determinada parte da discussão não aguentou e gritou colocando o aparelho na cara dele:

— O que é isso?

Park Sung Woo olhou o aparelho por poucos segundos.

— O que? Acha que sou obrigado a aguentar tudo que aquela garota faz sem retrucar como você? Não tenho sangue de barata.

— Você é mesmo um idiota. Como pude ser imbecil a ponto de achar que faria algum bem ela se envolver com alguém como você? – toda a atitude brincalhona desapareceu dando lugar a um semblante sério onde refletia decepção.

— Devo ser mesmo idiota. Mas não vou continuar à disposição de uma menina mimada que tem tudo; carreira, amigos, uma família que a ama, dinheiro... e ainda age como uma rebelde sem causa.

Ju Hong Ji o olhava com desprezo. Era a segunda vez que Park Sung Woo via esse olhar. A primeira vez foi, dias atrás, quando os dois passaram perto da mesma mulher que gerou a confusão em que estavam.

Sem se abater por estar perdendo um amigo ele continuou:

— Escuta: foi a gota d'água ver a sua princesa tratando uma mulher que não fez nada contra ela como lixo, apenas porque estava insistindo em pedir ajuda.

Ju Hong Ji perdeu qualquer compostura e apontou o dedo indicador para ele.

— Olha aqui seu idiota: Você não sabe de porcaria nenhuma sobre a vida daquela garota. Quer ser o homem justo que defende donzelas indefesas, mas nem sabe o que está fazendo.

O brincalhão de sempre havia sumido por completo. Ele defendia Sun Nan-hee sem medo. Sairia na porrada com o segurança se fosse preciso, mesmo com a nítida diferença física entre eles. Era magro e não tinha os músculos ou a altura do segurança, entretanto o enfrentaria sem titubear.

— Cuidado com o que diz – Park Sung Woo empurrou a mão dele para baixo.

— Já vi muitos como você; que acha que por ser pobre e batalhador tem o direito de julgar quem tem o que você não tem.

Park Sung Woo riu nervoso com a acusação.

— Mas eu tenho uma novidade para você. Aquela donzela indefesa que tanto queria proteger é a família feliz que deixou Sun Nan-hee no lixo para morrer quando bebê. E fez isso pelo motivo mais nobre: sua carreira – Ju Hong Ji continuou fora de controle.

— Que loucura é essa que está dizendo? – Park Sung Woo deu um passo para trás como se levasse um soco. Sentiu o sangue gelar nas veias.

— O que nunca deveria dizer. Posso perder meu emprego, mas essa sua cara de imbecil vale. Eu não vou dizer mais nada, só quero mesmo que tente imaginar o quanto está errado sobre tudo e multiplique muitas vezes porque você está muito errado. Pegue suas coisas e saia de uma vez. Maldita hora em que contratei você!

Park Sung Woo, perdido diante da imagem de Sun Nan-hee abandonada, ficou imóvel. Desejava pedir que Ju Hong Ji fizesse uma piada e revelasse que era uma brincadeira, porém podia ver nos olhos dele que era sério.

Não havia alivio por saber que tudo foi um mal-entendido, uma conversa ouvida por um ângulo errado. Só existia a dor de imaginar como ela se sentiu sozinha ainda bebê ou como se sentiu ao descobrir a verdade ou, pior ainda, como se sentiu quando a mãe que deveria implorar perdão exigia ajuda.

Se desesperou ao lembrar de suas palavras duras contra alguém que já estava sofrendo e que simplesmente precisava de amor.

Quando Ju Hong Ji ia expulsá-lo a porta do escritório se abriu novamente e Kim Hyun Su entrou com um imenso urso rosa nas mãos.

Ele sorria:

— Olá meninos! – cumprimentou.

— Boa tarde! – eles responderam ao mesmo tempo, ambos preocupados com a reação dele ao saber do que aconteceu com a filha.

Park Sung Woo já o tinha visto de passagem e conversado com ele ao telefone, inclusive tinha conhecimento que Sun Nan-hee havia contado a ele sobre a declaração de amor. Ele até havia exigido um jantar para conhecer os pais dele e apresentar sua família. Jantar que ainda não haviam marcado.

— Estou aqui para levar minha princesa – disse olhando para os lados para ver algum sinal da presença dela.

— A senhorita Sun Nan-hee não está no momento, senhor – Ju Hong Ji informou incomodado com a situação.

— Onde ela está? – Kim Hyun Su percebeu o clima tenso.

— Soltando pipa vestida de moleque – Ju Hong Ji confessou.

— Aconteceu algo? Sei que ela fica mal todo ano nessa data, mas nunca deixou de passar esse dia comigo.

— Que data? – Park Sung Woo questionou confuso.

— É o dia em que comemoramos seu aniversário – Kim Hyun Su já colocava o urso no canto. – Me diga onde ela está que vou buscá-la.

— No parque em que ela costuma correr perto da casa dela.

Park Sung Woo se sentia pior a cada revelação.

Parabéns! Além de tudo estragou o aniversário dela – se repreendia mentalmente.

— Senhor, eu gostaria de buscá-la – pediu. – Fui o culpado pelo que aconteceu. Quero corrigir meu erro.

— Isso é uma briga de namorados? – Kim Hyun Su suspirou aliviado. – Menos mal. Vocês me assustaram.

Ju Hong Ji abriu a boca para corrigir o mal-entendido, mas Park Sung Woo foi mais rápido.

— Foi só uma briguinha à toa por causa do meu ciúme. Prometo que ela estará em casa em pouco tempo.

Kim Hyun Su pegou o urso e se virou para sair, mas antes comentou:

— Pelo pouco que sei já percebi que você é um rapaz inteligente e responsável. É o primeiro amor da minha filha, então só a ame e jogue fora esse ciúme desnecessário.

Dito isso ele saiu rindo e repetindo:

— Crianças! Crianças!

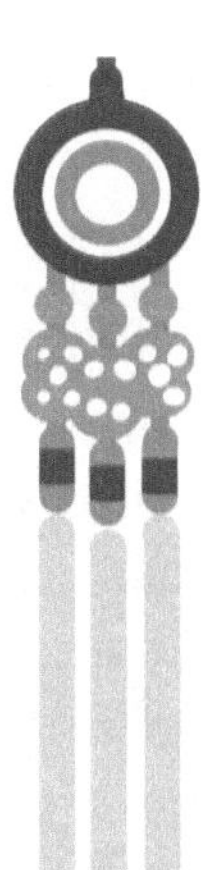

O plano

Enquanto Park Sung Woo buscava uma forma de se desculpar por sua atitude, Byeol estava sentada em uma cafeteria remoendo a raiva que sentia por não conseguir o que queria.

Na mesa perto dela estava Yeon Na conversando com uma das integrantes do grupo.

Com raiva porque não teria um dueto como Sun Nan-hee ela reclamava:

— Aquela sonsa se acha uma princesa e todos os imbecis ao redor a ajudam a acreditar nisso. Não acredito que ela vai cantar com Kwan.

— Ela é uma sonsa, mas é amiga de Kwan. Só vai cantar com ele por isso – a amiga comentou levando o café aos lábios. Também não gostava dela. Apesar de fazerem parte do mesmo grupo Sun Nan-hee nunca respondeu a nenhuma das vezes que a cumprimentou. Ela acabou desistindo de estreitar os laços e guardou essa mágoa.

— Nós somos profissionais, devíamos agir como tal não ficar usando de "amizades" – fez um sinal de aspas com as mãos na palavra amizades insinuando que havia mais entre Kwan e ela.

— Faça uma dupla com alguém também. Ninguém pode impedir – sugeriu.

Yeon Na gostou da ideia.

— É isso que vou fazer. Vou encontrar alguém bem mais famoso que Kwan e ofuscar aquela coisinha. Princesa do K-pop meu nariz.

— Tenho alguns contatos. Se precisar de ajuda me avisa.

Ela balançou a cabeça concordando. Sua mente já trabalhava em formas de humilhar sua rival durante o show. Se sentia burra por ter dado tanto espaço para Park Sung Woo, pois apesar de não estar apaixonada por ele gostava do quanto era invejada pelo belo namorado.

Eu devia ter sido mais agressiva. Devia ter marcado meu território. Agora nosso próximo encontro será para terminar – pensava irritada por ter perdido essa batalha para sua rival.

Sua amiga a tirou dos pensamentos anunciando:

— Meu pai está esperando. Você vem ou vai ficar?

— Vou ficar um pouco mais pensando em alguns detalhes da ideia que você me deu.

— Certo. Nos vemos no próximo ensaio.

Assim que ela saiu Byeol, que havia escutado toda conversa e sabia que elas faziam parte do grupo da sua filha, se sentou na frente de Yeon Na.

— Vocês falavam sobre Sun Nan-hee? – perguntou sem rodeios.

— Quem é você, ajumma[6]? Uma fã dela?

Byeol não gostou nada da forma como foi chamada.

Como essa garota se atreve a não me reconhecer? – pensou indignada.

— Sou alguém para quem ela deve muito e não quer pagar. Se estavam falando sobre ela temos muito que conversar. Se não, diga de uma vez, pois meu tempo é precioso.

— Falávamos sobre ela – Yeon Na estava curiosa sobre o que aquela mulher poderia oferecer contra sua rival.

Com um sorriso Byeol pediu café e começou uma interessante conversa com sua nova parceira.

— Quero afundar aquela garota e no processo ajudar minha carreira – ela começou.

Eu quero o mesmo – Yeon Na pensou sorrindo, mas disse:

— Precisa de algo grande para conseguir sequer mover aquela garota. Um escândalo de nível mundial.

---

6 Ajumma: Termo usado para se referir a uma mulher bem mais velha que você.

— Sei de um grande segredo que pode varrer a carreira dela do mapa, mas não sei como usar sem que eu saia prejudicada.

Byeol já estava desesperada. Suas dívidas cresciam e sem a ajuda da filha acabaria na prisão ou morta por agiotas. Seu empresário não a ajudava mais depois que percebeu que ela não ganharia nada com Sun Nan-hee.

Como estava claro que não teria ajuda da filha Byeol tentou um último artifício; contou sobre o abandono para a rival dela em busca de parceria.

Tal qual um animal acuado atacaria de todas as formas.

— Uau! Nunca imaginei algo assim. Princesa ... – Yeon Na riu. – Está mais para borralheira.

— Sabe que se contar essa história para qualquer um eu acabo com você – começava a se arrepender assim que terminou de contar. Temia que a garota simplesmente espalhasse a história.

— Calma ajumma! Vai ficar muito satisfeita com o que eu penso em fazer. – Yeon Na não estava nem um pouco interessada em prejudicar sua nova aliada.

— Meu nome é Byeol – declarou irritada por ser chamada de ajumma.

Yeon Na arregalou os olhos ao ligar o nome a pessoa, porém logo se recompôs. Tinha planos mais importantes.

Animada com a possibilidade de finalmente derrubar sua rival ela contou tudo que planejava fazer.

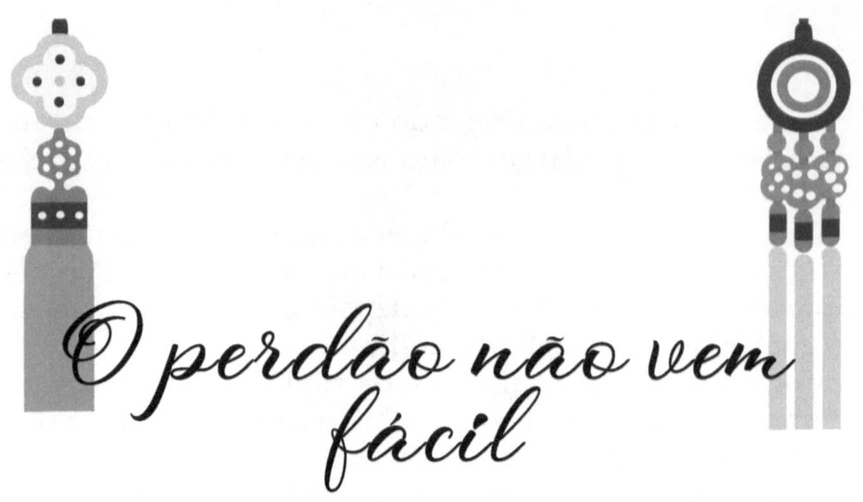

O perdão não vem fácil

Park Sung Woo chegou ao parque poucos minutos após a partida de Kim Hyun Su da gravadora. De longe pode ver Sun Nan-hee parada olhando uma pipa colorida no céu. Ela era a única pessoa com uma pipa no parque.

Ele viu uma das vans da empresa onde o outro segurança a observava de longe.

Se aproximou devagar. Até chegar perto o bastante para ver que as unhas dela estavam pintadas de rosa como sempre apesar da roupa masculina. Sorriu recordando a noite no bar.

Depois que começou a trabalhar para ela soube que ela sempre as pintava assim. Mudava o tom, mas nunca a cor.

De costas ela permanecia observando a pipa como se não houvesse percebido sua chegada.

— Já vai escurecer – anunciou na esperança de que ela se virasse.

Ela não respondeu. Sequer o olhou.

Impaciente ele entrou na frente dela e tomou a linha deixando a pipa ser levada pelo forte vento.

— Podemos conversar? – pediu.

Seu coração se apertou ao perceber o quanto os olhos dela estavam vermelhos.

— Se é sobre sua rescisão, não é comigo. Procure meu agente – disse encarando-o.

Mesmo sofrendo ela se manteve de cabeça erguida. Isso o fez sentir orgulho da sua força.

— Pode me contar sua história com aquela mulher? – pediu tocando o queixo dela com leveza.

— Não – afastou sua mão bruscamente. – Eu quis contar mais cedo, mas agora não sinto nenhuma necessidade.

— Eu tenho necessidade de saber – segurou a mão dela.

Novamente ela o afastou com um safanão.

Ela olhou para o ponto onde a pipa caiu e correu em direção ao objeto deixando Park Sung Woo e suas interrogações para trás.

Mas ele não desistiu. A passos largos foi atrás dela e a segurou pelos braços com força obrigando-a a encará-lo. Foi quando viu as lágrimas que desciam dos olhos dela. Percebeu que ela correu para que ele não as visse.

Naquele momento Sun Nan-hee estava com raiva de si mesma porque desde que encontrou Byeol havia chorado em momentos em que só queria demonstrar força.

— Não quero falar. Pode me soltar? As pessoas estão olhando – sua voz estava embargada.

Num impulso maior que qualquer lucidez ou controle ele soltou seus braços e agarrou sua cintura fazendo seus corpos colarem.

Sun Nan-hee arregalou os olhos com a surpresa.

— Sinto muito por tudo – sussurrou em seu ouvido, depois segurou o rosto dela para ficarem cara a cara. – Eu te amo.

Sun Nan-hee estava perdida em emoções intensas. Navegava nos olhos dele e sentia seu coração se encher de ternura apagando as mágoas.

— As pesso... – tentou dizer em um lapso de lucidez, mas não conseguiu completar a frase.

Os lábios dele esmagaram os seus e depois de poucos segundos de hesitação ela se entregou a deliciosa sensação de ser beijada.

O selinho que ela roubou dias atrás em nada se assemelhava a entrega desse beijo.

De repente não havia passado ou futuro, apenas aquele momento.

Para quem passava eram dois garotos se beijando. Eram poucas pessoas, mas a maioria não disfarçava seu repúdio e preconceito. Arrastavam seus filhos para longe.

Aos poucos o beijo foi perdendo a intensidade até que estavam apenas se olhando.

Ainda atordoada com a enxurrada de sentimentos Sun Nan-hee se deixou levar até o balanço próximo de onde estavam. Se sentou e Park Sung Woo permaneceu atrás balançando-a devagar.

Ficaram um longo tempo em silêncio até que ela abriu o coração para ele:

— Um dia, quando eu tinha doze anos, ouvi o irmão do meu pai discutindo com ele sobre o tempo que perdia cuidando de uma filha que achou no lixo – sua voz era quase um sussurro.

Torceu as mãos em uma atitude de nervosismo e continuou:

— Eu insisti em saber o que o irmão dele queria dizer e meu pai se viu obrigado a me contar a verdade. Me disse que não sabia nada sobre meus pais e que havia me encontrado quando eu era um recém-nascido na praia perto da *Mão da Harmonia*. Disse que não foi no lixo, mas para bom entendedor... – suspirou.

— A partir daquele momento eu me fechei para as pessoas. Optei por não permitir que mais ninguém se aproximasse mesmo que isso me transformasse em uma figura de gelo. Aos poucos as únicas pessoas que mantive ao meu lado foram Min Soo e meus pais – lembrou-se de um outro amigo que também quis manter ao seu lado, mas que se afastou ao descobrir suas origens.

Limpou as lágrimas que decidiram voltar.

— O dia que você nos salvou no bar tinha sido a primeira vez que a vi. Nunca bebi tanto na minha vida. Mas por mais que eu bebesse não conseguia apagar a imagem dela ou suas palavras cruéis. Em compensação não lembro bem de você naquela noite – riu. Um riso cheio de melancolia.

Continuava contando parte da sua história:

— Ela veio em busca de parceria para lançar uma nova música. Disse que eu devia ajudá-la já que me colocou no mundo. Não pediu desculpas, não justificou. Simplesmente disse que era a mãe que me abandonou e que precisava de ajuda.

Park Sung Woo ouvia tudo em silêncio enquanto a balançava e sentia o nó em seu peito crescer. Absorvia suas palavras sentindo-se a pior das criaturas mesmo sabendo que não podia adivinhar sobre seu passado.

Sun Nan-hee tirou o boné deixando os cabelos caírem como cascata antes de continuar:

— Ela voltou a me cobrar apoio e eu fiquei transtornada. Deu naquilo que você presenciou – passou as mãos nos cabelos jogando os fios para trás. – Fico pensando se sou alguém que só pensa em mim como ela. Você confirmou que sim.

Ele acariciou seus cabelos e se apressou em dizer:

— Não. Nunca pense isso. Você é uma pessoa excepcional. Eu é que sou um imbecil. Ju Hong Ji tem razão – Park Sung Woo apertou seus ombros desesperado para a fazer sentir o quanto estava arrependido.

Sun Nan-hee voltou a sorrir. Um sorriso verdadeiro que conseguia sobrepor a tristeza.

— Aquele chato me defende tanto que me irrita. Mas confio nele o bastante para permitir que saiba sobre o que escondo de outras pessoas.

— Ele é uma pessoa maravilhosa. Só não diga que ouviu isso de mim – voltou a balançá-la.

Ficaram em silêncio, apenas observando a tarde dar lugar a noite.

Depois de um tempo Park Sung Woo percebeu que ela estava mais calma.

— Vamos voltar – disse.

Ela não respondeu, então ele explicou:

— Seu pai a está esperando. Acha que tivemos uma briga de casal. Prometi que te levaria em segurança.

— Vou voltar com o segurança que está ansioso naquele carro parcialmente escondido ali – apontou a van que ele notou quando chegou. – Você pode ir para a sua casa. Aceitei sua demissão.

Park Sung Woo a olhou incrédulo. Não esperava essa reação. Acreditava que havia sido perdoado já que ela contou sobre seu passado.

Depois daquele beijo? – quis perguntar, mas pensou melhor e decidiu não provocar ou discutir. Tinha consciência de que o perdão não vinha fácil. Sua luta estava apenas começando.

Seguiu devagar até onde estava sua moto sem olhar para trás. Merecia um pouco de gelo depois de ter julgado sem saber e estragado o aniversário dela.

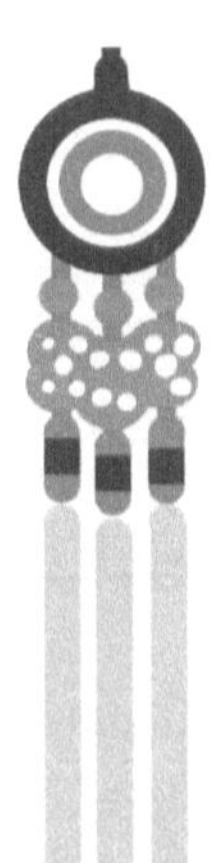

Um fim e uma oportunidade

Depois de ligar para o pai e avisar que chegaria em poucos minutos para jantar com ele Sun Nan-hee se vestiu como uma garota novamente.

Minutos depois seu pai a recebeu com um forte abraço.

— Resolveu sua briga de namorados? – perguntou sorrindo.

— Não somos mais namorados e ele também não trabalha mais para mim – ela não queria falar sobre Park Sung Woo tampouco sobre o encontro com Byeol.

— Que pena! Gosto dele. Parece ser um ótimo rapaz.

Em seu íntimo ele já pensava em formas de aproximar os dois. O brilho nos olhos dela quando contou sobre o namoro era inesquecível e Kim Hyun Su sentiu que podia confiar no rapaz que admitiu seu erro e a enviou para casa como prometido.

— Ele se demitiu. Acho que fui demais para ele – comentou ao perceber que o pai queria conversar sobre o relacionamento que nem havia começado direito.

— Você é demais para qualquer pessoa, minha princesa – Kim Hyun Su apertou sua mão com carinho. Caminhavam para a mesa de jantar.

— O que quer dizer?

— Que é difícil te acompanhar quando todos querem a chance de um minuto com a princesa do k-pop. Qualquer um teria ciúmes de você. Agora vamos comer. Estou faminto depois de te esperar.

Já na mesa Sun Nan-hee comentou:

— Estou me sentindo um pouco sozinha nesses últimos dias. Posso passar um tempo com o senhor?

— Essa casa é sua. Sabe que sempre vou querer estar com minha filha querida.

— Minha mãe disse quando volta? Achei que ela viria para o meu aniversário.

— Ela ligou para avisar que não conseguiu vir por causa de um resfriado. Disse que não vai enviar seu presente porque quer entregar pessoalmente.

Sun Nan-hee sorriu com a expectativa. Ela sempre a presenteava com um livro que as duas liam juntas.

— Mas e o meu presente, você já viu, querida?

— Tem como não ver? É lindo! – sorriu lembrando do gigantesco urso. – Vai ficar perfeito no meu quarto perto da casa de bonecas que o senhor me deu no ano passado.

— Ouço uma pontada de crítica.

— Claro que não. Amo ganhar presentes de menina mesmo já tendo crescido.

— Você vai ser sempre a minha princesinha.

E a conversa permaneceu assim durante todo o jantar. Recordaram bons momentos da infância dela e de como Kim Hyun Su permanecia vendo-a como a menininha que brincava com bonecas.

Depois de ser deixado para trás Park Sung Woo decidiu procurar por Yeon Na e colocar um ponto final no tal namoro. Dessa vez estava disposto a não desistir enquanto não a encontrasse.

A encontrou chegando no apartamento que dividia com outras meninas do grupo.

Logo que o viu ela correu para abraçá-lo.

— Você sabe porque estou aqui. Não atue, por favor – disse afastando-a.

— Eu recebi suas mensagens. Ignorei de propósito. Esperava que pensasse melhor – no fundo ela nem estava tão preocupada com o fim do pseudo-namoro. Depois de conversar com Byeol novos horizontes se abriram para ela.

— Não tem volta. Eu não queria terminar com você por telefone, mas você me obrigou a enviar aquelas mensagens, pois nunca permitia que ficássemos a sós para conversar. Mesmo terminando por mensagens precisava te ver e conversar com você.

— Desculpe. Agora me sinto uma criança que fez pirraça – sorriu. – Ainda podemos ser amigos?

— Se isso não incomodar você.

— Eu adoraria – não queria abrir mão da oportunidade de fazer a rival ter ciúmes deles.

Ele assentiu com um gesto de cabeça.

— Agora que somos só amigos, o que acha de um sorvete? – ela sugeriu.

— Você anda sempre de dieta, esqueceu? – ele não estava muito interessado na ideia, mas se sentia péssimo pelo jeito como o namoro deles começou e terminou.

— Hoje não estou. Dizem que sorvete de chocolate é ótimo para curar a dor de um término.

Suas palavras o convenceram. Disposto a animá-la entregou o capacete reserva e disse:

— Vamos.

Enquanto estavam na sorveteria Park Sung Woo recebeu uma ligação do pai de Sun Nan-hee o convidando para ir até o seu escritório na sede da Dreans para conversarem. Ele não adiantou o assunto.

No dia seguinte ele se vestiu com uma das roupas que usava quando fazia a segurança de Sun Nan-hee e foi ao encontro de Kim Hyun Su. Para os seus pais disse que estava indo trabalhar. Decidiu que ainda não era hora de contar sobre a demissão.

O magnata o esperava sentado em sua imponente cadeira de presidente.

Park Sung Woo ao entrar sentiu a mesma sensação boa que o envolvia toda vez que via ou ouvia aquele senhor a sua frente.

Kim Hyun Su se levantou, o cumprimentou e se sentaram nos sofás do escritório frente a frente.

— Obrigado por aceitar meu convite, filho – disse iniciando a conversa. – Queria muito ter uma oportunidade de conversar com você desde que começou a trabalhar para minha filha, mas só agora tive essa chance.

— Posso perguntar como ela está?

— Teimosa como sempre – sorriu. – A minha princesa é muito intensa. Isso às vezes, ou melhor, muitas vezes faz com que seja impulsiva.

— O senhor sabe o motivo pelo qual não trabalho mais para sua filha e ela não quer mais me ver? – perguntou desconfiado de que ela não houvesse contado.

— Ela não disse nada, mas Ju Hong Ji me contou – respondeu tranquilamente.

— Então imagino que tenha me convidado aqui para mandar que eu fique longe da sua filha – torcia as mãos nervosamente. – Sinto muito, mas não posso fazer isso.

Kim Hyun Su, que não tinha nenhuma intenção de se colocar entre os dois, quis saber mais sobre os sentimentos do garoto. Perguntou:

— Por que não?

— Senhor, eu cometi um erro. Julguei quando deveria ter escutado e ofendi quando deveria ter questionado, mas isso não muda o que sinto. Eu amo sua filha. Pode não parecer, mas me tornei um homem melhor por causa dela. Antes de conviver com ela tudo que eu sentia por pessoas ricas era desprezo. Achava que a única coisa que importava para eles fosse mais e mais poder – riu nervoso. – Quebrei a cara. Existem pessoas boas e más entre ricos e pobres.

— Um belo discurso, meu filho. Desnecessário, mas esclarecedor.

— O que o senhor quer dizer?

— Não o chamei aqui para pedir que fique longe da minha filha. Pelo contrário, o chamei para dizer que não deve desistir.

— Mas o senhor mal me conhece. Como pode ter certeza de que sou a pessoa certa para ela?

Pincipalmente depois de como a magoei – completou em pensamento.

— Eu tenho meus informantes – pegou o telefone e pediu a secretária café para os dois antes de continuar. – Não sei se sabe, mas eu exigi que minha filha tivesse outro guarda-costas. Era para ser alguém só para acompanhá-la quando ela estivesse disfarçada, para que ela pudesse ter suas aventuras loucas sem risco.

Park Sung Woo ouvia sem desviar os olhos do homem a sua frente.

Ele continuava:

— Ji Hong Ji entendeu errado e te alocou em situações que te colocaram em evidência, e para completar Yeon Na anunciou que estava namorando você – Park Sung Woo abriu a boca para se justificar, mas Kim Hyun Su levantou a mão pedindo que deixasse ele terminar. – Eu pedi para você ser substituído. Simplesmente porque o propósito em te contratar era que você fosse segurança da Sun Nan-hee pessoa não da artista.

Nessa hora a secretária bateu na porta e entrou com os cafés. Depois de servi-los saiu e Kim Hyun Su continuou como se não houvesse sido interrompido:

— Quando disse para Ju Hong Ji procurar outro segurança nos termos certos ele me contou que sentia que havia algo entre vocês. Para tirar minhas dúvidas conversei com Min Soo e ela, além revelar que tinha as mesmas suspeitas, falou muito bem de você. Decidi então, deixar as coisas como estavam e acompanhar. Então eu sei de tudo que preciso saber: que ajudou as meninas em uma briga de bar, que seu namoro com Yeon Na era mais frio que a geleira do ártico, que ajudou a resgatar Min Soo, que julgava minha filha ao mesmo tempo em que se apaixonava – levantou suspirando. – A lista é grande.

— Considerando tudo que o senhor sabe ... – Park Sung Woo não sabia o que dizer.

Kim Hyun Su simplesmente disse:

— Você quer trabalhar para mim? Preciso de um assistente pessoal para ajudar o meu atual.

— É sério?! – Park Sung Woo o olhava com uma expressão de incredulidade que fez o magnata rir.

— Muito sério.

Ele avisou a secretária que não queria ser incomodado e passaram horas conversando sobre o cargo de assistente e planejando como Park Sung Woo poderia se reaproximar de Sun Nan-hee.

Quer uma chance?

Sun Nan-hee começou a se sentir melhor depois de passar alguns dias na casa onde cresceu. Min Soo vinha visitá-la frequentemente, mas só falou sobre o fim do relacionamento da amiga na primeira vez.

— Ele te procurou depois daquele dia? – perguntou se referindo a Park Sung Woo.

— Não. Nem tem motivo – ela se sentia magoada por Park Sung Woo não insistir em ser perdoado.

— Ele virá. Eu sei que ele te ama, então dê uma chance – alheia a união entre o ex-segurança e o magnata ela também se preocupava por ele ainda não ter procurado Sun Nan-hee.

— Não vamos mais falar sobre isso. Quero esquecer aquele segurança petulante – apesar de querer ela não conseguia esquecer o toque dos lábios dele ou sua voz dizendo: eu te amo.

Min Soo mudou de assunto. Também não queria falar sobre Park Sung Woo, pois seu amor por ele sequer havia diminuído.

Focada em sua carreira Sun Nan-hee começou a acreditar que poderia esquecer Park Sung Woo.

Ela estava enganada.

Em uma conversa com o seu pai ele surgiu no assunto.

— Contratei Park Sung Woo como meu assistente pessoal – ele comentou observando suas reações.

Sun Nan-hee apesar de querer gritar: o que? Simplesmente respirou fundo e perguntou:

— Algum motivo especial?

— Você disse que o demitiu. Aproveitei a chance para roubá-lo. Tive boas referências sobre ele. E comprovei seu esforço e inteligência nos últimos dias.

Sun Nan-hee recordou que o filho perdido de seu pai deveria ter aproximadamente a idade de Park Sung Woo. Seu coração se apertou imaginando que ele estivesse usando o rapaz como estepe do filho. Não o julgava, sentia-se triste pelo destino tê-los separado de forma tão cruel.

— Ele se demitiu – corrigiu espantando os pensamentos tristes. – Aproveite os dotes dele.

Estava disposta a não se meter entre seu pai e suas amizades ou funcionários. Mas seu pai parecia disposto a testar até onde seu auto controle podia ir, pois disse:

— Se não se importar pedi que ele se juntasse a nós durante o jantar de hoje. Chamei também Ju Hong Ji e Yeon Na.

Ele já sabia da rivalidade entre elas, então parte do seu plano era deixá-la com ciúmes.

— Tudo bem! – quase engasgou com as palavras.

— Pode dizer a verdade. Sei que não gosta dela. Só a convidei porque soube que os dois são namorados. Eu achei que vocês estavam juntos. Realmente não entendo os jovens de hoje.

Ela devia cuidar melhor do namorado para ele não sair por aí beijando outras mulheres – pensou. Estava tão irritada que não questionou por qual motivo ele não convidou Min Soo. Ele estava pronto para dar uma desculpa qualquer. Não diria a verdade: que queria tirá-la de sua zona de conforto, ou seus planos iriam desmoronar.

— Deixe que venham – declarou antes de se despedir e seguir para a gravadora.

Na hora do jantar Park Sung Woo e Yeon Na chegaram juntos o que deixou Sun Nan-hee com a certeza de que ele nunca pretendeu acabar com o relacionamento como disse quando se declarou.

Se cumprimentaram friamente e conversaram sobre assuntos triviais.

Ju Hong Ji ligou avisando que não poderia comparecer porque seu irmão precisou dele com urgência. Eram só Sun Nan-hee, seu pai, Park Sung Woo e Yeon Na.

Logo a governanta anunciou que o jantar estava servido e eles foram para a mesa. Continuaram conversando sobre coisas do dia a dia até que Yeon Na provocou Sun Nan-hee.

— Como anda sua história com Kwan? – perguntou cheia de malícia.

— Nosso dueto será um sucesso, garanto! – respondeu ignorando a insinuação de que havia algo entre ela e o amigo.

— A namorada brasileira dele não está com ciúmes? – insistiu.

Ela havia aceitado o convite para o jantar sabendo que Park Sung Woo queria provocar ciúmes em Sun Nan-hee. De início não queria ajudar, mas decidiu manter a máscara de amiga pelo menos até colocar em prática seu plano com Byeol.

— Ele começou a ser meu amigo muito antes de ser o namorado dela – Sun Nan-hee respondeu chateada por nenhum dos dois homens à mesa interromper a inconveniente conversa.

— Mas ainda assim ela deve ter ciúmes. Como não ter ciúmes de uma princesa tão linda? – seu pai se meteu no assunto ao ver no rosto da filha que ela levantaria da mesa a qualquer momento se continuasse sendo provocada.

Durante todo o tempo Park Sung Woo a encarava com um olhar indecifrável.

Logo após o jantar Sun Nan-hee anunciou que estava com dor de cabeça e se retirou para o quarto deixando os três sozinhos.

Mas ela não fugiria tão facilmente.

— Onde fica o banheiro? – Park Sung Woo perguntou ao anfitrião. Tinha um plano. Não estava disposto a deixá-la entender que desistiu do amor deles. E se saísse sem explicar a presença de Yeon Na era isso que aconteceria.

— Use o do segundo andar – percebendo as segundas intenções no garoto Kim Hyun Su orientou como chegar ao banheiro perto do quarto da filha.

Ao chegar ao segundo andar Park Sung Woo reconheceu a música que tocava baixinho.

A porta do quarto de Sun Nan-hee não estava totalmente fechada, então ele apenas empurrou devagar.

— Isso que acontece quando damos liberdade a funcionários. O que faz no meu quarto? – Sun Nan-hee questionou sem se virar. Podia ver, através do espelho onde se mirava, a imagem dele entrando pela porta.

— Quero uma segunda chance – ele declarou cruzando os braços sobre o peito em uma atitude desafiadora.

— Cuidado! Sua namorada pode ouvir e entender errado – alertou com um tom cínico.

— Tanto faz. Estou com ela para te deixar irritada mesmo.

A risada dela o fez sorrir.

— Sou muita areia para o seu caminhão – ela se virou em direção a porta deixando a imagem do espelho para encará-lo.

— Eu sei o que tem por trás desse seu jeito de dona do mundo. Nada do que disser vai me fazer desistir de você.

— Minha nossa! Acha que pode ter pena só porque descobriu sobre o meu passado? – tentou brincar, mas realmente tinha medo de que ele sentisse pena.

Park Sung Woo se aproximou até deixá-la encurralada entre o imenso espelho e ele.

— Jamais senti pena de você. E garanto que nunca irei sentir.

— O que sente então para ainda estar aqui? Uma paixão avassaladora? – sua voz saiu baixa. Ela tinha dificuldade de raciocinar, só conseguia encarar seus lábios convidativos.

Ele sorriu e roubou um beijo rápido antes de responder:

— Tenho quase certeza que é isso.

Rindo ele saiu do quarto.

Depois de alguns instantes de surpresa ela riu também.

Sim, estavam apaixonados.

A história do filho perdido

Park Sung Woo, além de usar a desculpa de que trabalhava para o pai de Sun Nan-hee para se aproximar dela novamente, gostava da companhia do senhor Kim Hyun Su. Por isso ficou feliz quando ele o chamou para um almoço de amigos.

— Que bom que aceitou meu convite – Kim Hyun Su disse assim que ele entrou na sala.

— Foi um prazer, senhor – comentou sincero.

— Gosto de ser amigo das pessoas que trabalham com minha filha. Me sinto mais próximo dela assim – ele riu um pouco desconsertado. – No seu caso é trabalhavam.

— Meu novo emprego também é ótimo – Park Sung Woo sabia que ele era completamente a favor de que os dois se reconciliassem, por isso sempre falava da filha e o deixava a disposição dela quando precisasse.

Ela parecia nunca precisar. O que o deixava louco.

— É bom saber porque gosto muito do seu trabalho. Você aprende facilmente.

— Eu sou bastante curioso quando estou aprendendo sobre algo.

— Vamos ver se está afiado. Diga o que significa Dreans – desafiou.

— Devoção, respeito, empatia, amor, nobreza e sabedoria. São os pilares da empresa. Exigido de todos os funcionários – respondeu com propriedade.

— Está correto. E o que isso significa?

— Pelo que pude perceber nesses poucos dias, significa que todos os funcionários devem amar seu trabalho, tratar uns aos outros com respeito, assim como devem tratar os clientes com o mesmo respeito. Simplesmente são uma família muito grande.

Kim Hyun Su disfarçou a emoção. A saudade do filho bateu com força.

— Fiz bem em contratá-lo. Agora vamos mudar de assunto: fez algum progresso com minha filha?

— Não faço ideia – sorriu. – Sinto que ela não está mais com raiva. Está me castigando.

— Minha princesa não é fácil – sorriu ainda emocionado com as lembranças do filho.

— Posso perguntar como é o relacionamento dela com a mãe? Ela fala muito do senhor, mas quase não escuto falar da mãe dela – decidiu conhecer um pouco mais sobre Sun Nan-hee e a mãe adotiva.

Ele não tentou disfarçar a onda de tristeza que o invadiu quando respondeu:

— Minha esposa não é mais a mesma desde que perdermos nosso filho antes de termos nossa princesa – a conversa mal tinha começado e ele se via em um carrossel de emoções.

Park Sung Woo gostava da forma como ele falava da filha como se tivesse sido gerada por eles.

— Sinto muito. Ele morreu de que?

— Ele não morreu. Foi tirado de nós por pessoas sem caráter.

Park Sung Woo ficou sem palavras diante da revelação.

Imaginou como foi para Sun Nan-hee crescer em uma família quebrada pela perda de um membro, principalmente depois que descobriu ser adotada. Cada vez mais percebia o quanto foi injusto com ela em seus julgamentos.

— Era para nossa princesa amenizar a dor da minha esposa, mas no fim as duas continuam sofrendo. Minha filha sofre por causa dessa pessoa que a abandonou no passado e minha mulher não consegue a amar completamente. Ela vive viajando por não aguentar as lembranças que essa casa traz. Muitas vezes já a encontrei chorando no quarto que montamos para o bebê.

— Sinto muito – comentou sem saber o que dizer naquele momento.

— Essa história não é segredo. Eu procuro espalhar, pois não desisti de reencontrar meu filho. Depois de todos os momentos importantes que perdi espero ao menos o encontrar a tempo de ver seu casamento e conhecer meus netos.

Park Sung Woo sentia o coração apertado com as palavras do senhor sentado a sua frente.

— Conte com minha ajuda. Se o senhor permitir quero fazer o que estiver ao meu alcance para ajudar – imaginou como seria viver longe da sua família e teve pena do rapaz.

— Não dispenso ajuda – Kim Hyun Su sorriu sem perder a tristeza no olhar.

Passaram um longo tempo conversando sobre os esforços do homem para encontrar o filho. Park Sung Woo soube que o garoto devia ter a sua idade e que o que deveria ser um sequestro para pedir resgate acabou se tornando somente sequestro.

Mais tarde quando ele se despediu de Kim Hyun Su e caminhou pensativo em direção ao local onde deixou sua moto acabou esbarrando em quem menos desejava: Han-gil.

— O que faz aqui? – o filho do motorista perguntou nada amistoso.

— Vim conversar com o dono da casa. Você possivelmente já sabe que eu era segurança de Sun Nan-hee e agora sou assistente dele.

— E é só isso. Se alguém vai entrar para essa família esse alguém sou eu – avisou.

As palavras dele surpreendeu de tal forma que Park Sung Woo acabou rindo mesmo que em sua cabeça ainda martelasse ideias de como poderia encontrar o filho perdido de seu chefe/amigo.

— Se continuar coladinho a filha dele talvez consiga – as palavras eram provocativas, pois nunca os viu juntos ou ouviu Sun Nan-hee mencionar sobre ele, exceto no dia em que perguntou se ela tinha um irmão.

Não comentou nada sobre a relação deles. Não era da conta de mais ninguém.

— Não te engoli. Esnobe demais para um pobretão – Han-gil o olhava da cabeça aos pés com uma expressão de superioridade.

Park Sung Woo não gostou nada de ser chamado de esnobe quando geralmente era ele quem taxava algumas pessoas assim, mas decidiu não aceitar a provocação. Jamais causaria um tumulto na casa de uma pessoa que o recebeu tão bem.

Sem nada responder seguiu andando para o portão.

— Se você contar para alguém que sou filho do motorista acabo com sua raça.

Foram as últimas palavras que ouviu.

Alcançou sua moto, ligou e saiu assim que o portão foi liberado.

Não tinha intenção de expor o segredo ridículo daquele mimado. Não tinha intenção de nenhuma interação com ele, a não ser que ele realmente decidisse ficar coladinho com uma certa princesa. Ai teria que mostrar o que era uma zona de perigo.

Um momento de descontração

Park Sung Woo passou a frequentar a casa de Kim Hyun Su. Geralmente não procurava diretamente Sun Nan-hee apenas conversava com o magnata sobre o trabalho ou os esforços para encontrar o filho perdido. Mas em uma dessas visitas ele decidiu que estava na hora de fazer alguma coisa, pois se corroía de vontade de beijá-la novamente.

— Olá, meu filho! Sente-se. Me acompanhe no chá – Kim Hyun Su disse assim que Park Sung Woo entrou.

— Obrigado! Gostaria de conversar com sua filha. Ela se encontra?

— Está na garagem ensaiando com Min Soo. Vá até o jardim dos fundos e siga o caminho de pedras. Não tem erro. É só seguir o barulho.

— Obrigado!

As batidas de uma bateria e o inconfundível som de uma guitarra guiaram Park Sung Woo até um local que parecia uma garagem de subúrbio modernizada. O espaço fazia um interessante contraste com o jardim.

Se aproximou e viu Sun Nan-hee de vestido com uma peruca rosa e Min Soo com uma peruca verde.

Era a primeira vez que via Min Soo em algo que se assemelhava a um disfarce.

Ficou parado observando o quanto elas se entregavam a brincadeira tocando músicas do *Super Junior*.

Só depois de duas músicas Min Soo percebeu sua presença.

— Ei, penetra! – ela gritou sorridente.

— Vai ter que pagar ingresso – Sun Nan-hee se virou na direção que ela olhava.

— Com prazer. Adorei o show – comentou entrando no lugar.

Mais uma faceta sua que não conhecia, princesa. Quanto mais vai me surpreender? – pensou.

Aproveitou a pausa das meninas e caminhou pelo lugar analisando tudo. Havia uma bateria, microfones, a carcaça de um carro velho, guitarras, baixos e violões, sofás, um freezer com vários tipos de bebidas e uma enorme mesa cheia de objetos diversos. As paredes eram pintadas de preto como a maioria das coisas ali e havia vários pôsteres de grupos musicais colados nela. No cenário predominava as cores preto, metal e rosa.

— O que é esse lugar? – perguntou curioso sentando-se em um dos sofás.

— Meu presente de aniversário de quinze anos – Sun Nan-hee respondeu.

— Foi o melhor que seu pai já te deu – Min Soo completou.

Como Park Sung Woo parecia querer mais explicações ela completou:

— Ele sempre a presenteia com coisas de criança; bonecas, urso de pelúcia, coisas assim. A única vez em que saiu dessa rotina foi no aniversário de quinze anos quando disse que ela poderia escolher o presente. Nossa *Merida* entregou para ele o desenho do que queria e aqui estamos.

— Ainda assim ele me deu uma boneca de porcelana. Você me chamar de *Merida* me fez lembrar dela por causa do cabelo cor de fogo e cacheado que as duas possuem – comentou sorrindo com a lembrança da boneca que estava em sua casa.

Park Sung Woo a olhava com tamanha intensidade que Sun Nan-hee perguntou:

— Sabe tocar algo? – era uma tentativa de desviar a atenção dele.

— Um pouco de bateria – respondeu.

— Min Soo, entregue as baquetas. Seremos uma dupla no vocal.

Min Soo pegou um baixo e entregou as baquetas para Park Sung Woo. Ele assumiu a bateria.

Durante um longo tempo elas fizeram festa cantando músicas de seus artistas favoritos. Os três se divertiam esquecidos de suas responsabilidades. Esquecidos de qualquer coisa fora daquele lugar.

Min Soo depois de um tempo percebeu que era a oportunidade perfeita para o casal colocar os pingos nos is, então decidiu deixá-los a sós.

— Vamos dar uma pausa? Quero buscar algo para comermos – sugeriu.

— Posso ajudá-la? – Park Sung Woo se ofereceu.

— Não é necessário. Fique aqui – piscou para ele para que entendesse suas intenções. Sem esperar saiu correndo em direção a casa.

Sun Nan-hee continuou buscando melodias na guitarra em uma tentativa falha de ignorar a presença de Park Sung Woo.

— O que somos um para o outro agora? – ele perguntou.

— O que? – ela desistiu da guitarra e o encarou.

— Você sabe que eu gosto de você. Eu sei que você gosta de mim, entretanto continuamos nesse impasse sem sentido. O que somos um para o outro?

— O que somos? – repetiu pensativa.

Ele deixou as baquetas de lado e se levantou.

— A culpa é sua. Se não tivesse roubado meu primeiro beijo talvez eu não caísse de amores – recordou o selinho que ela roubou após o resgate de Min Soo.

— Primeiro beijo? Mentiroso – riu sem acreditar que ele nunca houvesse beijado alguém.

— Por que não? Por ser homem eu tenho que sair por aí beijando qualquer garota?

Ele chegou ameaçadoramente perto. Ela não recuou.

— Acho que não.

— Então diga: o que quer que eu seja para você a partir de hoje?

A proximidade dele a fazia perder a capacidade de se concentrar em algo que não fosse os movimentos dos seus lábios ou seu intenso olhar.

— Eu quero... Não, eu não quero. A partir de hoje você é meu namorado. Exclusivamente meu.

Ele sorriu.

— Sua ordem é o meu desejo, majestade. Saiba que você foi a primeira e única mulher que já me beijou. E é a mulher que beijarei agora.

Devagar seus lábios se aproximaram. Antes de se tocarem Park Sung Woo a envolveu pela cintura colando seus corpos. Podiam sentir as batidas frenéticas do coração um do outro. Sun Nan-hee tocou seu rosto por um instante antes de finalmente envolver seu pescoço e consumarem o beijo que tanto desejavam.

Poucos minutos depois Min Soo voltou com uma bandeja cheia de petiscos. Encontrou o casal vendo o álbum de fotografias dos ensaios que elas mantinham lá. Estavam coladinhos e sorridentes, o que fez ela ter certeza de que tinham se acertado.

Quando eles a viram ajudaram a colocar a bandeja na mesa, comeram e continuaram a brincar de banda cover.

Min Soo se esforçava para que prevalecesse apenas a amizade em seu coração. Tinha inclusive marcado alguns encontros para tentar esquecer o namorado da amiga. Estava disposta a ir em busca da própria felicidade.

Aniversário atrasado

No fim de semana seguinte Park Sung Woo decidiu fazer algo por sua namorada. Combinou com o pai dela e avisou seus pais onde estaria. Todos eles estavam felizes com o namoro.

Quando ele chegou na casa do magnata teve uma surpresa.

— Olá, filho – Kim Hyun Su se acostumou a chamá-lo assim. – Essa é a minha amada esposa Cha Yang Mi.

Havia uma mulher de aproximadamente cinquenta anos ao lado dele com longos cabelos negros presos em uma trança e vestida com roupas escuras.

— É um prazer conhecer a senhora – ele se curvou em um cumprimento.

— Então você é o famoso segurança? – Cha Yang Mi havia escutado muito sobre ele nas ligações que recebia do marido. Ao vê-lo pessoalmente sentia como se já se conhecessem.

Pela primeira vez Park Sung Woo não sabia como agir em uma apresentação. Deveria dizer seu nome ou alguma coisa que a fizesse confiar nele, mas simplesmente sentia ímpetos de abraçar a mulher a sua frente. A tristeza naqueles olhos que tentavam sorrir deixava seu coração apertado.

Quis dizer que ela poderia chamá-lo de filho e amá-lo como a um, mas se limitou a falar:

— Sou Park Sung Woo, amo muito sua filha e gostaria que a senhora permitisse nosso namoro.

— Enquanto estiver fazendo minha filha feliz será sempre bem-vindo – Cha Yang Mi queria que a filha esquecesse a história do abandono e se concentrasse na própria felicidade. Ela também participaria da surpresa e aproveitaria para entregar o presente de aniversário atrasado.

— Obrigado senhora! – ele sorriu. – Posso ir para a cozinha preparar a surpresa?

— Vá. Estaremos na biblioteca se precisar – ela respondeu.

Park Sung Woo seguiu para a cozinha e eles para a biblioteca onde sozinhos se perderam em lembranças tristes, que a presença de um rapaz com a mesma idade do filho perdido trazia, e se consolaram com carinhos e palavras de conforto.

Quando Sun Nan-hee chegou em casa, depois de uma manhã de autógrafos, não viu nenhum movimento, então seguiu para a cozinha para matar a sede.

—Onde está meu pai? – perguntou ao entrar na cozinha e encontrar Park Sung Woo com um avental cor de rosa mexendo em panelas.

— Está na biblioteca com sua mãe.

Minha mãe está aqui? – pensou enquanto imaginava se ela já estava em prantos por a casa trazer com mais força a lembrança do filho perdido.

— Foi promovido a cozinheira? – provocou para afastar os pensamentos tristes enquanto providenciava a água que seu corpo pedia.

— Para ser sincero estou preparando um pedido de desculpas que devo para minha namorada faz algum tempo.

— Soube que cometeu tantos erros. A qual se refere? – brincou.

— Ao fato de ter estragado o seu aniversário. Por isso estou fazendo Miyeok-Guk[7] para comemorar.

---

7 Miyeok Guk: sopa de algas coreanas (Miyeok). É tradição para os sul-coreanos consumir essa sopa no aniversário. Além disso, eles também indicam para mulheres grávidas. Os benefícios dessa sopa são vários, mas o de maior destaque é o poder de "limpar" o seu corpo as substâncias tóxicas.

— Você só tem cinquenta por cento de culpa. Aquela mulher já havia acabado com qualquer desejo de comemoração – disse se referindo a Byeol.

— Vou pagar os meus cinquenta por cento e os juros por ter demorado tanto – sorriu.

— Acho justo – se aproximou para observar o trabalho dele.

— Você me disse que a primeira vez que nos vimos estava daquele jeito porque tinha se encontrado com ela – ele comentou.

— Sim.

— E nas outras vezes em que bebia em casa com aquela expressão de tristeza? – lembrou do dia em que esperou Min Soo chegar para ficar com ela.

— Mensagens, telefonemas... por mais que eu tentasse bloquear ela sempre encontrava um jeito de me localizar – ao falar sobre isso ela se deu conta de que desde o confronto no estúdio não a via. Agradeceu aos céus por isso.

— Devia ter me dito. A trataria como um fã perseguidor – a encarou analisando seus belos traços.

— Quando soube o motivo pelo qual ela me abandonou fiquei com vergonha. Não queria que ninguém soubesse. Era preferível que me achassem uma megera que um lixo jogado fora pelos pais – sua voz saiu baixa.

— Ei – ele largou tudo e a abraçou. – Você sempre vai ser a minha megera.

— Não sabe nem consolar a namorada. Que escolha maravilhosa eu fiz! – ela riu apesar da tristeza que sentia sempre que lembrava da mãe e de suas palavras dolorosas.

— Um beijo te consolaria?

— Um beijo? – fingiu estar pensativa.

Ele segurou seu queixo com as pontas dos dedos fazendo-a encará-lo.

O sorriso estava lá, provocador como sempre. O sorriso que a fazia querer beijá-lo.

— Não me olhe assim. Meus pais podem entrar aqui a qualquer momento.

— Devemos ir para o seu quarto? – perguntou provocativo.

Seus lábios estavam quase se tocando.

Traiçoeira ela passou por baixo do braço dele e se afastou.

— Seu indecente. Termine sua sopa – disse tentando conter as batidas loucas do seu coração.

Ele apenas riu e voltou a trabalhar com as panelas.

Pouco tempo depois os quatro estavam na sala de jantar e desfrutavam da deliciosa sopa. Pareciam uma grande e feliz família.

Despois da sopa Park Sung Woo declarou:

— Agora vamos para a segunda parte da comemoração.

Sun Nan-hee olhou para os pais em busca de um sinal de que eles sabiam o que Park Sung Woo pretendia, mas eles apenas disseram:

— Bom passeio, crianças!

Park Sung Woo estendeu a mão e, curiosa sobre o que viria a seguir, ela aceitou.

Foram de táxi até o *Naksan Park* onde passearam e tiraram fotos quase que como dois enamorados comuns. Sun Nan-hee foi reconhecida e teve que parar para dar autógrafos várias vezes, mas ainda assim adorou o passeio. Nem se importava se no dia seguinte apareceria em toda mídia que estavam namorando.

Seu dia ficou ainda mais bonito quando ao pôr do sol Park Sung Woo lhe entregou uma caixinha.

— Feliz aniversário!

Ela aceitou o objeto e antes de abrir olhou para o rosto dele e sorriu.

— Mesmo sem saber que era seu aniversário eu pretendia te dar isso naquele dia – Park Sung Woo confessou.

Sun Nan-hee então abriu a caixa e se deparou com uma pulseira prateada com pequenos cordões com uma bolinha no fim de cada um deles.

— É tão linda!

Olhou de perto as bolinhas e seu sorriso se alargou ao perceber que havia o nome de várias princesas nelas. E o seu nome também estava lá.

— Perturbei um amigo por um longo tempo para ele fazer isso. Queria que meu primeiro presente mostrasse o que você significa para mim e, principalmente, que sentisse saudades toda vez que olhasse para ele.

— É um pensamento egoísta. Talvez até machista, mas adorei.

Ele pegou a pulseira e colocou no pulso dela.

Ela levantou a mão na frente do rosto e balançou sorrindo.

Abraçados observaram o pôr do sol e o cair da noite.

Quando Sun Nan-hee chegou em casa Cha Yang Mi a esperava sentada na sala vestida com um robe vermelho longo.

— Sente-se um pouco comigo, minha filha – pediu e pegou o pacote que estava sobre o sofá.

Sun Nan-hee obedeceu.

— Como foi seu encontro? – perguntou assim que a filha se sentou.

— Lindo! Ele me deu isso – estendeu o braço. – Tem meu nome como se eu fosse uma princesa de verdade.

— Você é. Uma princesa apaixonada. Posso ver pelo brilho em seus olhos.

— Eu o amo. Não queria amar porque ele é um chato, mas amo até sua chatice.

— Ai, ai – Cha Yang Mi riu abraçando a filha. – Minha querida, é tão bom ver esse brilho de felicidade em seus olhos.

— Eu seria mais feliz se o visse em seus olhos – acariciou o rosto da mãe. – Eu peço em todos os meus aniversários que aquela criança perdida volte para vocês, pois sei que quando isso acontecer nunca mais a verei triste.

Cha Yang Mi também tocou seu rosto limpando com a ponta do dedo a solitária lágrima que descia.

— Como posso ter uma filha tão maravilhosa? – beijou sua face. – Minha princesa, você trouxe luz para a vida de pessoas desesperadas. Você é um anjo que Deus colocou em nossas vidas. A dor que carregamos no peito não diminui o amor que sentimos por você. Nunca esqueça disso.

— Mas eu sinto sua falta. Queria que estivesse aqui para conversar comigo quando estava confusa com meus sentimentos. Queria ter te abraçado desse jeito e escutado seus conselhos.

— Sinto muito. Prometo que não vou mais ficar longe por tanto tempo – segurou o rosto dela para encarar seus olhos marejados. – Mas você precisa me prometer que sempre que quiser falar comigo me ligará para que eu possa vir correndo cuidar da minha filha. Prometa.

As duas estavam com os olhos cheios de lágrimas.

— Eu prometo.

— Agora vamos falar de outra coisa – estendeu o pacote na direção dela. – Não esqueci seu presente. Abra.

Sun Nan-hee rasgou o papel colorido cheia de curiosidade.

— Que lindo!

Era um exemplar do livro *O pequeno príncipe*.

— Quando o vi lembrei de você.

— Eu adorei – passou algumas páginas admirando as ilustrações.

— *As pessoas são solitárias porque constroem muros ao invés de pontes* – pensativa Cha Yang Mi citou uma frase do livro e completou com suas palavras. – Nunca se esqueça que a minha tristeza por perder um filho nunca vai ofuscar minha alegria de ter você como minha filha. Eu te amo.

— Também te amo, mãe – a abraçou.

— Vamos ler um pouco e beber chocolate quente? – propôs – Faço o chocolate enquanto você toma um banho e veste o seu pijama.

— Te espero no meu quarto – Sun Nan-hee saiu correndo.

Naquela noite Cha Yang Mi só voltou para o seu quarto após a filha dormir.

Uma mistura de mentiras e verdades

As coisas estavam tranquilas. Park Sung Woo passava seu tempo dividido entre a família, o emprego, a namorada e suas últimas aulas no curso de Administração de Empresas.

Mas em meio a calmaria uma tempestade se aproximava.

Um dia antes da chegada de Kwan para suas férias com a namorada e o show com a amiga, Yeon Na decidiu bagunçar a vida deles colocando em prática o plano traçado com sua aliada Byeol.

Em uma entrevista coletiva do grupo sobre o show o repórter fez uma pergunta que foi o estopim que ela precisava:

— Soubemos que recentemente você terminou um relacionamento com o atual namorado da nossa princesa. A amizade não ficou abalada?

Com um sorriso que dizia estar tudo bem ela respondeu surpreendendo a todos:

— Estou me acostumando a ser roubada por ela. Mas jamais usaria os artifícios que ela usa. Isso é coisa de gente que saiu do lixo.

Ela conseguiu o que queria. Os repórteres assustados e empolgados com suas palavras enchiam de perguntas enquanto Sun Nan-hee a olhava sem reação.

— O que quer dizer com saiu do lixo?

— Quais artifícios ela usa?

Sem se alterar ela respondeu:

— Para roubar meu namorado ele usou sua história triste de ter sido encontrada no lixo e adotada.

O lugar virou uma confusão. Sun Nan-hee se viu sem chão.

Com a ajuda dos seguranças e de Ju Hong Ji ela conseguiu escapar do tumulto e fugir para sua casa.

Mal fechou a porta e a frente da casa foi tomada de repórteres a mantendo presa.

Depois que ela saiu Yeon Na permaneceu dando a entrevista tranquilamente. Revelou que foi Park Sung Woo quem havia contado sobre o passado dela e que ele, por pena, escolheu ficar com ela. Revelou também que muitas vezes tentou convencer Sun Nan-hee a perdoar a mãe, mas foi em vão.

Ela tremia de medo das consequências dentro da empresa e no grupo, mas não conseguia desistir de macular a imagem da rival.

A armadilha de Byeol e Yeon Na era simplesmente usar o passado contra Sun Nan-hee. Era simplesmente colocar a mãe como uma vítima das circunstâncias e a garota como uma pessoa incapaz de perdoar.

Enquanto Yeon Na dava a declaração bombástica Byeol postava sobre sua triste história alegando que se desfez da filha em um momento de loucura, que não conseguiu encontrá-la depois de se tratar, que simplesmente passou a vida inteira buscando por ela e que seu maior orgulho era saber que a filha se tornou uma pessoa feliz e saudável. Estava satisfeita com isso mesmo que nunca fosse perdoada. Seu vídeo fez várias pessoas chorarem emocionadas. Eram poucos os que questionavam a história dela.

Presa em casa Sun Nan-hee se negava a dar qualquer tipo de declaração.

Ela conversou com Park Sung Woo por telefone um longo tempo à noite e ficou mais calma só de ouvir a voz dele. Eles

não puderam se encontrar porque ambos estavam cercados por paparazzi e repórteres caçadores de fofoca.

Ela também entrou em contato com os pais para tranquilizá-los e pedir que não dessem declarações. Queria cuidar do escândalo sozinha. Eles já esperavam por isso, pois ela sempre tentava mantê-los longe dos problemas.

No dia seguinte Ju Hong Ji apareceu na casa dela com o semblante de quem não dormiu direito.

— Como você está? – perguntou preocupado.

— Estou bem. Depois de conversar com Park Sung Woo e com meus pais desliguei o telefone e não tive coragem de ligar a TV ou ver o que estão dizendo nas redes sociais.

— Está meio conturbado. Não existe possibilidade de parar as pessoas e a mídia sobre o assunto. Existem opiniões diversas, mas você sabe o poder de um comentário negativo.

— Com isso você quer dizer que estão acreditando no que ela diz – lamentou. Esperava mais dos seus fãs.

— Muitas pessoas. Eu passei aqui para te ver e perguntar se quer enfrentar os abutres que estão lá fora e ir comigo falar com o empresário do grupo.

— Prefiro ficar um tempo sozinha. O que vocês decidirem está bem para mim. Acredito na competência e justiça de vocês – respondeu sem ânimo para enfrentar o caos que seria sair de casa.

— Certo. Virei assim que a reunião terminar.

Desde o início do grupo Princess Girl foi definido em contrato que a vida pessoal das meninas não poderia ser controlada pela empresa de entretenimento. Assuntos como namoro, família e amigos eram tratados por elas e em casos de escândalos eles se reunião para resolver da melhor forma possível. Porém apesar de terem um empresário justo a reunião não teve um resultado que alegrasse Sun Na-hee. Eles queriam uma declaração dela esclarecendo as coisas para o público para iniciar uma reação.

Ela se negou a esclarecer. Como resultado os próximos dias foram de shows cancelados e burburinhos na mídia.

Mesmo sabendo que um vídeo ou uma mensagem poderia trazer algumas pessoas para o seu lado ela não queria fazer. Alguns diziam que era teimosia, mas ela simplesmente estava cansada. Chegou ao ponto em que até pensava em abrir mão da carreira para ter paz.

Todos os dias Park Sung Woo e ela conversavam por telefone e cada vez mais ele a percebia triste, então tomou uma decisão radical.

Alguns dias após o escândalo Sun Nan-hee criou coragem e ligou a TV. Não tinha conseguido falar com seu namorado no dia anterior e isso a fez querer sair de casa para encontrá-lo. Esse sentimento deu forças para ela começar a encarar tudo e todos.

Em poucos instantes um vídeo gravado apareceu no canal de notícias.

A apresentadora dizia:

Vamos assistir agora o famoso vídeo que está rolando pelas redes sociais. O vídeo de um rapaz apaixonado tentando explicar os recentes escândalos que envolvem a integrante do grupo Princess Girl, Sun Nan-hee.

Logo o rosto de Park Sung Woo apareceu na tela. Depois de alguns segundos de hesitação alguém disse "está gravando" e ele começou a falar:

— Em primeiro lugar quero dizer que odeio exposição. Sou uma pessoa comum. Ver meu nome comentado em toda parte e ouvir pessoas falando sobre minha vida é estranho, mas me faz respeitar mais as pessoas que passam por isso. Em segundo lugar quero que saibam que nunca falei da vida pessoal da minha namorada para Yeon Na. Descobri que Sun Nan-hee era adotada depois de terminar meu relacionamento com ela. Sun Nan-hee foi adotada por uma família que a ama, pois apesar de ter nascido de uma mãe que não presta ela merece todo o carinho que o senhor Kim Hyun Su e a senhora Cha Yang Mi têm por ela. Ao que parece vocês inverteram os papeis porque o monstro é a mulher que abandonou não o bebê abandonado. Sou testemunha de que essa mulher nunca se arrependeu do que fez. Vocês descobrirão isso. A verdade sempre aparece. E por último; me vejo na obrigação de confessar que o meu relacionamento com Yeon Na aconteceu simplesmente porque eu não queria aceitar meus sentimentos por Sun Nan-hee, que nasceram no primeiro momento que a vi, e pelo desejo de Yeon Na de provocar a rival porque percebeu as faíscas entre nós. Se Yeon Na for honesta irá admitir isso. Se não for, vai perder minha amizade e meu respeito. É isso que tenho para dizer.

Depois de alguns segundos o vídeo foi finalizado e a apresentadora começou a discutir o assunto com alguns convidados. E o tema central do programa era: o perdão.

Sun Nan-hee desligou a TV assim que ouviu as primeiras palavras dos convidados e tentou ligar para Park Sung Woo, mas o telefone dele estava desligado.

Ele desligou porque estava com vergonha de falar com ela. Ao contrário do que esperava o vídeo piorou a situação de Sun Nan-hee. O problema é que Yeon Na e Byeol contrataram *haters*[8] para detonar a imagem da princesa com comentários e postagens nas redes sociais. Eles viraram o vídeo contra Park Sung Woo alegando que eles traiam Yeon Na usando a desculpa do trabalho de segurança.

Chateado por ter colocado mais combustível na fogueira de *caça* às *bruxas* ele decidiu procurar os pais dela para ouvir alguns conselhos de como agir nessa situação sem piorar ainda mais as coisas.

---

8 Hater: termo bastante utilizado na internet para classificar algumas pessoas que praticam "bullying virtual" ou "cyber bullying". O hater deseja apenas criticar e desvalorizar outra pessoa usando como principal ferramenta de ataque as redes sociais. O principal alvo dos haters são as celebridades e demais figuras públicas.

O bar

Park Sung Woo, aconselhado por Kim Hyun Su, se afastou de Sun Nan-hee para não atiçar ainda mais os comentários maldosos. Ela não gostou da ideia, mas aceitou. No fundo estava chateada por levá-lo para um meio tão cheio de crueldade como o mundo dela. Sabia que a vida dele virou uma bagunça após a declaração que fez no vídeo. Ju Hong Ji a deixava atualizada sobre tudo. Ele contou que Park Sung Woo não tinha mais privacidade para andar pelas ruas sem ser abordado por curiosos.

Com o passar dos dias a história do nascimento de Sun Nan-hee foi perdendo espaço na mídia, mas ela continuava recebendo mensagens desagradáveis e os fãs pareciam ter se afastado.

Ela voltou a se apresentar com o grupo, mas durante os trabalhos a imagem dela foi ofuscada pela da sua rival. Os fãs gritavam e exigiam por Yeon Na. Era ela quem cantava as principais músicas. A princesa do K-pop acabou sendo deixada como uma das dançarinas.

Sun Nan-hee continuava insistindo em não dar nenhuma declaração sobre seu relacionamento ou seu passado. Enquanto isso Byeol conseguia cada vez mais convites para se apresentar em grandes eventos.

Mesmo com tudo isso acontecendo a opinião pública ainda queria mais. Estavam contra Sun Nan-hee e pediam constantemente para que ela fosse expulsa do grupo. O que Sun Nan--hee não sabia era que a opinião pública era na verdade a opinião de poucos que influenciavam outros poucos que faziam muito barulho na porta da gravadora e da casa dela mesmo que já houvesse passado dias desde o escândalo.

Byeol para conseguir status e manter a personagem de mãe arrependida aparecia vez ou outra em programas de TV pedindo para que os fãs perdoassem a filha. Isso fazia com que eles voltassem com tudo contra Sun Nan-hee exigindo que ela ao menos se defendesse.

Como se eu fosse culpada por ter sido abandonada – ela pensava constantemente.

Cansada de tudo ela decidiu sair para beber, mas não se disfarçou. Não ligava mais.

Combinou com Min Soo em um lugar perto da casa dela, pois sabia que era no mesmo bairro da casa de Park Sung Woo. Tinha esperança de vê-lo mesmo que por poucos instantes.

Quando chegou procurando por Min Soo percebeu que ela ainda não havia chegado.

Decidiu escolher uma mesa e esperar.

— Olha se não é a princesa! – um grupo de garotos a viu e eles levantaram das cadeiras parando na frente dela antes que ela se sentasse. – Pode me dá um autografo?

Um pouco incomodada ela abriu a boca para responder, mas antes que dissesse algo outro rapaz disse:

— Soube que anda carente. Roubando namorados das amigas. Pra que fazer isso? Estou aqui tão disponível – ele e os outros estavam embriagados.

Com raiva da situação ela deu meia volta para sair, mas um deles se colocou na frente dela novamente dizendo o quanto ele podia oferecer com palavras nada sutis.

— Saia da minha frente! – ela gritou.

O lugar estava cheio de pessoas e nenhuma delas se dignou a levantar e ajudar a garota. Pelo contrário, alguns filmavam a cena.

Sun Nan-hee empurrava os rapazes e tentava sair, mas eles insistiam. Ela não era fraca. Poderia lutar, mas o vestido curto com saia rodada não era o traje ideal.

Park Sung Woo estava passando na rua quando viu o movimento estranho. Ao perceber que se tratava de Sun Nan-hee se apressou para ajudar, mas não foi muito longe.

Seus pés colaram ao chão quando um homem ruivo entrou no bar gritando:

— O que estão fazendo?

Várias cabeças se voltaram para ele.

— Kwan! – Sun Nan-hee suspirou aliviada. Agradeceu mentalmente por ele estar ali.

Ele a puxou para si e encarou os homens que perturbavam.

— Atrevam-se a mexer com ela e vão desejar nunca ter nascido – seu olhar era puro desafio.

Os caras movidos pelo álcool não queriam deixar barato, mas o pessoal do bar resolvendo que aquilo já tinha ido longe demais colocaram eles para fora.

— Por favor, como desculpas pelo ocorrido vocês podem ficar à vontade. Por conta da casa – a gerente veio falar antes que eles partissem.

— O que acha? – Kwan perguntou abraçando Sun Nan-hee.

— Tanto faz. Qualquer lugar que eu for vai acontecer a mesma coisa.

— Então ficaremos aqui. Pois aqui já sabem que seu novo segurança não é manso.

Ela riu um pouco, mas a palavra segurança a fez pensar em Park Sung Woo. Desejou que ele estivesse ali.

Entraram abraçados. Instantes depois Min Soo chegou e eles começaram a conversar e beber.

Park Sung Woo ainda ficou um longo tempo observando escondido. Mesmo sabendo que Kwan era comprometido, não conseguia controlar o ciúme. Vê-lo salvá-la como um cavaleiro de armadura não ajudou em nada a amenizar esse sentimento.

Ficou observando como um tolo até que a gerente sorriu em sua direção.

Com vergonha de sua atitude ele foi embora antes de ser pego pelo trio.

Ao olhar ao redor Kwan viu a movimentação de uma pessoa escondida atrás de uma pilastra. Viu que era um homem que observava onde estavam e que saiu tentando se manter oculto.

Curioso comentou:

— O seu namorado virá? Eu vi o vídeo dele. Uau! O cara te ama mesmo. Quero conhecê-lo para aprovar ou não.

— Não tenho namorado – Sun Nan-hee respondeu impulsivamente. Já estava cansada de esperar Park Sung Woo entender que ficar longe não ajudava em nada.

— Aconteceu alguma coisa?

— Ele se afastou depois do vídeo porque percebeu que sua presença atiça a mídia contra ela – foi Min Soo quem respondeu.

— Entendo – Kwan olhou para o lugar onde instantes antes viu o rapaz suspeito olhando para eles. Na hora achou que já o tinha visto em algum lugar.

As palavras de Min Soo deram a certeza de que era mesmo Park Sung Woo.

— Nós viemos aqui para falar sobre esse tipo de coisa? – Sun Nan-hee reclamou. Queria se distrair um pouco.

— Não. Não. Vamos nos divertir.

— Estou animada para assistir vocês dois cantando juntos – Min Soo disse assando alguns pedaços de carne de porco.

— Eu também estou animada com isso. A música ficou linda. Mesmo que não apareça público ou eles comecem a vaiar vou adorar cantar com meu amigo.

Kwan percebeu que muitos assuntos levariam a pensamentos tristes, porém estava disposto a animá-la.

— Assim você faz meu ego explodir – riu.

— Vou ter cuidado – Sun Nan-hee riu também. – Onde está Vanessa? Você disse que ela viria.

— Ela está com nossos amigos Mel e Lee Kang Dae. Estamos hospedados na casa deles.

Começaram a conversar sobre as aventuras de Kwan no Brasil e, por alguns instantes, Sun Nan-hee esqueceu seus problemas.

Fuga momentânea

Park Sung Woo apesar de não se aproximar observava Sun Nan-hee de longe e sempre recebia atualizações de como ela estava através de Min Soo.

Nos últimos dois dias a namorada não atendia mais suas ligações. Enviar mensagens se tornou seu recurso para se mostrar presente.

Sua sorte começou a mudar quando ele desceu para o refeitório da sede da Dreans para almoçar e percebeu a presença de Min Soo e Sun Nan-hee.

Min Soo estava de frente para ele enquanto Sun Na-hee conversava com ela de costas para ele.

Ele colocou os óculos escuro e pegou um cardápio se sentando para ouvi-las. Min Soo fingiu que não viu nada.

Sentado atrás da namorada e cobrindo o rosto com um cardápio ele ouvia a conversa entre as duas amigas.

— O que pretende fazer? – Min Soo perguntou se referindo ao fato de que a mídia insistia em massacrá-la.

— Pensei em tirar alguns dias de férias e fazer uma viagem. *Estou cansada de todo mundo me criticar e me cobrar respostas como se minha vida você de domínio público* – completou em pensamento.

— É uma ótima ideia.

— Seria melhor ainda se você viesse comigo. O que me diz? Vamos viajar juntas?

— Adoraria, mas uma simples mortal como eu precisa comparecer as aulas e trabalhar.

— Devia largar aquela loja de roupas e trabalhar comigo.

— Deus me livre! Eu não aguentaria um dia trabalhando para a estrela mais temperamental que já existiu – riu.

— Credo. Que exagero! Eu sou uma lady – riu também.

— Ainda que trabalhasse para a senhorita milady, teria que estudar.

— Estude muito para não precisar aturar o mesmo que eu.

— Você é uma estrela, *Ariel*. Não pense muito nos comentários negativos. Eu estou acompanhando a mídia e muita gente está do seu lado.

— Espero que sim, *Linguado* – apesar de tudo tinha vontade de zoar toda vez que ela a chamava pelo nome de uma princesa.

— Para onde você pensa ir?

— Você me chamar de Ariel me fez lembrar que existe um lugar que preciso visitar.

Min Soo entendeu o que ela queria dizer. E olhou disfarçadamente o espião na mesa próxima.

— Você não devia ir sozinha àquele lugar.

— Dizem que é um lugar bonito – comentou pensativa.

— Bonito, mas com recordações feias – Min Soo não sabia o que pensar. Imaginava se seria bom para a amiga voltar ao lugar onde fora abandonada.

— Às vezes acho que você não me conhece tanto assim – ela tentou brincar.

— Conheço o bastante para saber que já decidiu ir e que ninguém conseguirá te fazer mudar de ideia.

Sun Nan-hee riu. Min Soo realmente a conhecia.

O primeiro dia na ilha foi tranquilo.

Parecia que as pessoas que trabalhavam no hotel não estavam interessadas nas fofocas do mundo dos famosos.

Sem nenhum disfarce Sun Nan-hee andava pelas ruas de **Pohang**. Estava ciente das pessoas que viravam os pescoços para ela e cochichavam se perguntando se ela era a mulher dos noticiários.

Ela não ligava mais. Estava disposta a nunca mais usar disfarces.

No dia seguinte ela chegou na *Praia Homigot* antes do nascer do sol. Queria ver se a *Mão da Harmonia* realmente segurava o astro rei durante seu nascimento. Também queria pedir aos deuses que houvesse harmonia em sua vida. E que houvesse uma mão para ajudá-la a ser reerguer porque sentia que sozinha não conseguiria.

Enquanto observava o nascer do sol ela pensou em tudo que estava acontecendo em sua vida e se deu conta de que estava sendo covarde.

— Não vou mais permitir que me machuquem sem revidar – gritou para a escultura imponente como se a escultura a criticasse por estar ali quando deveria estar lutando contra os que queriam destruí-la.

Depois de longos minutos observando o mar ela começou uma caminhada pela areia.

Assim que ela saiu Park Sung Woo, que a seguia secretamente, se aproximou das ondas olhando a gigantesca escultura. Se ajoelhou na areia e fez uma prece.

— Deuses da harmonia, precisamos de toda ajuda para que a paz volte para a mulher que acabou de sair daqui. Ela já sofreu ao ser abandonada por uma mãe cruel, sofre por ter pessoas más rodeando-a e, mais ainda, por ter um homem que a ama incapaz de ajudá-la. Permita que eu seja o porto seguro que ela tanto necessita.

Como resposta o vento soprou em seu ouvido como se dissesse: reaja.

Ele entendeu que se esconder para esperar a poeira baixar não era uma opção.

— Kim Hyun Su, agradeço por tudo que fez por mim até hoje, porém não seguirei mais seu conselho – disse como se as ondas fossem levar o recado ao pai de Sun Nan-hee.

Resoluto levantou disposto a qualquer coisa desde que estivesse ao lado de sua amada.

Quando Sun Nan-hee chegou ao hotel percebeu que não teria a paz que buscava. Havia vários paparazzi na entrada.

Uma senhora em um café ao lado se aproximou para auxiliá-la.

— Moça, venha se esconder aqui.

Sun Nan-hee se viu sendo guiada para dentro de uma loja de artesanato ao lado do café.

— Obrigada por me ajudar!

— Não foi nada. Vi quando aqueles abutres se aglomeraram na entrada principal do hotel. Vou ligar para meu filho que trabalha na portaria e ele vai dar um jeito de você entrar sem ser incomodada.

— Obrigada! – sorriu diante da generosidade da senhora. – Desculpe, mas posso perguntar como soube quem eu era?

A senhora riu como se a resposta fosse óbvia.

— Tenho três filhos, sendo dois rapazes e uma moça. Todos eles são fãs da princesa Sun Nan-hee. Sou obrigada a ouvir sobre você, ouvir suas músicas, até já tive que ir a um show seu alguns anos atrás para levar minha menina que ainda era menor. Ela tem a sua idade e cresceu seguindo como um espelho seu.

Cheia de orgulho a senhora contou várias aventuras dos filhos até que um rapaz com o uniforme do hotel chegou e conduziu Sun Nan-hee por uma entrada nos fundos.

Ela arrumou a mala e voltou para casa disposta a enfrentar de frente tudo e todos.

Park Sung Woo chegou no hotel pouco depois de sua partida e ao descobrir que ela não estava mais lá também fez a mala e voltou para Seul.

Os fãs

Logo ao chegar em Seul Sun Nan-hee teve uma surpresa. O empresário estava deixando Ju Hong Ji louco exigindo que a encontrasse porque, apesar de toda confusão, ela havia sido indicada ao prêmio de artista do ano.

O show em que ela faria o dueto com Kwan seria durante a apresentação do resultado desse prêmio. No evento haveria várias premiações inclusive grupo musical do ano, categoria na qual o Princess Girl concorria.

Era uma ótima surpresa se o evento não tivesse sido antecipado dois dias deixando Sun Nan-hee com nada mais que quatro horas para chegar ao local depois de por os pés em Seul.

Ela não podia perder nenhum segundo, então chamou Min Soo para que, enquanto a cabelereira arrumasse seus cabelos, fizesse uma live na página do grupo esclarecendo sua posição.

Suas palavras foram:

Olá, pessoal! Demorei, mas estou aqui para dar algumas respostas. Vou ser muito sincera e rápida. Vocês querem saber sobre a minha mãe biológica, pois bem; a senhorita Byeol foi a pessoa que me colocou no mundo, mas parece que não foi programado. Ela me abandonou na praia onde meu pai de criação me encontrou antes que as ondas me alcançassem. Essa senhorita só me procurou para conseguir fama às minhas custas. Não mostrou nenhum arrependimento e sequer quis revelar quem é o meu pai biológico. Ela não é minha mãe, minha mãe é Cha

Yang Mi, a mulher que esteve ao meu lado e me amou como a uma filha.

Sobre meu namorado não vou revelar nada, deixem de ser curiosos.

Saibam que considero meus fãs como uma extensão da minha família. Desejo a felicidade de cada um de vocês e me atrevo a esperar que também me desejem felicidade.

Avisa que eu voltei.

Beijos para todos.

Agora vou encerrar porque a maquiadora está me ameaçando com um rímel.

Suas últimas palavras foram ditas entre risos. E durante toda gravação ela manteve uma expressão de paz no rosto.

Após postar a live ela e Min Soo se concentraram em se arrumarem. Só veriam os comentários após o show.

Ju Hong Ji abriu a porta do carro.

Sun Nan-hee olhou os passos que teria que dar até o tapete vermelho.

Não havia pessoas gritando seu nome como da última vez. Todos estavam em silêncio, esperando. Era como se o simples gesto de pisar no chão fosse simbolizar sua queda como artista.

— Sinto muito – Ju Hong Ji lamentou por causa da dor que sentia na coluna desde que sofreu um acidente doméstico de manhã. Sua vontade era de colocá-la nos braços e levá-la até longe daquelas pessoas mesquinhas que julgavam sem conhecer a verdade.

Ela não respondeu, pesava mentalmente se era preferível parar o carro perto do tapete ou descer ali e andar os poucos passos sob os olhares acusadores das pessoas. Estava magoada por não conseguir falar com Park Sung Woo. Depois de divulgar sua declaração sobre o escândalo ela o queria ao seu lado.

Ju Hong Ji entendendo sua dúvida decidiu voltar para o volante. Mas não foi muito longe. Ela segurou seu braço e balançou a cabeça de forma negativa.

Escolheu a segunda opção. Caminharia até o tapete vermelho com seus próprios pés.

Ju Hong Ji simplesmente segurou a porta do carro. Obedeceria qualquer que fosse a opção dela. Teve raiva de Park Sung Woo por não estar com ela em um momento como esse. Não entendia porque ele obedecia ao que o pai dela pediu tão cegamente.

— Aquele imbecil! – resmungou baixinho.

Sun Nan-hee olhou seu longo vestido azul inspirado na pequena sereia e os saltos mega finos inspirados no sapatinho da cinderela. Sentia-se extremamente bela, uma princesa de contos de fadas. Apesar de tudo estava em paz consigo mesma e isso transparecia em seu rosto.

Envolvida com seus pensamentos ela fechou os olhos e estendeu a perna para sair, mas antes que seu pé tocasse o chão um corpo se avançou para dentro do carro.

Ela abriu os olhos surpresa ao sentir mãos envolverem seu corpo e puxá-la para fora do veículo.

Estava nos braços de Park Sung Woo. Seus olhares se encontraram e por um longo tempo ficaram se encarando.

— Até que não é tão imbecil – Ju Hong Ji falou observando a cena.

Quando pisou no tapete vermelho Park Sung Woo não a colocou no chão. Ficou parado encarando seus olhos.

— Desculpe demorar tanto – sussurrou arrependido por não ter permanecido ao lado dela todos os dias. Arrependido de não ter escutado seu coração.

Ela não disse nada. Não era necessário. A intensidade do seu olhar deixava claro o quanto a presença dele a fazia feliz.

Durante um longo tempo ficaram se encarando. Até que um barulho chamou a atenção deles e das outras pessoas ao redor.

Havia uma multidão com cartazes se aproximando e gritando o nome de Sun Nan-hee.

Com a aproximação podiam distinguir frases lindas que traziam lágrimas e sorrisos aos presentes.

Eles gritavam "Princesa, nós te amamos". "Somos sua família".

Depois do vídeo seus fãs se organizaram para fazer essa homenagem. Era um mar de pessoas vindo em direção ao *Seoul Arts Center*.

Ainda nos braços do namorado Sun Nan-hee deixou as lágrimas descerem livremente enquanto absorvia a maravilhosa sensação de ser amada pelos seus fãs.

As pessoas ao se aproximarem e se aglomerarem ao redor do cordão de isolamento continuavam dizendo belas palavras.

Devagar Park Sung Woo a colocou no chão e com o polegar limpou as lágrimas dela.

De repente não existia mais ninguém ao redor. Nenhum som. Somente os dois.

Seus rostos se aproximaram e um beijo fez a multidão explodir em gritos e aplausos. Foram fotografados em todos os ângulos.

De mãos dadas entraram e ele a levou até onde estavam as integrantes do grupo. Se despediu com um beijo na testa e uma promessa:

— Estarei na plateia torcendo por você e quando sair espere por mim. Minha princesa não pode pisar no chão.

O evento foi um sucesso. Sun Nan-hee ganhou o prêmio em grupo e individual. Yeon Na que também concorria individualmente ficou em terceiro lugar.

O dueto da princesa e Kwan foi um espetáculo a parte. Muitos choraram emocionados com a música e a interação dos dois. A letra que falava de uma amizade indestrutível capaz de penetrar um coração gelado foi aplaudida de pé não só no auditório, mas em várias residências no mundo onde as pessoas acompanhavam a premiação e os shows.

Ao fim do evento Park Sung Woo levou Sun Nan-hee no colo da entrada do local até o carro. Ao lado deles saíram Min Soo, Ju Hong Ji, Kwan, Vanessa e, os amigos deles, Lee Kang Dae e Mel Bittencourt.

Todos seguiram para um bar onde comemorariam suas conquistas.

A conversa rodava em torno das premiações e de como a música do dueto foi criada. Até que Ju Hong Ji perguntou já um pouco embriagado:

— Por que decidiu virar homem e aparecer? – ele sempre foi fraco para bebidas.

Todos olharam para Park Sung Woo.

— Porque não estava satisfeito em ser apenas espectador. Apesar de achar que estava fazendo o certo mantendo distância me senti horrível ao ver minha princesa salva por outro cavaleiro – confessou apertando a mão de sua namorada.

— Um amigo uma vez me disse que apenas as pessoas que se jogam sem medo são capazes de conhecer o verdadeiro amor – Kwan disse também segurando a mão de sua amada e levando aos lábios.

— Espera um pouco. Você viu Kwan me ajudando naquele dia no bar? – Sun Nan-hee encarou o namorado.

— Sim. Eu corri para te ajudar, mas ele chegou primeiro, então fiquei escondido observando vocês como um idiota.

— Sou testemunha que esse rapaz nunca se afastou de verdade. Ele sempre a estava seguindo. Até viajou atrás de você – Min Soo revelou.

Enquanto eles conversavam Mel e Lee alisavam a aliança um do outro e recordavam o conturbado início de relacionamento deles. O casal Sun Nan-hee e Park Sung Woo provocavam essas lembranças.

Eles ficaram longas horas no bar conversando, bebendo e lendo os comentários que o vídeo de Sun Nan-hee gerou. Em apenas cinco dias Kwan e Vanessa voltariam para o Brasil, então queriam aproveitar ao máximo o tempo ao lado dos amigos.

Enquanto eles bebiam para comemorar Byeol e Yeon Na também bebiam, mas para afogar a ira de ter perdido a chance de destruir a pessoa que mais odiavam.

Byeol tinha evitado os repórteres antes e depois do evento.

Foi direto para sua casa onde abriu uma garrafa de vinho. Estava com medo de não conseguir rebater a postagem da filha. Tinha relaxado ao ver que ela não reagia. Agora precisava repensar seus planos de ataque.

Não posso cair agora – pensava amarga.

Já Yeon Na começava a se questionar se estava usando as armas certas para ultrapassar sua rival. Se preocupava em prejudicar quando poderia concentrar-se em crescer pelo seu próprio talento.

Bebia com as outras integrantes do grupo e ouvia enquanto elas comentavam a live de Sun Nan-hee. Elas sempre estiveram ao lado da princesa e deixavam claro em todas as conversas.

Yeon Na já sabia que o escândalo que causou não ficaria impune. Sentia que o empresário delas a estava cozinhando até decidir o que fazer.

Ir contra Sun Nan-hee é como dar murro em ponta de faca – pensou triste.

A volta da criança perdida

O tempo passava lentamente enquanto Yeon Na aguardava sua punição e Byeol mal aparecia nos comentários ou na mídia.

E apesar de a carreira de Sun Nan-hee ter voltado aos eixos a vida deles ainda estava longe de se acalmar, pois existiam segredos a ser revelados.

Park Sung Woo, como prometido, fez várias pesquisas sobre o passado da família do amigo na esperança de encontrar alguma informação sobre o paradeiro do filho perdido. Não conseguiu nada. Era como se a criança tivesse evaporado no ar.

Uma noite em que voltava para casa depois do trabalho ele acabou descobrindo que a família de sua amada não era a única quebrada.

Ele abriu a porta devagar e percebeu que seus pais estavam tendo uma discussão.

— Ele já é um homem que bem pode fazer saber disso agora? – sua mãe dizia. Parecia prestes a chorar.

Como percebeu que falavam dele Park Sung Woo permaneceu escondido escutando.

— Querida, nosso filho merece saber suas origens.

— E você sabe para dizer a ele? A meu ver quer apenas despejar informações inúteis sobre alguém.

— Ele é que tem que decidir se são inúteis ou não.

— E se ele não nos amar mais?

Seul-ki abraçou sua esposa.

— Isso não vai acontecer. Ele vai entender que só fizemos isso para o bem dele.

— O que foi feito pelo meu bem? – Park Sung Woo decidiu aparecer e descobrir de uma vez sobre o que eles falavam.

— Filho! – disseram ao mesmo tempo.

Sua mãe estava apavorada com a possibilidade de não ser perdoada pelo filho. Só chorava pedindo perdão.

Park Sung Woo a abraçou espantado com sua atitude.

— Calma, mãe! Não existe nada no mundo que me faça odiar a senhora.

— Você sempre será nosso filho! – ela dizia entre lágrimas.

— Pai, me diga o que está acontecendo? – exigiu.

— Venha vocês dois. Vamos sentar e conversar – Seul-ki pediu.

Park Sung Woo conduziu a mãe que ainda chorava até o sofá.

Seu pai começou a contar ciente de que sua esposa não tinha condições:

— Sua mãe e eu não somos seus pais biológicos. Encontramos você abandonado em um ponto de ônibus quando era um recém-nascido.

Park Sung Woo o olhou pasmo com a revelação. Automaticamente se lembrou do drama que sua amada vivia por causa do abandono dos pais biológicos.

— Eu fui abandonado? – perguntou aproveitando uma pequena pausa do pai.

— Na verdade achamos que sua mãe faleceu, pois perto de onde o encontramos houve um acidente fatal onde uma mulher morreu. Nunca te contamos porque tínhamos vergonha da nossa atitude, pois vendo que a mulher estava morta e ninguém parecia se interessar pelo bebê simplesmente saímos com a cesta em que você estava.

— Foi Deus quem colocou você ali. Ele ouviu minhas preces e minhas lágrimas pedindo pelo filho que eu nunca poderia ter – Nam-Kyu disse com o rosto entre as mãos.

— Como vocês conseguiram me adotar? Não entendo – Park Sung Woo se sentia completamente perdido.

— Encontramos você quando estávamos viajando. Na cidadezinha onde morávamos o apresentamos como filho de uma parente que não podia criá-lo. Conseguimos adotá-lo com a ajuda de um amigo que trabalha como assistente social – Seul-ki explicou.

— A mulher que morreu era minha mãe? – os olhos de Park Sung Woo estavam marejados.

— Não sabemos. Achamos que sim. Temos uma foto dela que pegamos no local do acidente.

Como podem ter uma foto e nunca me mostrar? – se questionava sentindo sua cabeça começar a doer.

— Onde está essa foto?

Como resposta Seul-ki foi até o quarto e voltou com a mencionada fotografia.

Ver o filho olhar a foto da mulher que poderia ser sua mãe biológica fez o choro de Nam-Kyu aumentar.

Apesar de toda angustia em seu peito Park Sung Woo teve pena dela.

— Calma, mãe. Eu não estou com raiva. Como poderia? – a abraçou com suavidade. Fazia um enorme esforço para as lágrimas não descerem por sua face.

— Escondemos isso de você – as palavras dela saíram cortadas.

— Tudo que fizeram foi me amar como a um filho. Nunca vou esquecer isso – não era exatamente tudo que sentia. A mágoa também estava lá.

— Não. O que fizemos não tem perdão. Você precisa saber de tudo – ela ajoelhou aos seus pés e segurou as mãos dele. – Não mostramos a foto para ninguém. Eu quis acreditar que aquela era sua mãe e que ficar com você seria pelo seu bem.

Evitamos televisão e qualquer meio de comunicação com medo de aparecer pessoas procurando por você.

— Ainda posso descobrir sobre meus pais. Só preciso pesquisar sobre crianças desaparecidas em Seul.

— Não foi em Seul. Encontramos você em uma viagem a Pohang.

Eu estive lá – ele quis gritar. – *Talvez houvesse alguém me procurando naquele momento. Talvez eu tenha passado por alguém da minha família.*

Não pode suportar ouvir mais nada.

— Eu preciso respirar – saiu cambaleando, totalmente abalado. Já não conseguia evitar que as lágrimas transbordassem.

Seus pais apenas observaram ele partir.

Apesar de não culpar os pais Park Sung Woo sabia que poderia ter algum familiar procurando por ele. Sabia que se eles houvessem divulgado a foto da mulher e dele alguém poderia identificá-los. Se sentiu sufocado e foi até a pojangmacha[9] próxima a sua casa. Sentia muita necessidade de beber.

Sozinho em um canto pediu soju.

Assim que a bebida lhe foi entregue ele colocou a foto da mulher, que poderia ser sua mãe, sobre a mesa e abriu o soju.

No terceiro copo ele percebeu Kim Hyun Su chegando.

— Senhor Kim Hyun Su, o que faz aqui? – sentiu medo de que houvesse acontecido algo com Sun Nan-hee.

Kim Hyun Su pegou o celular no bolso do paletó e colocou sobre a mesa antes de se sentar.

— Estava indo a sua casa para devolver isso, mas te vi através da porta desse lugar.

— Nem me toquei que o havia esquecido – não conseguiu esconder a tristeza na voz.

— Mas por que está bebendo aqui sozinho? Quer conversar? Parece abalado – estava preocupado com o garoto. Os olhos dele estavam vermelhos como se houvesse chorado.

---

9 Pojangmacha: Pequeno ponto de barraca que pode ser sobre rodas ou uma banca de rua na Coreia do Sul que vendem uma variedade de alimentos de rua populares, como hotteok, gimbap, tteokbokki, sundae, dakkochi, odeng, mandu e anju. À noite, muitos desses estabelecimentos servem bebidas alcoólicas, como o soju.

— Acabei de descobrir que também sou um filho perdido
– olhou a foto ainda sobre a mesa.

Kim Hyun Su acompanhou seu olhar, mas não pode ver
quem estava na foto porque estava virada. Park Sung Woo havia virado para não olhar o sorriso da mulher, pois cada vez
que olhava se perguntava porque as pessoas que o criaram não
foram honestas sobre seu nascimento.

— Como assim? – Kim Hyun Su se sentiu mal pelo garoto.
Conhecia muito bem a dor de ser separado de alguém amado.

— Quer uma bebida? – Park Sung Woo ofereceu. Precisava
de mais.

— Vou te acompanhar e você me conta o que te aflige –
Kim Hyun Su declarou e pediu mais bebidas.

Enquanto bebiam Park Sung Woo contou sobre a conversa
com os pais na esperança de amenizar um pouco o peso em
seu coração.

Por fim pegou a foto e estendeu na direção de Kim Hyun
Su.

— Só tenho essa foto e a dúvida de que ela pode ser ou não
minha mãe.

Kim Hyun Su olhou a foto e a tenda pareceu encolher. Seu
coração acelerou.

Olhou para Park Sung Woo que enchia o copo novamente.
O medo e a esperança de estar frente a frente ao filho que procurou por anos o fazia suar.

— Preciso ver seus pais – declarou se levantando.

— Por que? Conhece essa mulher? Ela é minha mãe? – Park
Sung Woo se levantou também.

— Senhor – Kim Hyun Su chamou o homem que atendia e
entregou algumas notas. – Deve ser suficiente. Precisamos sair
agora.

Atordoado Park Sung Woo o seguiu. As cabeças dos dois
estavam como turbilhões.

Chegaram na casa do rapaz rapidamente.

Seus pais ainda estavam na sala em um silêncio profundo.

— Filho! – falaram ao mesmo tempo quando ele entrou.

Ele não falou nada. Olhava dos pais para o senhor Kim Hyun Su, quando foi surpreendido pelas lágrimas e um abraço do magnata.

Ele o abraçava sem explicar. Abraçava e repetia sobre sua felicidade em encontrá-lo.

— O senhor está feliz por meus pais não serem eles? – o olhou como se o visse pela primeira vez.

— Estou feliz por você ser meu filho – Kim Hyun Su declarou emocionado.

— Como?

Mesmo a contragosto Kim Hyun Su se afastou o bastante para expor o pedaço de papel que segurava com mãos tremulas.

— Essa mulher é a empregada que roubou meu filho anos atrás – encarou a foto com nojo.

Todos o olharam. Mas antes de explicar tudo ele abraçou o filho novamente.

Nos braços dos pais

A história do filho perdido foi esclarecida. Para tirar qualquer dúvida fizeram um exame de DNA antes de falar para as outras pessoas. Inclusive Cha Yang Mi e Sun Nan-hee.

Kim Hyun Su ainda não havia aceitado completamente o fato das pessoas que criaram tão bem seu filho e que ele amava houvessem escondido algo tão importante fazendo tantas pessoas sofrerem, mas não fez nada contra eles em consideração ao rapaz.

Era hora de Park Sung Woo se encontrar com sua verdadeira mãe. Ele tremia com o nervosismo.

Cha Yang Mi estava preparando suas coisas para voltar ao interior por alguns dias para buscar seus pais que sentiam falta da neta.

Continuou separando algumas roupas quando bateram na porta do seu quarto.

— Entre.

— Querida, tenho uma visita para você.

Ao dizer isso Kim Hyun Su abriu espaço para Park Sung Woo entrar.

— Olá meu filho, veio pedir a mão da minha princesa em casamento? – brincou. Nos últimos dias esteve muito próxima a sua filha e isso a deixava feliz.

Park Sung Woo não conseguiu segurar a emoção ao ouvi-la chamá-lo de filho. Andou até ela com um papel na mão e o entregou.

Cha Yang Mi leu e releu o papel. Depois olhou para o rapaz a sua frente e voltou a ler.

Lágrimas caíam dos seus olhos molhando o papel.

— Isso quer dizer que ... – não conseguia completar a frase.

— Encontramos nosso filho – Kim Hyun Su completou por ela.

Quando ele disse a palavra filho Cha Yang Mi já estava abraçada a Park Sung Woo como se temesse que ele fosse desaparecer novamente.

Abraçada com seu filho ela chorava copiosamente.

— Eu perdi tantas coisas; seus primeiros passos, sua primeira palavra. Oh, meu filho!

Park Sung Woo se viu chorando por uma vida que perdeu ao lado de pessoas que o amavam. Mesmo que se esforçasse para entender se ressentia dos seus pais de criação.

Seu pai também abraçou os dois.

No mesmo dia marcaram um jantar para contar a novidade a última integrante da família.

Sem entender bem o motivo de sua mãe a chamar para jantar no dia em que deveria estar indo buscar os pais no interior, Sun Nan-hee se arrumou e dirigiu até a casa onde cresceu. Foi surpreendida pela presença de Park Sung Woo, mas gostou muito de encontrá-lo.

Os quatro à mesa durante o jantar era um belo quadro.

Quando já estavam na sobremesa Cha Yang Mi disse:

— Querida filha, desculpe ter negligenciado você.

— Não há nada de que eu possa reclamar – Sun Nan-hee mostrou um sorriso cheio de ternura.

— Há sim. Você que é boa demais para magoar essa velha. Eu estava tão quebrada que não pude te dar todo o amor que você merecia. Vou compensá-la por isso.

— Não estou reclamando, mas ser mimada é tentador.

Os dois homens acompanhavam a conversa delas.

— Tem uma coisa que precisamos te contar – ela entrou no assunto principal. – Quero que saiba por mim. Encontramos seu irmão.

— O que? – Sun Nan-hee estava confusa sobre o que isso significava.

— O filho que havíamos perdido foi encontrado. Um exame de DNA para comprovar foi feito pelo seu pai.

— Como o encontraram? Através dos detetives que papai ainda mantém? – ela estava curiosa sobre como estaria o filho que eles perderam há anos.

— Não, criança. Você o trouxe para nós – Kim Hyun Su respondeu pela esposa.

— Não entendi – o olhou confusa.

— Ele estava ao nosso lado desde o momento em que foi contratado como seu segurança – ele completou com um sorriso emocionado.

— Park Sung Woo? – perguntou perplexa.

Eles contaram como tudo aconteceu. Sun Nan-hee estava tonta com as informações. Se perguntava se aquilo era algum golpe do seu ex-segurança, apesar de ter certeza que ele não seria capaz de algo tão cruel.

Mais tarde Park Sung Woo e Sun Nan-hee foram para a garagem dela conversarem a sós.

— Está muito assustada com a revelação? Eu estou – Park Sung Woo sentou-se no sofá ao lado dela.

— Eu me pego pensando em como seria se seus pais não houvessem perdido você – foi sincera. Depois de toda conversa com os pais e de ver a foto e o exame de DNA não tinha mais dúvidas de que namorava o filho perdido dos seus pais.

— Sei o que quer dizer. Foi porque estava me procurando que o senhor Kim Hyun Su voltou àquela cidade e encontrou você.

— Se seu pai não tivesse voltado lá eu poderia estar morta – disse abraçando os joelhos.

Park Sung Woo trouxe a cabeça dela para o seu peito.

— São seus pais também.

Abraçados permaneceram um longo tempo conversando sobre como a vida deles mudaria a partir daquela descoberta.

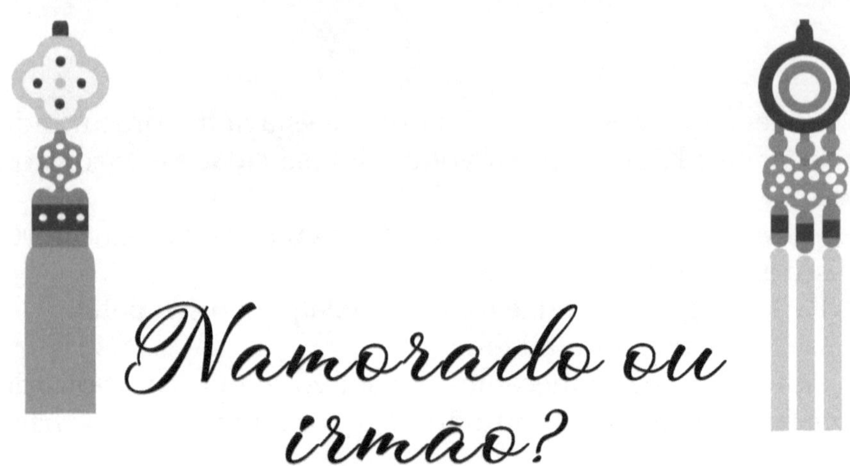

Namorado ou irmão?

Depois de uma semana longe de casa colocando os pensamentos em ordem Park Sung Woo decidiu que estava na hora de conversar com seus pais de criação.

Tinha escutado e ponderado muita coisa. A seu pedido, seus pais biológicos não deram muitas informações sobre o tempo em que ele estava perdido aos jornalistas que publicaram a notícia sobre o herdeiro encontrado. Diziam apenas que o passado não importava, pois estavam com seu filho. Quando questionados sobre os sequestradores eles diziam que os sequestradores haviam falecido e que não haveria investigação.

E apesar dos repórteres quererem mais informações eles não davam. Não queriam dizer que eram agradecidos as pessoas que criaram seu filho ou que os culpavam pelos anos de ausência.

Claro que os paparazzi descobriram sobre os pais de criação e foram atrás deles, mas depois de muita tentativa descobriram que não tirariam nenhuma informação deles.

Ainda pensando em como a vida era cheia de surpresas Park Sung Woo tocou a campainha da casa onde cresceu.

— O que faz aqui? – Nam-Kyu perguntou ao vê-lo na porta.

— Não sou mais seu filho? Achei que era – depois de muito pensar ele decidiu que daria uma chance aos seus pais de criação.

— Não é nada disso. Venha vou preparar algo gostoso para você.

Já na cozinha ela preparava uma sopa de vegetais com variadas carnes e ele esperava sentado à mesa.

— Como está sendo conviver entre os podres de rico? – perguntou enquanto mexia nas panelas.

— Ainda nem tive tempo de pensar sobre isso. As coisas ainda estão tumultuadas. Às vezes acordo no quarto que eles chamam de meu e sinto falta do aconchego de um lugar menor, mas aí eu vejo o rosto da mãe que sentiu minha falta por tantos anos e meu coração se enche de ternura como se reconhecesse seu lugar.

— Apesar de ter me iludido esse tempo todo que estava fazendo algo bom ao cuidar de você hoje me olho no espelho e vejo um monstro que separou uma família – as palavras dele deixava seu coração apertado.

— Eu já decidi que tenho duas famílias que me amam igualmente e as quais amo na mesma proporção – declarou.

— Obrigada por ser tão maravilhoso, meu filho. Sua compreensão é o que me mantem de pé.

— Vamos esquecer o passado, ok? De agora em diante estamos proibidos de comentar sobre esse fato. Vamos focar apenas em nossos bons momentos, que foram muitos.

— Antes quero dizer que mesmo que sinta dificuldades para aceitar sua nova vida, dê uma chance aos seus pais. Imagino o que eles devem ter sofrido enquanto nunca desistiam de te procurar. Então aceite todos os presentes e não questione.

— Eu gosto deles. Desde o primeiro momento em que os vi me identifiquei. Agora esse negócio de aceitar tudo vai ser difícil.

— Eu sei. Conheço sua personalidade, mas vai aceitar sim. Lembre-se dos anos que eles foram privados de te mimar e aceite tudo deles.

Park Sung Woo riu. Sua mãe estava certa.

Como que aceitando sua sugestão de esquecer o passado ela comentou:

— Você estava com uma cara de zangado quando chegou aqui. Era por causa de uma certa princesa?

— Quando vão parar de chamá-la assim? É por isso que ela fica cada vez mais irritante.

E eu me apaixono cada dia mais – completou em pensamento.

Sua mãe sabia que não adiantava argumentar quando ele decidia esconder como realmente se sentia em relação a algo, mas também sabia como sacudi-lo.

— Se não gosta dela sai da fila que tem muita gente esperando uma oportunidade – comentou colocando a comida sobre a mesa.

— Mãe! – foi a única coisa que ele conseguiu dizer.

— O que? A verdade doí? Vou te dizer uma coisa mesmo suspeitando que você já saiba: se a chamam de princesa é porque ela é uma princesa. E uma princesa precisa de um príncipe para cuidar dela não de um ogro.

Ele quis dizer que não era assim que acontecia em *Shrek*, mas sua mãe não conhecia o filme. Agendou mentalmente que um dia assistiria com ela para mostrar que sua teoria já estava ultrapassada.

— Algumas princesas se viram bem sozinhas. Ela está nessa categoria – disse recordando que o mal humor mencionado por sua mãe era justamente por esse motivo: independência. O casal discutiu porque nenhum dos dois queria ser responsável pelo império Dreans. Foi uma discussão boba, mas que fez portas baterem.

— Eu não acho. E seria melhor você estar com ela. Já deu em todos os jornais que aquele fã louco fugiu da prisão.

Suas palavras fizeram o coração de Park Sung Woo disparar. Lembranças do sequestro de Min Soo, do momento em que viu ele correndo ao lado de Sun Nan-hee e de Ju Hong Ji dizendo o quanto ele era perigoso misturavam em sua mente.

Sem realmente perceber o perigo Nam-Kyu continuou:

— Dizem que os opostos se atraem. Vocês se alfinetam tanto porque são parecidos. Não conseguem lidar com seus próprios defeitos em outras pessoas. Então deviam se focar nas qualidades.

Ele já não ouvia o que ela dizia. Em sua cabeça soava um alarme de perigo.

— Tenho que ir – levantou de súbito, beijou a mãe e saiu.

Ela ainda gritou olhando dele para a comida na mesa:

— Não vai comer?

Sua resposta foi a porta se fechando atrás dele.

— Jovens! – reclamou para a cozinha vazia. Rindo começou a se servir.

Enquanto isso Park Sung Woo corria em direção a moto. Há tempos havia declarado aos quatro ventos que estava apaixonado. Só de pensar em sua namorada correndo risco o chão já sumia sob seus pés.

Já era noite então ele decidiu ligar para ela ao invés de ir até sua casa como o impulso lhe exigia.

Ligou várias vezes, mas ninguém atendeu.

Sua preocupação chegou ao nível do desespero, então subiu na moto e decidiu ir até a casa dela para saber o que estava acontecendo.

Enquanto pilotava pensava em como o destino era estranho. Ele, que desprezava ricos e poderosos, se apaixonou por uma estrela do K-pop e se descobriu filho de um poderoso magnata.

Tudo isso provava que devia arcar com as consequências de suas palavras e que preconceito não escolhia situação financeira. Ele era preconceituoso enquanto pobre e perdeu esse preconceito no caminho em que se descobria rico.

O destino havia decidido brincar com ele para que aprendesse a dar valor a todas as pessoas igualmente, não só aos seus semelhantes.

Quando chegou na casa de Sun Nan-hee ele viu todas as luzes apagadas, exceto a da sala. Num impulso, ao invés de tocar a campainha ele abriu a porta com sua cópia da chave.

Ela estava novamente deitada no chão com o rosto voltado para o tapete. Vestia calça e blusa de pijamas cor de rosa com grandes coroas estampadas.

— Compondo outra música? – perguntou se aproximando.

— Não. Estou sem sono. O que faz aqui tão tarde? – questionou curiosa e feliz com a visita inesperada.

— Quis dizer boa noite, mas você não atendeu o telefone. Fiquei preocupado. Às vezes esqueço que não sou mais seu segurança. Devia ter tocado a campainha, mas quis usar essa chave uma única vez antes de devolvê-la – balançou o chaveiro.

Mesmo sabendo que ela logo descobriria, ou talvez já soubesse, sobre a fuga do fã que a perseguia ele omitiu essa parte do motivo para estar ali.

Sun Nan-hee o olhava tentando entender se quem estava ali era o namorado, o quase irmão ou o segurança. Muitas vezes tinha dificuldades em definir.

Decidiu fazer um teste.

— Sabe que meu telefone sempre fica jogado por aí. Também podia assumir que eu estava dormindo já que era o que eu devia fazer – disse rudemente. Se fosse o segurança ou o quase irmão teria uma resposta atrevida.

— Pois acho que fiz a escolha certa ao vir aqui – sorriu. – Quer que eu cante uma canção de ninar?

É o meu namorado! – ela pensou feliz. Amava o sorriso dele.

— Não se atreva, com essa voz desafinada – disse virando o corpo para olhá-lo melhor.

Ele deitou ao seu lado e ficou olhando o teto.

— Meus pais cantavam para mim uma música que sempre me fazia dormir e ter belos sonhos – comentou.

— Que inveja de você! Minha babá apenas lia sobre príncipes e princesas.

— Posso cantar minha canção para você. Vai ser nosso segredo.

— Mas a minha inveja não é da canção é dos sonhos. Eu nunca sonhei. Apenas durmo.

— Jura? – apoiou o rosto na mão para encará-la.

Ela balançou a cabeça confirmando.

— Talvez sonhe, só não recorda.

— Talvez. Para mim é mesmo que não sonhar.

Ele a abraçou.

— O que está fazendo? – ela perguntou com o rosto apoiado em seu ombro.

— Feche os olhos. Vou fazer você sonhar.

Dito isso ele a apertou em seu abraço e começou a cantar baixinho:

Criancinha, tão pequena
Que tem medo de fechar os olhos
Criancinha, tão pequena
Cabe dentro de um abraço
Feche os olhos criancinha
Conte estrelas no seu céu
Imagine coisas lindas
Como um belo carrossel
Sorria em seus doces sonhos
Estarei aqui contigo
Feche os olhos suavemente
Não tenha medo de nada
Quando abri-los novamente
Uma aventura te aguarda

Ele parecia cantar para uma criança. Isso fez Sun Nan-hee sorrir, mas ela permaneceu abraçada e ouvindo sua voz até que o sono a envolveu.

Mas antes de se entregar ao sono ela resmungou:

— Se você se afastar por causa dos comentários de que deveríamos ser irmãos vou cortá-lo em pedacinhos.

Park Sung Woo continuou cantando. Não tinha nenhuma intenção de se afastar. Realmente havia muitas pessoas que diziam que eles eram como irmãos e, por isso, não poderiam ser um casal, mas ele não se importava. Seus familiares e amigos apoiavam e isso bastava.

Ao perceber que ela dormia ele a pegou no colo com cuidado e a colocou na cama.

Passou um longo tempo observando o sono tranquilo da sua amada.

— O que fez comigo, princesa? Por sua causa me sinto tão diferente – se curvou sobre ela, beijou sua testa e fez uma promessa. – Serei seu amigo, seu irmão, seu amante, seu súdito, seu príncipe; serei tudo que precisar que eu seja.

Com certo esforço saiu do quarto e dormiu no sofá.

Na manhã seguinte ele acordou e abriu a porta do quarto devagar confirmando que ela ainda dormia tranquilamente. Decidiu preparar o café da manhã. Colocou uma música e incorporou o cozinheiro.

Quando terminou de preparar tudo ela ainda dormia. Resolveu voltar ao quarto:

— Bom dia, dorminhoca! – falou alto e abriu as cortinas deixando a claridade entrar.

Espreguiçando ela respondeu:

— Bom dia! Como cheguei aqui?

— Eu carreguei você – sentou-se na beira da cama. – Sonhou comigo?

Sun Nan-hee sorriu e pegou a garrafa de água que estava na mesinha de cabeceira. Tinha o hábito de beber água em temperatura natural toda manhã.

— Na verdade sim.

Satisfeito por ter ajudado ela a sonhar Park Sung Woo tocou seu rosto com carinho.

— Um sonho bom espero.

Ela bebeu a água, devolveu a garrafa ao seu lugar, segurou sua mão mantendo sobre o cobertor e relatou:

— Eu sonhei que estávamos em uma ponte. Você vinha por um lado caminhando lentamente e eu, pelo outro lado, corria em sua direção. Nos encontrávamos no meio e ... – enrubesceu e apertou a mão dele.

— E?

— E nos beijamos – abaixou a cabeça antes de dizer.

Park Sung Woo chegou mais perto, levantou seu rosto com um leve toque no queixo e roubou um beijo rápido.

— Assim?

— Na verdade foi assim – ela o envolveu pelo pescoço e deu-lhe um longo beijo.

Depois do beijo eles ficaram um tempo se encarando com dificuldade de se separarem.

— Quando você chegou aqui ontem eu fiquei pensando no que somos um para o outro.

— Já pensei sobre isso também. Às vezes não parece que somos namorados – ele confessou.

— Proponho mudarmos isso.

— Gosto da sua proposta – a beijou com suavidade segurando o rosto dela com as duas mãos. – Vamos sair para passeios românticos.

— Isso.

— E vamos andar de mãos dadas.

— Vamos.

— E vamos ficar até de madrugada conversando por mensagens ou por telefone.

A cada item que falava ele roubava um selinho sem tirar as duas mãos do rosto dela.

Ficariam enumerando as coisas que fariam por muito tempo se a campainha não tocasse insistentemente.

As visitas eram Kim Hyun Su e Cha Yang Mi que viram a notícia da fuga do fã que perseguia a filha e vieram convencê-la a passar um tempo com eles.

Acharam inapropriado os dois filhos estarem juntos tão cedo. Mas ficaram satisfeitos quando Sun Nan-hee aceitou o convite para viver com eles provisoriamente.

O filho do motorista

Alguns dias antes

Depois que Park Sung Woo e Sun Nan-hee começaram a namorar formalmente, poucos dias antes do escândalo que envolvia o nascimento dela, Han-gil passou a ignorar Park Sung Woo completamente. Não o provocava mais. Agia como se ele fosse invisível.

Curioso sobre a mudança ele procurou Min Soo. Tinha certeza que ela sabia o motivo e não queria perguntar Sun Nan-hee causando divergências entre ela e o filho do motorista.

Se encontraram em uma praça perto da casa deles. Sentaram-se nos balanços.

Min Soo estava curiosa sobre o assunto que o fez chamá-la.

— Qual é a relação da sua amiga com o filho do motorista? – depois de um tempo em silêncio Park Sung Woo perguntou. Ainda ficava incomodado quando pensava que Min Soo gostava dele.

Min Soo o olhou desconfiada. Sentia uma mistura de interesse e ciúmes no ar.

— Eles cresceram juntos, mas depois que Sun Nan-hee ficou famosa se afastaram.

Park Sung Woo não gostou nada de ouvir que Sun Nan-hee abandonou a amizade por causa da fama, então para evitar desentendimentos perguntou:

— Pode explicar?

Imaginando que ele temia ouvir algo desagradável sobre a namorada ela não respondeu, fez outra pergunta:

— O que você entendeu quando eu disse que Han-gil se afastou depois que Sun Nan-hee ficou famosa?

— O que deveria entender? Quero muito ouvir que ela não o deixou de lado porque ficou famosa.

Min Soo riu um pouco.

— Não é nada disso. Concentre-se no fato de que não tem nenhum relacionamento entre eles. Não busque conclusões precipitadas.

Ele sentiu que ela escondia alguma coisa importante.

— Quer me dizer algo? Diga de uma vez.

— Quero, mas não posso. Esse segredo não é meu.

— Entendo. Só me diga uma coisa: eles já tiveram algum relacionamento amoroso?

— Não. Eram apenas amigos.

— Isso é estranho porque não faz muito tempo que ele me avisou para ficar longe dela.

— Ignore. Dar atenção as palavras dele é perda de tempo – se levantou do balanço. – Que tal um sorvete?

Ele entendeu seu jeito de pedir para mudar de assunto e aceitou.

No dia seguinte ainda insatisfeito por não ter conseguido tirar as informações de Min Soo, Park Sung Woo debatia em sua cabeça se perguntava ou não para Sun Nan-hee sobre essa parte do passado dela.

Para sua surpresa não precisou. Viu que Min Soo esperava na porta da universidade e não era por ele, então se escondeu e ouviu a conversa.

— Eu quero saber por que você disse ao Park Sung Woo que tinha algo entre você e Sun Nan-hee – ela foi logo cobrando explicações.

— Aquele miserável foi fazer fofoca – Han-gil resmungou.

— Não importa o que ele fez ou deixou de fazer. Eu quero saber o que você pretende. Sabe muito bem que entre você e ela nunca vai acontecer nem mesmo amizade. Você destruiu qualquer chance.

— Ele contou algo para ela? – perguntou ansioso.

— Não.

— Menos mal.

— Você é muito engraçado – seu riso não tinha nada de humor. – Tenho certeza que sua mente pequena está planejando algo diante da possibilidade dos pais dela nunca encontrarem o filho perdido e ela se tornar herdeira de toda a Dreans.

Ele estava de olhos arregalados diante de como ela estava certa. Realmente planejava uma forma de reaproximar de Sun Nan-hee.

— Desista. Ela nunca vai te perdoar. Você foi uma das primeiras decepções dela – alertou.

— Aish! Garota você é insuportável! – saiu deixando Min Soo com o monte de ofensas que queria dizer.

Dias depois veio o escândalo e Han-gil achou que era uma excelente oportunidade.

Aproveitando que Park Sung Woo se afastou para não prejudicar a namorada ele foi até a gravadora procurar Sun Nan-hee em uma tentativa de retomar a amizade.

A encontrou saindo da gravadora e foi até ela.

— Olá! – a abordou.

Ela o encarou e piscou algumas vezes para ter certeza de que ele realmente estava ali.

— Estou me esforçando para imaginar um motivo que explique sua presença aqui – declarou sem emoção.

Vendo que Park Sung Woo se aproximava sorrateiramente Han-gil aproveitou a oportunidade e abraçou Sun Nan-hee.

Ela ficou surpresa, mas logo se desvencilhou.

O plano de fazer Park Sung Woo sentir ciúmes ao ver o abraço não deu muito certo, pois ao invés de sair com raiva ele ficou parado e viu o resto da cena.

— O que pensa que está fazendo? – ela o empurrou.

Sem se importar que a cena era assistida Han-gil a encarou disposto a não desistir facilmente.

— Já faz anos. Quando vai me perdoar?

Ela riu irônica antes de responder:

— Talvez quando eu morrer.

— Sei o quanto errei, mas me arrependi. Por favor, aceite meu pedido e volte a ser minha amiga.

— Jamais. Você nunca foi meu amigo.

Sem mais vontade de olhar para ele Sun Nan-hee seguiu em direção a van e entrou pedindo Ju Hong Ji para seguir direto para sua casa.

Irritado Han-gil passou por Park Sung Woo esbarrando nele de propósito.

Sun Nan-hee não chegou a ver o namorado que estava ali para surpreendê-la com a ajuda de Min Soo.

Ele pretendia entrar na van antes dela, sem ser notado, e a sequestrar por alguns instantes para tentar aplacar a saudade que sentia.

Min Soo que vinha em direção a Park Sung Woo, depois de ficar para trás conversando no celular, ficou curiosa sobre a presença de Han-gil.

— Vi que a van não está mais aqui. Conseguiu pelo menos falar Sun Nan-hee? – perguntou observando o filho do motorista partir.

— Não. Ela já foi.

— Podemos tentar novamente amanhã – sugeriu e depois questionou. – Você estava conversando com Han-gil?

— Não. Ele estava conversando com ela.

— Aigoo! Esse idiota não desiste.

— Eu já posso saber qual a relação dos dois?

— Acho que sim. Todos já descobriram sobre o passado dela mesmo. Vamos beber um pouco. Estou com vontade de comer carne de porco.

Ele a seguiu até o bar que ela costumava ir com Sun Nan-hee disfarçada.

Enquanto grelhavam a carne de porco e bebiam cerveja ela disse quebrando o silêncio.

— Sobre a amizade de Han-gil com Sun Nan-hee; não foi ela quem se afastou dele quando ficou famosa – parou um pouco para beber um gole de cerveja. – Ele se afastou quando descobriu que ela não era a herdeira da Dreans, que havia um filho perdido e que ela era adotada.

Contou a história da amizade deles até o fim. Algumas vezes era interrompida pelos resmungos de seu ouvinte que cada vez mais desprezava Han-gil.

Park Sung Woo ficou entalado com a vontade de trucidar Han-gil, mas tanta coisa aconteceu que ele se desviou do caminho. Desde o dia em que o viu conversando com Sun Nan-hee na frente da gravadora mal o via e sempre em lugares inapropriados para confrontá-lo.

A oportunidade chegou quando ele já havia descoberto sobre suas origens e estava morando com os pais biológicos.

Han-gil estava no jardim conversando com dois colegas de faculdade. Riam e conversavam como se ele fosse o dono da casa.

Park Sung Woo o viu e recordou a conversa com Min Soo.

Ele pretendia apenas confrontar o garoto, mas perdeu o controle. Quando deu por si já tinha ido até eles e socado o filho do motorista.

Acabaram brigando. Os colegas não se meteram. Alguns empregados vendo a cena correram para avisar os patrões.

Os pais separaram os dois acabando com a briga.

Yeon Sang Joo levou o filho que estava com o lábio inferior sangrando para a pequena casa em que residiam, construída nos fundos do terreno. E Kim Hyun Su levou Park Sung Woo para dentro da casa deles.

— Perdeu a cabeça? – Cha Yang Mi questionou apavorada com a possibilidade de perder o filho novamente.

— Aquele miserável merece morrer – Park Sung Woo ainda irritado não conseguia controlar as palavras.

— Você não decide quem vive ou morre. Pare de dizer bobagens! – seu pai disse preocupado com a atitude dele.

Por fim percebendo a bagunça que estava causando ele tentou amenizar as coisas:

— Perdoe-me. Não consegui me controlar.

— O que aquele garoto fez para você agir assim? – Cha Yang Mi perguntou.

Antes que ele respondesse Sun Nan-hee entrou na sala sorridente sem saber do ocorrido.

Quando ela viu o corte no supercílio dele o sorriso sumiu.

— O que houve? – se apressou em direção a eles.

— Ele brigou com filho de Yeon Sang Joo – seu pai respondeu.

Sun Nan-hee se abaixou ao lado dele e esquadrinhou seu rosto para saber o quanto estava ferido.

— Não foi nada. Estou bem. – ele disse segurando a mão dela.

— Por que brigaram? – Kim Hyun Su insistiu.

— Isso é entre nós, pai. Por favor, deixe que eu resolva.

— Resolver brigando?

— Eu perdi a cabeça. Prometo que não vai se repetir.

Uma empregada trouxe um kit de primeiros socorros, deixou na mesa de centro e saiu discretamente.

— Jovens!!! – Kim Hyun Su exclamou. – Filha, toma conta desse rapaz. Preciso participar de uma reunião urgente e sua mãe também está de saída. Está em suas mãos impedir que ele brigue.

— Podem ir tranquilos – sorriu tentando tranquilizá-los.

— Até mais. Amamos vocês – disseram já seguindo para a porta.

Logo que eles saíram Sun Nan-hee perguntou:

— Você brigou com Han-gil por causa do que Min Soo te contou?

Ele não pensou na possibilidade de que Min Soo mencionasse para a amiga sobre a conversa deles, mas pensou bem e percebeu que ela não esconderia.

— Não consegui olhar a cara de pau dele e ficar parado. Você devia contar para o seu pai para ele o expulsar daqui.

— Han-gil não é ninguém para mim. Sei que se ele tiver que sair Yeon Sang Joo saíra também. É melhor que tudo continue como está. Por favor, não diga nada ou muitas pessoas saíram magoadas.

Ele sabia que estava sendo egoísta em não considerar a amizade do pai com Yeon Sang Yoo, mas saber que alguém que magoou sua amada estava tão próximo dela o fazia sentir o sangue ferver.

— Jura para mim que a presença dele não te machuca – ele pediu.

— Eu juro. Agora jura que vai fingir que ele não existe e manter seus punhos longe de confusão – exigiu segurando o queixo dele.

— É difícil, mas tentarei – riu acariciando as mãos dela.

— Você consegue.

Ela se afastou um pouco e pegou um curativo no kit.

— Isso vai ter um preço – ele disse com um sorriso de predador.

— O que deseja? – perguntou colocando o curativo no machucado.

Como resposta ele tocou os lábios dela com as pontas dos dedos.

Automaticamente ela fechou os olhos.

Devagar ele tocou a testa dela com os lábios, depois disse:

— Só quero que me ame assim para sempre.

— Pensei que pediria algo mais difícil – sorriu.

Enquanto a olhava ele recordou todas as descobertas que fez sobre ela: a amiga que ela salvou do bullying, o segredo guardado para não prejudicar uma importante amizade do pai, a magoa da mãe que a abandonou e tantas outras coisas que o fez se apaixonar cada dia mais.

Com esforço se segurou para não beijá-la. Não queria que os empregados vissem e fizessem fofoca.

— Entendo porque te chamam de princesa, mas eu prefiro chamá-la de anjo – disse perdido em seus olhos castanhos.

O prêmio por suas palavras foi um belo sorriso que o fez jogar para o alto sua convicção e puxá-la para um beijo que ilustrava tudo que sentia.

Enquanto a beijava teve certeza que o amor era um sentimento irrefreável.

Enquanto Sun Nan-hee cuidava do namorado Kim Hyun Su conversava com seu amigo a caminho da reunião.

— Você sabe o motivo que levou nossos filhos a brigar daquela forma? – perguntou ao motorista.

— Não. Han-gil não me disse nada – mentiu. Tinha o pressentimento que a briga dos dois tinha muito a ver com a ambição do filho.

— Fico triste com isso. Gostaria que os dois fossem amigos.

— Sinceramente não acho possível. São muito diferentes. Meu filho é uma copia da personalidade da mãe. Pura ambição. Não sei o que fazer com ele.

— Vamos alimentar a ambição dele – sugeriu.

— O que quer dizer?

— Pensei em enviá-lo para cuidar da filial da Dreans em New York ano que vem. O que acha? Vai ser ótimo para ele colocar em prática o que aprendeu na faculdade.

— Nem sei o que dizer – Yeon Sang Joo se emocionou com a generosidade do amigo.

— Diga que vai fazer a oferta ao seu filho e que ele irá fazer um excelente trabalho – no fundo queria afastar Park Sung Woo de Han-gil sem prejudicar a família do amigo. Além disso, já ouviu falar muito bem das qualidades do garoto e realmente tinha planos de contratá-lo, mas não para uma filial fora do país. Essa mudança só lhe ocorreu após a briga.

— Falarei com ele – Yeon Sang Joo declarou feliz por ter um amigo como Kim Hyun Su.

O pai da princesa

Durante vários dias a mídia foi monopolizada pelo assunto *casal real*. Só se falava na princesa do K-pop e no herdeiro reencontrado.

As notícias também chegaram a outras partes do mundo, inclusive no Brasil.

Foi assim que a história de um bebê abandonado chegou ao conhecimento de Dong-yul. Ao descobrir quem era a mãe e a época do abandono decidiu voar para a Coreia do Sul e tirar a dúvida que insistia em perturbá-lo.

Byeol já esperava a ligação dele desde o momento em que o escândalo se espalhou. Quando ele finalmente ligou marcaram de se encontrarem em um café.

Sentaram-se frente a frente.

Depois de um silêncio constrangedor ele perguntou:

— Sun Nan-hee é minha filha?

Byeol bebeu o café lentamente antes de dizer:

— Soube que se tornou um grande diretor. Tem até Oscar. É uma grande reviravolta.

— Não faça rodeios. Sei o quanto é ambiciosa, mas não vai conseguir nada de mim. Basta me dizer se a garota é minha filha ou não e nunca mais aparecer na minha frente.

— E se eu não quiser dizer? – desafiou.

— Irei até ela e descobrirei.

— Eu vou responder, mas antes me diga: você já me amou em algum momento?

— Sim, eu te amei. E nunca te esqueci. Assim como nunca te perdoarei pelo que fez com nossa filha.

— Vocês são iguaizinhos – desdenhou. – Perdeu seu tempo vindo até aqui quando já tem sua resposta. Basta lembrar que eu jamais teria me livrado dela se fosse filha de alguém importante.

Nervoso Dong-yul levantou deixando o café intacto.

— A vida vai te cobrar por tudo. Tenha certeza disso. E os juros serão altos.

Sem esperar resposta ele saiu.

E sem perder tempo conseguiu o contato do agente de Sun Nan-hee e marcou um jantar.

Enquanto dirigia levando Sun Nan-hee ao encontro do famoso diretor, Ju Hong Ji comentou:

— Estou curioso para saber o que o diretor Dong-yul quer falar com você. Pediu para marcar um jantar para hoje com urgência.

— Eu também estou.

O que será que ele quer comigo? – ela pensou.

— Você é famosa no mundo todo. Talvez ele queira fazer um filme com a princesa do K-pop.

— Vamos descobrir as intenções dele logo, logo.

Estavam chegando ao restaurante. Com a proximidade a barriga de Ju Hong Ji reclamou.

— Peça para estacionarem e providencie uma mesa para você também – ela riu. Andava de bom humor nos últimos dias.

— Como quiser, princesa – ele olhou o reflexo da garota no retrovisor e foi contagiado pela alegria dela.

Chegaram ao restaurante na hora marcada. Dong-yul já a esperava.

Ju Hong Ji a deixou com ele e se afastou desesperado para comer.

Assim que ele se afastou Dong-yul disse:

— Agradeço por aceitar meu convite.

Sun Nan-hee analisou o senhor de quarenta e poucos anos. Achou estranho a forma como ele parecia emocionado. Os olhos dele estavam marejados de lágrimas.

— Confesso que fiquei curiosa para saber o motivo do convite – iniciou uma conversa.

— Eu queria conhecê-la – confessou sem conseguir desviar os olhos dela.

— O que quer saber?

— Se eu responder vou parecer um louco, então é melhor que eu crie coragem e te conte porque estou aqui.

— Agora estou realmente assustada. Já tive turbulências demais por uma vida inteira, só não me diga que é mais um fã que pretende me perseguir.

Ele riu.

— Espero que suporte mais uma turbulência.

Ela o olhou tentando entender do que se tratava tudo aquilo. Ele simplesmente disse:

— Vamos comer primeiro. Preciso de forças.

Assim que os pedidos chegaram eles começaram a comer em silêncio. Porém, logo ele começou a fazer perguntas sobre a vida dela.

Mesmo desconfiada Sun Nan-hee entrou no jogo para saber o que ele queria. Até que finalizaram a sobremesa e ela percebeu que ele tinha dificuldade para começar, seja lá o que fosse.

Resolveu acabar com a enrolação.

— Pode dizer. Quer que eu faça papel de bruxa em algum filme que irá dirigir? – brincou.

Surpreendendo-a ele disse:

— Apesar de saber que você cresceu e se tornou uma mulher linda, forte e inteligente sinto muito pelo que Byeol fez com você.

Sun Nan-hee abriu a boca para dizer que ele não devia se meter em sua vida pessoal, mas não conseguiu. Ele parecia prestes a chorar.

— É passado – disse simplesmente.

— Se eu soubesse da sua existência isso jamais teria acontecido – enquanto falava as lágrimas desciam por sua face.

— O que quer dizer?

— Que eu acabo de descobrir que tenho uma linda filha.

Sun Nan-hee se sentiu tonta. Olhou para ele buscando res-
quícios de que realmente disse o que disse.

— Repita.

— Eu sou seu pai. Não sabia disso até ver sobre o escândalo
na mídia.

Ela se levantou. Não sabia o que fazer ou o que dizer. Queria
abraçá-lo, mas ao mesmo tempo o via como um desconhecido.

Ele se levantou também e segurou a mão dela. Ju Hong Ji
vendo a movimentação estranha correu ao socorro da princesa.

Quando se aproximou viu as lágrimas silenciosas que desciam no rosto do diretor e de Sun Nan-hee.

— O que está acontecendo aqui?

— Filha, fique calma – Dong-yul pediu ao ver as mãos dela
tremendo.

Ouvir a palavra filha fez ela chorar ainda mais.

— O que fez com ela? – Ju Hong Ji estava apavorado com
a situação.

Dong-yul pegou um copo de água e entregou para ela.

O dono do restaurante estava presente e vendo a situação
se aproximou e disse:

— Me acompanhem. Terão mais privacidade para conversar – reconhecia as duas celebridades e já notava alguns clientes curiosos olhando para eles.

Os três acompanharam o dono do restaurante até um jardim no segundo piso. O lugar era um projeto para expandir o
restaurante. Muitas plantas, flores, algumas mesas e cadeiras
de madeira estavam espalhadas formando um belo cenário.

Depois que acomodou os três em uma mesa ele serviu café
e saiu.

— Ju Hong Ji, apresento meu pai biológico – Sun Nan-hee
começou a falar um pouco mais calma.

Dong-yul aproveitou a oportunidade para contar sua história com Byeol e sobre sua vida no Brasil.

Depois do relato ele pegou o celular e mostrou algumas fotos para Sun Nan-hee.

— Essas são suas irmãs. Olhe o pôster atrás delas.

A foto continha a imagens de duas garotas idênticas sentadas em uma cama em um luxuoso quarto. Elas se pareciam um pouco com Dong-yul, mas tinham cabelos encaracolados como os da mãe que apareceu na foto anterior.

— São as Princess Girls – Ju Hong Ji comentou referindo-se ao pôster atrás das garotas.

— Isso mesmo. Elas são fãs do grupo. Vão enlouquecer quando souberem sobre você – disse olhando a filha com carinho.

— Elas são lindas! São gêmeas? – Sun Nan-hee novamente sentiu uma onda de emoção trazer lágrimas aos seus olhos.

— Sim. Estão com treze anos.

— Elas vieram para Seul com o senhor?

— Não. Eu não contei o motivo da minha viagem. Queria ter certeza antes de revelar.

Sun Nan-hee tinha tantas coisas para perguntar e para contar que nem sabia por onde começar. Por longos instantes ficou encarando a vista que o lugar proporcionava.

— Em que está pensando? – Dong-yul questionou ao ver que ela estava distraída.

— Se a vida ainda me reserva mais surpresas. Foram tantas coisas nos últimos dias.

— Espero fazer parte da sua imensa lista de surpresas boas – comentou e pediu antes de perder a coragem: – Posso te abraçar?

Ela balançou a cabeça concordando. Dong-yul se aproximou devagar e envolveu sua filha nos braços pela primeira vez.

Colhendo o que plantou

Byeol já estava ciente de que sua tática de transformar a filha em uma vilã e a si mesma em vítima não teve o resultado desejado, mas não esperava que o retorno fosse tão devastador. Depois que Sun Nan-hee postou o vídeo sobre sua versão do abandono seus compromissos começaram a ser cancelados e seus "amigos" se afastaram. Nem mesmo Yeon Na quis continuar a parceria para destruir a rival.

Byeol estava rapidamente chegando ao fundo do poço.

Foi chamada pelo diretor da empresa para uma reunião. O mesmo que há anos a chamou para questionar sobre seu relacionamento com Dong-yul.

Seu agente estava com ela. Ele foi contratado depois que ela se distanciou dos pais quando eles descobriram sua gravidez e quiseram obrigá-la a ficar com a criança.

Com o queixo erguido ela se sentou em frente ao empresário.

Ele começou:

— Vou direto ao assunto: encerramos hoje seu contrato. Os poucos compromissos que possuía foram cancelados e seu agente será designado para uma das nossas novas aquisições. A partir desse momento você não faz mais parte da nossa família.

— E você vai arcar com a multa milionária que envolve a quebra de contrato? – era sua última carta na manga.

— De forma alguma. Na verdade, a empresa será generosa liberando você da multa por expor negativamente nosso nome ao provocar um escândalo.

— Não se faça de vítima. Você sabia da minha gravidez. Foi você quem me ajudou a esconder e foi você quem me orientou a me desfazer daquela criança – se via sem direção com a possibilidade de perder tudo.

— Nunca soube de nenhuma gravidez – o empresário falou calmamente.

Byeol arregalou os olhos.

— Você sempre foi um monstro.

— Olhe ao seu redor. Quem é o monstro?

Sem saída ela implorou:

— Por favor, se eu não receber nada vou ficar sem ter sequer o que comer – fazia as contas de suas dívidas mentalmente.

— Pensasse nisso durante o tempo em que teve tudo – ele respondeu impassível e olhou para o agente. – Acompanhe nossa ex-funcionária até a saída.

Com certa brutalidade o agente levou Byeol para fora, mas antes ela gritou para o empresário amaldiçoando-o:

— Você vai pagar caro. Eu garanto.

Yeon Na também não ficou sem punição depois de expor negativamente o segredo de uma de suas colegas. Todas estavam na principal sala de reuniões aguardando ansiosas o que viria.

— Estamos reunidos para decidir o futuro de uma das integrantes do grupo Princess Girl, a integrante Yean Na – disse o diretor geral.

Na sala se encontravam todas as integrantes do grupo e seus agentes.

O diretor continuou:

— Por, propositalmente, denegrir a imagem de uma de suas colegas causando prejuízos materiais e psicológicos a todos os envolvidos a integrante acatará o que for decidido aqui.

Yeon Na permanecia cabisbaixa. Todas estavam em silêncio.

— Vocês convivem praticamente diariamente juntas, então decidam se querem que ela seja expulsa e substituída ou se sugerem outra punição.

Ninguém disse nada.

— Imagino que tenham conversado sobre o assunto durante esses dias em vivemos essa catástrofe.

— Posso dizer algo, senhor? – Yeon Na se levantou.

— Prossiga.

— Quero dizer para as minhas *irmãs* que aceitarei qualquer veredicto sem questionar. Todas sabem nossas qualidades e defeitos porque somos uma família. Todas sabem que sempre invejei Sun Nan-hee por ela ter mais sucesso que eu. Nós costumávamos disputar tudo. Só que acabei me deixando levar por essa sensação de inferioridade e fiz algo imperdoável; algo que colocou todo o grupo em perigo. Se eu me arrependo do que fiz? Sim, muito. Se pretendo continuar minha rivalidade com Sun Nan-hee? Sim, pretendo. Mas dessa vez usarei apenas meu talento e meu esforço para me tornar melhor que ela, seja no grupo com vocês ou em outro lugar se decidirem me expulsar. Peço desculpas por tudo que fiz e causei. Amo todas vocês.

Todos permaneceram em silêncio enquanto ela falava. Algumas meninas discretamente limparam lágrimas que surgiram com o discurso de Yeon Na.

— Preciso de uma resposta – o diretor declarou.

As meninas se olharam. Já tinham essa resposta há dias.

— Aceitaremos o que Sun Nan-hee decidir – responderam juntas.

— Sugiro um pedido público de desculpas – Sun Nan-hee propôs.

— Yeon Na? – o diretor se virou para a garota.

— É o mínimo – ela respondeu emocionada por sua rival não exigir que fosse expulsa.

— E quero que ela faça trabalhos voluntários em orfanatos por no mínimo um ano – Sun Nan-hee decretou.

— Eu farei – Yeon Na estava disposta a fazer qualquer coisa para ser perdoada pelo grupo.

— Então, por mim podemos esquecer o que aconteceu e seguir em frente – Sun Nan-hee olhou para o diretor.

Para encerrar ele perguntou:

— Todas concordam?

A resposta foi um unânime sim.

O pedido de desculpas ocorreu durante um show. Antes de começar a última música Yeon Na entrou no palco e fez um breve discurso. Suas palavras finais foram:

— Apesar de existir muitas pessoas idiotas como eu ou cruéis como a mulher que a abandonou, alguém como Sun Nan-hee sempre encontrará muito mais pessoas que a amam como seus pais adotivos, sua família musical, seus amigos, seu amor e o pai que ela acabou de conhecer. Quero que todos conheçam o pai da nossa princesa; o conceituado diretor Dong--yul.

Sun Nan-hee entrou no palco acompanhada por seu pai sob os aplausos e gritos da gigantesca plateia. Em seguida as outras meninas entraram e todas, sentadas nos degraus decorativos do palco, cantaram a capela da música que Sun Nan--hee compôs com Kwan.

Foi uma noite de muita emoção.

Ainda não acabou

E as notícias mudaram para a bombástica revelação de que a princesa do K-pop é filha do maior diretor de cinema da atualidade.

Muito raramente saia notícias sobre o fã louco que a perseguia. Ele ainda era fugitivo e se mantinha fora do radar da polícia. Seu foco agora era acabar com a pessoa que se colocou entre ele e sua princesa. Para isso se aliou com Bae, o bandido com o qual fugiu, e planejou o ataque.

— O que pretende fazer? A garota não vai simplesmente te acompanhar calmamente porque você ameaçou o namoradinho dela – Bae questionou.

— Eu sei. Mas a levarei para um lugar de onde ela nunca poderá voltar – Kyu-Bok respondeu com um olhar distante.

— Que lugar é esse? Alguma ilha deserta?

— A levarei para perto da minha borboleta. Para perto da minha irmã. Seremos apenas nós três.

O fato de o comparsa mencionar a irmã morta deixava claro para Bae que ele estava completamente louco. Porém não ligava nem um pouco para isso. O dinheiro do resgate do tal herdeiro seria inteiramente dele. Estava de olho era nos milhões que garantiria sua fuga para um país bem longe.

Discretamente seguiam Park Sung Woo para conhecer seus hábitos.

Escolheram atacar no momento em que ele visitava seus pais de criação.

Park Sung Woo viu uma caminhonete parada e um homem fazendo sinal para pedir ajuda. Parou a moto e se aproximou.

— Posso ajudá-lo?

— Se você entender algo de mecânica porque eu não sei o que tem de errado com esse carro – Bae apontou o motor que estava analisando.

Os dois passaram a olhar o motor com o capô levantado, mas foi por poucos segundos.

Sentindo que alguma coisa estava errada na situação Park Sung Woo olhou ao redor. Foi quando viu Kyu-Bok vindo na direção deles.

Tentou se afastar percebendo a armadilha, mas sentiu o cano da arma em sua cintura e ouviu a ameaça baixa:

— Entregue a chave da moto e entra no carro sem dar bandeira.

Park Sung Woo sabia que não podia lutar contra uma arma, por outro lado se entrasse no carro também estaria em grande risco.

Vendo sua hesitação Bae ameaçou.

— Não banque o herói. Se não entrar pianinho nesse carro vou te deixar estrebuchando no chão e correr para estripar todos os seus pais e sua princesinha.

— Na primeira oportunidade vou fazer você desejar estar morto – Park Sung Woo rosnou.

— Entra logo na porcaria do carro.

Sem escolha ele entrou no carro e entregou a chave da moto.

Kyu-Bok foi pilotando a moto atrás do carro.

Na primeira parada em um semáforo Park Sung Woo tentou abrir a porta do carro e fugir, mas Bae o acertou com uma coronhada o fazendo desmaiar.

Ele acordou quando saiam do carro em um lugar que parecia ter apenas construções inacabadas.

Tentou a sorte novamente em uma luta corporal contra Bae e Kyu-Bok, e apesar de estar dois contra um conseguiria vencer se novamente não fosse surpreendido por um golpe na cabeça e ficado inconsciente.

— Traga ele – Kyu-Bok falou para o comparsa cuspindo no chão perto do corpo desmaiado de Park Sung Woo.

Antes de abrir os olhos Park Sung Woo sentiu as dores. Parecia que cada parte do seu corpo havia sido atingida. Ele ouviu vozes, então abriu os olhos e tentou identificar o local onde estava. Logo percebeu que era um depósito abandonado.

Sentado em uma cadeira com suas mãos amarradas para trás e seus pés amarrados juntos, Park Sung Woo ponderava sobre sua situação.

— Olha só quem resolveu acordar! – Kyu-Bok comentou enquanto mexia no celular do seu prisioneiro.

— O que vai fazer com meu telefone? – ao falar sentiu que seus lábios doíam mais por causa dos socos que levou durante a luta.

— Sabe? Eu até pensei em deixá-lo vivo, mas essas mensagens me fizeram mudar de ideia – disse se referindo a algumas conversas entre ele e Sun Nan-hee. – Como ela pode gostar de alguém como você?

— Diga o que quer de uma vez – Park Sung Woo não estava preocupado com o que o homem louco a sua frente pensava a seu respeito só queria voltar vivo para sua amada.

— Inicialmente vou fazer uma chamada de vídeo – disse mirando o rosto dele com o celular. – Bae, pode transmitir.

Com outro celular Bae começou uma live mostrando o que acontecia com o sequestrador e o prisioneiro. Kyu-Bok queria que todos vissem o que acontecia com quem se colocava entre ele e sua princesa.

— Não ligue para ela, por favor. Não ligue para ela – Park Sung Woo implorou ao entender as intenções dele.

Seu pedido em nada comoveu Kyu-Bok. Ele fez a chamada.

— Oppa, onde você está? – Sun Nan-hee atendeu sorrindo. Sabia que ele gostava de ouvi-la chamando-o assim.

Logo o rosto sorridente dela mudou. Achou estranho que na tela só aparecesse imagens de um galpão.

— Park Sung Woo, que lugar estranho é esse? – perguntou. Em seguida ouviu a multidão gritando na plateia. – Estão me chamando no palco. Aparece se quiser me dizer algo?

Foi o rosto de Kyu-Bok que apareceu na tela. Isso a fez cair sentada no sofá. O coração disparado e o medo atrapalhando qualquer pensamento lógico.

Kyu-Bok estava alheio a essas reações. Para ele qualquer coisa que fizesse seria justificado pelo fato de que era para eles ficarem juntos como sua irmã queria.

— É difícil falar quando se está tentando não sufocar com o próprio sangue – enquanto falava ele virou a câmera do telefone de forma a focar Park Sung Woo.

— Oh, meu Deus! – Sun Nan-hee sentiu as lágrimas descendo pelo seu rosto. Seu amado estava muito machucado.

— Continua transmitindo. Você fez a ligação? – ela ouviu Kyu-Bok falar para uma pessoa que não aparecia na chamada de vídeo.

De repente a voz da multidão clamando pelo show se transformou em gritos de pavor.

— Você tem que parar de colocar as pessoas em perigo, princesa – Kyu-Bok falava brandamente como se estivesse ensinando uma lição a uma criança.

Sun Nan-hee olhava sem ação a imagem na tela do celular. Enquanto isso, tudo que acontecia no depósito era transmitido pelos telões do palco.

— Esse garoto só está aqui porque preciso estar com você. Venha ou seu namoradinho vai morrer ao vivo.

Ela não entendeu o que ele quis dizer com ao vivo, porém nem teve tempo de pensar nisso. Logo Park Sung Woo gritou:

— Não venha.

Nessa hora apareceu parte de um corpo na tela. Só o suficiente para ela ver o soco que ele levou por se intrometer.

A plateia fez um silêncio mortal. Algumas pessoas colocavam as mãos na boca assustadas com o que assistiam.

Os seguranças já corriam em direção ao controle do ginásio para interromper a transmissão e descobrir o que estava acontecendo. Enquanto isso Kyu-Bok continuava com as ameaças.

— Tique-taque, tique-taque, venha nos encontrar onde deveria ser nosso ninho de amor, tique-taque, tique-taque você tem quinze minutos, tique-taque, tique-taque.

Ele estava alucinando. Na sua cabeça o galpão construído onde era sua antiga casa ainda era seu lar.

— Onde? Me diga, por favor – ela não tinha ideia do que ele se referia quando dizia ninho de amor.

— O endereço vai chegar para você agora – se virou para Bae. – Envia o endereço.

Foi Bae quem se fez passar por Ju Hong Ji e ligou para o responsável pelas transmissões no ginásio ordenando que transmitisse sua live.

— Eu vou, mas se você tocar nele mais uma vez prometo que vai desejar morrer – ela ameaçou desesperada.

Ele riu alto e disse:

— Por isso te amo princesa. Venha.

— Sun Nan-hee, não – Park Sung Woo gritou angustiado.

Isso fez Kyu-Bok rir ainda mais.

— Seja rápida. Não sei se posso controlar minha vontade de matá-lo.

Nessa hora os seguranças haviam parado a transmissão nos telões.

O telefone de Sun Nan-hee fez um sinal de que uma mensagem acabava de chegar.

— Até breve! – Kyu-Bok disse e desligou ao receber a confirmação de que o comparsa enviou a mensagem.

Sun Nan-hee leu o endereço. Era perto de onde estava. Viu as chaves da van sobre uma mesinha e não pensou duas vezes. Pegou as chaves e saiu correndo em direção ao estacionamento chorando e fazendo preces para chegar a tempo de salvar seu amor.

Os seguranças chegaram no camarim poucos instantes após ela ter saído.

Eles se desesperaram sem saber por onde começar a procurar. Chamaram a polícia, mas só minutos depois as coisas começaram a clarear, pois uma das integrantes, que estava sendo interrogada para ver se ajudava com alguma pista, ouviu um toque de celular vindo de debaixo do sofá. Foi quando perceberam que Sun Nan-hee deixou o aparelho para trás. Conseguiram o endereço do galpão e seguiram para evitar o pior.

Mesmo sem as imagens no telão o público permanecia apavorado sobre o que aconteceria com o segurança/namorado da princesa.

Não haveria mais show, porém eles permaneceram em seus lugares e deram as mãos fazendo preces. Alguns funcionários vieram avisar que devolveriam o valor dos ingressos e que eles podiam ir embora, mas quando viram a cena se emocionaram. Deram o recado, mas permitiram que eles permanecessem no ginásio se quisessem e afirmou que tudo que descobrissem sobre a tragédia informariam a quem ainda estivesse no local.

Um dos fãs descobriu que a pessoa que sequestrou Park Sung Woo permanecia transmitindo através de uma página do Facebook. Logo todos no ginásio e várias pessoas no mundo estavam acompanhando para descobrir o desfecho da tragédia.

Sun Nan-hee chegou ao local dez minutos após sair do ginásio, escoltada por Kwan que veio do Brasil em uma viagem rápida por questões pessoais e pretendia aproveitar a visita para assistir ao show.

No caminho ela pensou em acionar a polícia, mas recordou que no desespero para sair deixou o celular para trás caído embaixo do sofá.

Por acaso Kwan estava indo para o show de carro pela mesma rua que ela seguia. Ele buzinou para ela, mas ela não percebeu. Então ele chegou perto para se fazer ver, mas notou que ela estava chorando e dirigindo rápido demais.

Decidiu segui-la para entender o que estava acontecendo e insistiu em ligar no telefone dela.

Depois de muitas tentativas uma voz masculina atendeu:

— Sargento Jung Su falando.

— Esse não é o telefone de Sun Nan-hee? – com a atenção no fato de que um policial atendeu o telefone Kwan quase a perdeu em uma esquina.

— Sim. É o telefone dela. Quem fala?

— Escuta, eu não sei o que está acontecendo, mas estou seguindo a van dela e ela não parece bem. Se o senhor sabe de algo me oriente a como devo proceder – tentou agir com frieza.

— A situação é a seguinte: o senhor Park Sung Woo foi sequestrado por um fã da senhorita Sun Nan-hee e o está usando como isca para atrai-la. Acabamos de ter acesso ao telefone, então sugiro que faça o possível para não deixá-la se colocar em situação de risco até chegarmos ao local do cativeiro.

— Entendido.

— Já estamos a caminho.

Kwan viu ela entrando em uma área de galpões e construções inacabadas e encerrou:

— Parece que chegamos ao local. Vou desligar. Por favor, se apressem.

Enquanto parava o carro perto do dela ele se lembrou de uma situação parecida que aconteceu poucos anos atrás. Situação em que quase perdeu seu amigo Lee Kang Kae, o irmão dele e sua amiga Mel.

Se aproximou chamando por Sun Nan-hee baixo para não a assustar.

Foi em vão. Ela se virou bruscamente. Seus olhos estavam vermelhos e a maquiagem estava borrada. Tinha saído com a roupa do show; era um uniforme de colegial com botas e meias brancas.

— Kwan?! O que faz aqui?

— Eu te vi dirigindo chorando. Fiquei preocupado e a segui.

— Park Sung Woo está ferido por minha causa. Preciso ajudá-lo – olhou em direção ao galpão.

— Acha uma boa ideia? – Kwan perguntou ao ver que ela pretendia entrar sozinha e desarmada. – Devemos deixar a polícia cuidar disso. Já falei com o sargento Jung Su através do seu telefone.

— Eles que cuidem de dois reféns porque não pretendo esperar para correr o risco de encontrar Park Sung Woo morto.

— Eu vou com você – disse ao perceber que não conseguiria fazê-la mudar de ideia.

— Não. Fique aqui e me ajude como puder.

— Eu vou sim.

— Não está em discussão. Só de te ver ele pode atirar em nós. Você é inteligente. Sabe que é melhor eu ir só.

— Deus, por que a polícia não chega logo? – resmungou se sentindo impotente.

Sun Nan-hee olhou o relógio e sem dizer mais nada correu para dentro do galpão. Kwan pensou em segui-la, mas teve medo que sua presença obrigasse o sequestrador a fazer algo estúpido. A imagem de um colega sangrando no chão em outra cena permanecia atormentando-o.

A polícia chegou e cercou o local poucos minutos após ela entrar.

— Nãooo – Park Sung Woo gemeu impotente ao vê-la se aproximando.

Kyu-Bok caminhou na direção dela sorridente.

— Pensei que não viria, princesa. É tão bom vê-la.

— Estou aqui. Pode soltar ele – exigiu.

Antes que ele respondesse Bae interrompeu.

— Ela já chegou. Vamos exigir a transferência do dinheiro antes que isso fique pior.

— Dinheiro! Dinheiro! Existem coisas tão mais valiosas que isso – reclamou sem tirar os olhos de Sun Nan-hee. – Use o telefone dele e entre em contato com o magnata da Dreans, mas não pare de transmitir na página.

— Tanto faz – se afastou para fazer a ligação.

— Vamos voltar ao nosso assunto – Kyu-Bok falou para Sun Nan-hee. – Acho que seu segurança está muito fraco e não vai poder caminhar.

— Isso não é problema seu. Apenas cumpra sua parte. Solte-o – exigiu.

— Sabe que toda vez que você me trata assim fico mais apaixonado – falou para ela e virou para seu comparsa. – Desamarra e joga lá fora. Não mata. Sou um homem de palavra.

Era mentira. Bae estava orientado a apenas tirá-lo da vista dela e fazer o que quisesse com ele.

— Sun Nan-hee, vá embora – Park Sung Woo implorou.

— Ele parece pedir para morrer – Bae comentou fazendo o outro rir.

Perdendo completamente qualquer senso de controle Sun Nan-hee partiu para cima de Kyu-Bok. O fato de que ele não demonstrava nenhuma compaixão pelo homem inocente amarrado à cadeira a deixava extremamente revoltada. Já não via nem ouvia nada.

Surpreso com a atitude dela Kyu-Bok tropeçou e caiu. Como estava com a arma pronta para atirar o tiro foi direto no teto.

Ela aproveitou a oportunidade e chutou a mão que ainda segurava o revólver.

A arma foi jogada para longe.

Mesmo machucado e amarrado, Park Sung Woo lutava para escapar e ajudar a sua amada.

Bae achou engraçado o colega apanhar de uma mulher e deixou rolar até que fosse preciso intervir.

— Vamos assistir – falou para Park Sung Woo que se contorcia para escapar diante do medo de que ela se machucasse.

O barulho da polícia chegando os assustou.

Kyu-Bok ficou desesperado. Sabia que não tinha mais como sair dali levando seu prêmio facilmente.

Aproveitou um momento de distração de Sun Nan-hee e se apoderou da arma apontando para ela.

— Vamos sair daqui, princesa – se aproximou e segurou-a na frente do seu corpo com a arma apontada para suas costas.

— Espera aí... e o dinheiro da recompensa? – Bae questionou se afastando de Park Sung Woo. – Você não vai esperar para sairmos pelo túnel como combinado?

Havia um túnel que unia o depósito a uma construção a poucos metros dali. O plano deles era sair com por lá com Sun Nan-hee após confirmado a transferência do dinheiro do resgate. Havia um carro perto da construção que usariam para a fuga.

— Dane-se a recompensa! – Kyu-Bok gritou.

— Dane-se a recompensa? Eu não vou voltar para a cadeia por causa de suas loucuras.

— Aigo... Não tenho tempo para isso – empurrando Sun Nan-hee ele saiu rapidamente sob os gritos de desespero de Park Sung Woo e os resmungos de Bae.

Bae já nem ligava mais para a vítima presa a cadeira. A única coisa que queria era escapar dali assim que o dinheiro estivesse na conta em que exigiu. Seus planos cada vez mais pareciam desmoronar. Se viu sem saída ao ouvir um policial dizer no megafone:

— O local está cercado. Não tem saída. Já estamos cientes do túnel e também o cercamos.

Como descobriram? – pensou e começou a andar de um lado para o outro tentando encontrar uma solução.

Park Sung Woo sem tirar os olhos dele planejou rapidamente seus próximos passos.

— Ei, escute – chamou.

— O que foi garoto? Não me amole.

— Me solte... eu te ajudo a escapar.

Ele riu.

— Como?

— Me usa como escudo como ele fez com Sun Nan-hee.

Diante do fato de estar desarmado Bae analisou a situação. A ideia poderia dar certo. Park Sung Woo estava muito machucado, só ofereceria perigo se pudesse avisar aos policiais que ele não tinha arma.

Sabia que o garoto pretendia fazer alguma coisa, mas sem opções seguiu o que ele sugeriu.

Rasgou um pedaço da camisa de Park Sung Woo e amarrou sua boca. Também se apoderou de um pedaço de ferro afiado para usar como arma.

— Qualquer movimento em falso e eu espeto você como carne pra churrasco – disse enquanto desamarrava o rapaz.

Park Sung Woo, que não pretendia se deixar levar, juntou todas as forças que podia, física e mental, e ao ter suas mãos livres enfiou no bolso da calça, tirou a tampa da caneta que comprou para presentear a namorada e segurou firme.

Bae cometeu o erro de começar soltando as mãos do refém. Ao se abaixar para desamarrar os pés foi atingido com força nas costas.

A ponta da caneta penetrou sua carne causando dor, mas não foi suficiente para imobilizá-lo. Ele segurou a perna de Park Sung Woo quando ele tentou fugir e começaram uma briga no chão.

Enquanto Park Sung Woo lidava com Bae sua namorada servia de escudo para Kyu-Bok fora do galpão.

Os policiais se preparavam para a resposta dos sequestradores, após anunciarem que o local estava cercado, quando viram eles saindo.

— Fiquem onde estão ou ela morre – Kyu-Bok gritou.

— Se entregue. Você ainda pode ter uma vida normal – o policial com o megafone tentava argumentar.

Kyu-Bok apertou a arma contra Sun Nan-hee. Estava transtornado.

— Kyu-Bok, entregue-se. Você está cercado – o policial insistiu.

— Abram caminho – Kyu-Bok gritou e começou a andar na direção da caminhonete.

Park Sung Woo chegou a entrada do galpão, depois de acertar Bae com um pedaço de madeira, quando eles já estavam chegando a caminhonete.

Não tinha forças para correr até a namorada. Se apoiava na porta por causa das ondas de tontura que iam e vinham.

Ninguém reagia com medo de que Sun Nan-hee saísse ferida, mas de repente o cenário no mudou.

Kyu-Bok se afastou bruscamente dela e começou a gritar coisas sem sentido olhando a arma em suas mãos.

Ele havia visto uma borboleta. O pequeno inseto azul estava sobre o capo do carro alheio ao significado do que ocorria a sua volta.

Na sua loucura ele viu sua irmã sentada sobre o capo do carro. Ela olhava a arma em sua mão e balançava a cabeça o repreendendo.

— Eu só queria amá-la como você sonhou.... não me olhe assim... Não quer que eu a leve comigo? ... Então irei encontrá-la sozinho – dizia alucinado.

Sun Nan-hee aproveitou sua crise para correr em direção a Park Sung Woo e os policiais se aproximaram para prendê-lo.

Antes que eles chegassem Kyu-Bok pegou a arma e colocou na boca apertando o gatilho, tirando a própria vida.

Tudo aconteceu rápido demais. Todos ficaram paralisados por um instante. Sun Nan-hee, a poucos passos de Park Sung Woo, virou para trás para olhar o que havia acontecido. Viu o corpo caído.

— Sun Nan-hee – Park Sung Woo chamou com voz fraca. Não queria que ela visse mais cenas monstruosas.

Ela voltou a andar em direção a ele e o amparou levando até onde os policiais estavam.

— A ambulância já está chegando – um policial anunciou.

Sentados em alguns tijolos eles esperavam.

— Eu me senti tão impotente naquele momento. Tive tanto medo de te perder – preocupado Park Sung Woo acariciava o rosto de sua amada.

— E como acha que me senti te vendo amarrado e machucado? – Sun Nan-hee segurou suas mãos envolvendo-as com as suas.

— Prometa que nunca mais fará nada que coloque sua vida em risco – pediu beijando seus dedos e a pulseira com a qual a havia presenteado e que ela sempre usava.

— Desde que você prometa que nunca estará em risco. Porque você, seu idiota arrogante, agora é a minha vida.

Ele a olhou por longos instantes antes de puxá-la para um beijo intenso que trazia dor a sua boca machucada.

— Você também é minha vida. Então se cuida porque quero viver muito.

Riram e voltaram a se beijar, mas dessa vez com mais suavidade.

Logo a ambulância chegou e os dois foram levados para o hospital onde, mais tarde, todos os pais se reuniram para saber dos filhos.

Muito tempo depois descobriram o motivo pelo qual Kyu--Bok perseguia a cantora. E, apesar de tudo, Sun Nan-hee teve pena dele.

Uma despedida na torre

Depois de receber o telefonema de Sun Nan-hee o convidando para irem a torre de Nansan, Park Sung Woo decidiu que seria a chance perfeita para pedi-la em casamento.

Passou em uma joalheria e escolheu um anel digno de uma princesa, com uma linda safira rosa. Guardou no bolso e seguiu para encontrá-la.

Ela o esperava em um vestido curto salmão de mangas longas e detalhes brancos. Admirava a vista que o local proporcionava. Estavam no mesmo restaurante em que ele se declarou.

Ele se aproximou e parou admirando sua beleza.

— Tão linda!

Sun Nan-hee se virou sorrindo.

— Eu sei.

— Tão convencida – brincou e se aproximou.

— Eu sei.

— Tão minha – acariciou seu rosto.

— Eu sei – ela sorriu.

Park Sung Woo estava louco para beijá-la, mas antes que ele se atrevesse ela envolveu seu pescoço e o beijou. Se perderam em beijos intensos esquecidos das pessoas ao redor até que alguém chamou a atenção deles.

Era o amigo de Park Sung Woo que com a ajuda de Sun Nan-hee conseguiu um emprego fixo no restaurante.

— A mesa está pronta – anunciou.

Eles foram até a mesa e se sentaram. Depois de conversar um pouco com o amigo e fazer o pedido Park Sung Woo comentou:

— Confesso que estou com ciúmes. Quando era um encontro com aquele cara você reservou todo o lugar – se fingiu de ofendido. – Esperava um tratamento melhor.

— Aquele cara era alguém que eu não queria que fosse visto ao meu lado. Já você é alguém que pode aparecer nas próximas fotos dos jornais.

Ele olhou ao redor e realmente algumas pessoas fotografavam com celulares. Alguns cochichavam, o que o deixou preocupado.

— Realmente não te incomoda os comentários que dizem que devíamos ser irmãos e não namorados? – tinha visto uma chamada para matéria nada sutil em uma capa de revista. Além de ouvir algumas conversas por acidente.

Ela envolveu suas mãos que estavam sobre a mesa com carinho.

— Incomoda, mas não o suficiente para me fazer desistir de você.

— Às vezes tento olhar para trás para o momento em que eu ainda não te amava, mas não consigo. É como se você estivesse na minha vida desde o momento em que comecei a existir.

— São palavras tão lindas. Não me culpe se eu usar nas minhas composições.

— É a mais pura verdade. E você pode usar minhas palavras quando quiser. Essas e todas as outras que dedicarei a você.

A conversa fazia Sun Nan-hee pensar em desistir do que planejou fazer, então antes de perder totalmente a coragem disse:

— Eu te chamei aqui porque precisamos conversar – não conseguia manter o sorriso no rosto.

— Vai me pedir em casamento? – brincou tentando trazer o sorriso de volta.

— Não. Você deve me pedir como um cavalheiro, mas esse não é o assunto.

— Diga – apesar do medo queria saber logo do que se tratava o assunto que ela parecia querer evitar.

— Meu pai me chamou para gravar um filme com ele. Ele acha que é uma oportunidade de ficarmos juntos por um tempo depois de tudo – falou sem rodeios.

Park Sung Woo sentiu como se o anel em seu bolso pesasse quilos.

— Quanto tempo? Onde?

— Dois anos. Brasil.

Ele a olhou por alguns instantes. Percebeu que ela precisava do seu consentimento. Sabia que ela precisava de um tempo com o pai do qual foi separada tão covardemente. Se não fosse por isso se negaria a aceitar a viagem.

Decidido a não ser um empecilho para sua felicidade, comentou:

— Acho que ele merece. Esteve longe da filha por muito tempo.

— Estou tão feliz em conhecê-lo. Ele é uma pessoa cheia de ideias. Sugeriu que eu aproveitasse esse tempo para promover o grupo no Brasil através de um ou dois shows exclusivos. Além disso, estarei perto das minhas irmãs. Enfim valeu a pena ter estudado português.

Ele a observava enquanto ela falava. Parecia tão empolgada. Isso o deixava feliz. Descobrir um pai amoroso e que tinha irmãs trouxe um brilho intenso ao olhar dela. Era como se a sombra de não ter sido amada pelas pessoas que a fizeram se dissipasse.

Quando percebeu que estava falando sem parar ela se calou e riu.

— Pareço uma boba, pode dizer.

— Tenho medo de os brasileiros roubarem você de mim. Você é uma megera, mas é a minha megera.

— Desse jeito acho que eles nem vão precisar de esforço. Basta não me chamarem de megera.

Em um movimento rápido ele levantou e ficou em sua frente. Próximo o bastante para estender a mão e tocá-la.

— Eu te amo. Sabe disso, não é?

Ela só balançou a cabeça para cima e para baixo.

— E sabe que eu gosto de te irritar.

Ela revirou os olhos, riu e balançou a cabeça.

— Sun Nan-hee, eu sei o que é querer aproveitar cada momento ao lado de alguém que foi arrancado de você – ajoelhou e segurou sua mão.

Muitas pessoas pararam o que faziam para olhar e filmar a cena.

Para Sun Nan-hee e Park Sung Woo não existia mais ninguém no lugar.

— Ainda assim é tão difícil pensar no tempo que ficarei separado de você – ele confessou.

— Me sinto tão dividida.

— Eu vou te esperar. Vou me segurar para não ir até você e te trazer de volta a força. Mas quando voltar vamos nos casar. E você será minha. Só minha para sempre.

Novamente ela balançou a cabeça e acariciou o rosto dele.

— Sua e dos meus fãs.

— Vou pensar no caso deles. Por enquanto, entenda que você é, e sempre será, minha. Minha megera, minha princesa, minha mulher.

Lentamente se beijaram.

— Eu te amo – Sun Nan-hee pronunciou as palavras que gritavam em seu coração.

Ao fundo o garçom esperava uma oportunidade para levar os pedidos sem atrapalhar o casal apaixonado.

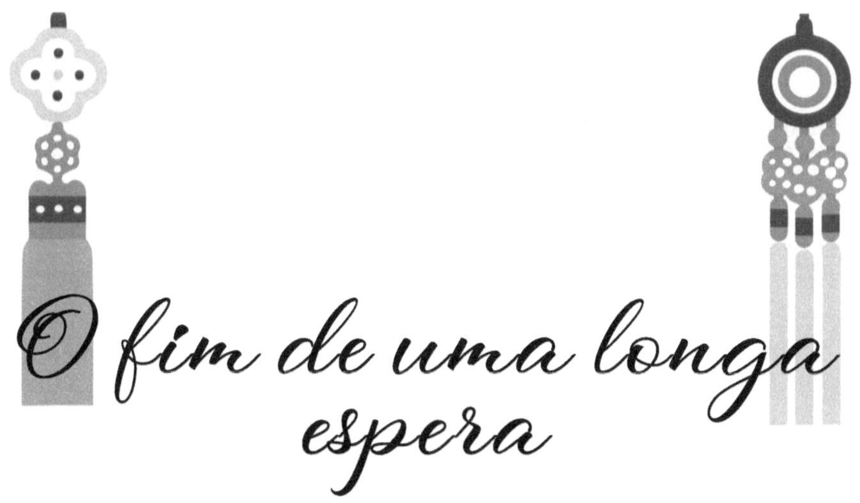

O fim de uma longa espera

O filme estrelado pela princesa do K-pop foi um sucesso mundial. Houve uma participação especial das outras integrantes do grupo Princess Girls.

O grupo tinha uma nova interação. Sun Nan-hee abandonou a imagem de princesa megera e passou a tratar as outras integrantes como amigas.

Yeon Na ganhou maior visibilidade no grupo depois do afastamento provisório da líder, ao mesmo tempo em que ganhou mais responsabilidade depois de ver como os fãs seguiram Sun Nan-hee mesmo com toda confusão. Ela realmente estava em busca de crescer na carreira por seus próprios méritos. Suas visitas aos orfanatos mexeram profundamente com ela.

Byeol foi perdoada pela filha. O que não significa que passariam a ter uma relação de mãe e filha. Sun Nan-hee a perdoou porque esse era o único jeito de liberar seu coração de toda dor que o abandono causou.

Mesmo com o perdão Byeol não conseguiu mais apoio para se manter na carreira. Ela passou a morar com os pais no interior e trabalhar com hortas. Não tinham um bom relacionamento, mas eles não negaram comida e um teto. Eram uma parte da família que Sun Nan-hee não teve acesso. Seu pai biológico até se propôs a acompanhá-la se um dia pretendesse visitá-los, mas a alertou que eles eram tão esnobes quanto a filha. Isso a fez desistir de pensar neles.

Na verdade, ele falou isso com ela porque quando soube da filha entrou em contato com eles e teve a revoltante resposta que não queriam contato com ela.

No fundo eles tinham vergonha de não terem salvo a criança de ser abandonada, mas o que reinava era o orgulho em se mostrarem fracos, então decidiram continuar suas vidas sem admitir esse erro e sem a presença da neta.

O destino também cobrou muito caro as atitudes do ex--empresário de Byeol. Alguns dançarinos de um grupo famoso denunciaram abusos cometidos por ele. E isso incentivou outros artistas a expor várias atrocidades que ele vinha cometendo contra eles. Houve denúncias de abuso sexual, aborto forçado, abusos verbais, e várias outras coisas. Ele acabou preso enquanto era julgado por seus crimes. A empresa continuou com um novo CEO.

Quanto a Han-gil, mesmo depois de se mudar para New York e ficar a frente da filial da Dreans, ele não mudou em nada. Sempre em busca de uma forma de se mostrar melhor que os outros, mas fazia um excelente trabalho e, apesar da personalidade esnobe, tinha o respeito dos funcionários. Ele também conquistou muitas americanas com seu estilo bad boy. Usava e abusava do seu físico em forma, cabelos loiros e rosto bonito.

Enquanto Sun Nan-hee conhecia seu pai e trabalhava no filme, Park Sung Woo também conhecia sua família e aprendia com o pai sobre tudo da empresa. Foi conhecendo a história dos seus verdadeiros pais que ele descobriu que nem todos os ricos são esnobes e nem todos os pobres são trabalhadores e honestos.

E foi com Sun Nan-hee que ele descobriu que por trás de uma máscara de arrogância pode se esconder um coração gentil.

Pensava nela todos os dias e quando ela disse que precisava ficar mais um ano no Brasil ele quase largou tudo e foi atrás dela, mas se segurou.

Conversavam quase todos os dias através de mensagens e telefonemas. Ela mandava fotos que tirava com as irmãs, com a madrasta e com o pai. Também mandou fotos com Kwan e Vanessa que, assim como a família dela, queriam ser anfitriões e mostrar tudo que podiam do país.

Muita coisa aconteceu durante os três anos em que Sun Nan-hee esteve no Brasil, mas era hora de voltar para casa. De matar a saudade do seu amor.

Mesmo sem avisar do seu retorno ela foi recebida com festa pelos fãs no aeroporto.

Ju Hong Ji a esperava ao lado de Min Soo. Ao lado quer dizer de mãos dadas.

Durante a ausência da melhor amiga Min Soo começou a desabafar sobre seu amor impossível com ele. Ficaram tão próximos que a amizade se transformou em amor. E o sentimento que ela tinha por Park Sung Woo se transformou em uma bela lembrança.

Sun Nan-hee recebeu a notícia com muito entusiasmo quando ainda estava no Brasil. Estava louca para abraçá-los e parabenizá-los.

Antes de ir até eles a princesa do K-pop tirou fotos e deu autógrafos para os seus agitados fãs.

Sua chegada em casa não foi menos tumultuada. Flash de fotógrafos a esperava em ambos lados da rua na entrada da mansão dos seus pais de criação.

Quando ela estava prestes a chegar no portão uma moto passou pelo carro e o interceptou.

O piloto vestido de jaqueta e calças pretas permanecia parado.

Ju Hong Ji olhou para Sun Nan-hee aguardando uma ordem.

— Vou descer.

Devagar ela andou até o piloto. Já sabia quem era. Mesmo que a moto fosse outra a atitude era a de sempre.

Parou na frente dele com os braços cruzados sobre o peito e levantou o queixo em desafio.

Ele tirou o capacete mostrando um sorriso que a fez se apaixonar um pouco mais. Fazia tempo demais que não via esse sorriso pessoalmente.

— Esperou por mim? – ela perguntou tentando manter a expressão de desafio.

— Como prometi – ele respondeu se aproximando. – Então vamos nos casar.

— Tão simples assim?

— Meu amor nunca foi simples. Fui destinado a uma mulher teimosa, voluntariosa e adorada por milhões de pessoas pelo mundo.

— São muitos empecilhos – ela queria manter a expressão séria, mas o sorriso queria escapar e a vontade de beijá-lo era forte demais.

— Vale a pena!

Sem esperar por mais conversa ela ficou na ponta dos pés e passou os braços ao redor do pescoço dele.

— Esqueci de dizer que essa mulher é atrevida – ele disse envolvendo sua cintura.

— Você vai me beijar ou terei que mostrar o quanto essa mulher é atrevida?

— Me mostre. Tome o que é seu.

Ela acariciou seu rosto lentamente. Os paparazzi não perdiam um segundo.

— Engraçado, os flashes te deixam com uma cor sombria – disse enquanto o acariciava.

— Quando vejo os reflexos sobre você, sabe o que penso?

Ela balançou a cabeça de um lado para o outro negando.

— Que você é linda em todas as cores. Até mesmo preto e branco.

Ela ficou emocionada diante de suas palavras.

Ele aproveitou e tirou do bolso a caixinha que guardou durante três longos anos. Afastou-se o suficiente para se ajoelhar segurando suas mãos, abriu a caixinha e disse:

— Case comigo.

— Sim? – respondeu com uma pergunta ao perceber que ele havia afirmado e não feito um pedido.

Devagar ele levantou e colocou o anel em seu dedo. Em seguida a segurou pela cintura girando com ela várias vezes antes de selar o compromisso com um beijo ao som das palmas dos fotógrafos que os rodeavam.

Casados

Park Sung Woo chegou em casa quase correndo depois de um dia de trabalho. Ele cuidava dos negócios da família ao lado do pai.

Mesmo casado há sete anos estava ansioso para ver sua esposa como em todos os outros dias.

Abriu a porta e se deparou com uma cena costumeira. Sorriu, um pouco mais apaixonado como acontecia toda vez que a via.

Deitada no chão olhando o teto estava sua esposa. Ao lado dela uma miniatura de princesa na mesma posição.

Park Sung Woo passou um longo tempo contemplando as duas mulheres da sua vida. Até que ouviu um gritinho estridente:

— Papai!

Ajoelhou e abriu os braços para o abraço que logo veio.

Com a pequena filha de três anos no colo ele se levantou e caminhou até Sun Nan-hee que permanecia deitada no chão contemplando-os.

— Estava fazendo música com a mamãe, Ah-ri?

— Sim. Sim. Mamãe disse que sou uma princesa.

— Claro que é. É minha princesinha – disse sorrindo para ela.

Viviam em uma casa belíssima que ganharam dos pais Dong-yul e Kim Hyun Su. Park Sung Woo já tinha percebido o quanto seus pais biológicos se magoavam quando ele não aceitava seus mimos, então não recusava mais.

Sun Nan-hee deixou oficialmente o grupo Princess Girl nos primeiros meses de gravidez. Em nenhum momento se arrependeu. Montou seu cantinho como havia planejado que faria ao se aposentar da carreira. Era uma livraria imensa onde as pessoas podiam comprar livros ou simplesmente ler em um dos confortáveis sofás. Também havia em anexo um café onde vendiam deliciosas bebidas e um espaço para crianças com um lugar onde os pais podiam ler para eles, outro para brincadeiras educativas e um espaço onde as crianças podiam dormir.

Min Soo, Cha Yang Mi e Nam-Kyu a ajudavam a tomar conta do negócio. As duas últimas ainda não eram amigas. A magoa e a culpa não permitia. Talvez nunca se tornassem amigas, mas se tratavam com educação para não magoar o filho que não abria mão de nenhuma das mães.

Enquanto Min Soo trabalhava no espaço literário seu marido Ju Hong Ji permanecia como agente, desta vez de Yeon Na. Ele viva reclamando do trabalho, mas não conseguia se ver fazendo nada diferente.

Mais tarde naquele mesmo dia Sun Nan-hee e Park Sung Woo estavam deitados no quarto deles depois de colocarem Ah-ri no quarto dela. Estavam deitados de forma que ela estava apoiada em vários travesseiros e ele com a cabeça no seu colo concentrado em ouvir alguma movimentação do filho que ela carregava no ventre.

— Você ainda pensa em colocar o nome do nosso segundo filho Dae-Hyun se for menino? – perguntou olhando para ela.

— Sim. Park Dae-Hyun – Sun Nan-hee respondeu sorrindo. Amava como ele sempre tentava ouvir o filho, mesmo que estivesse nos primeiros meses. O nome que ela escolheu era o nome que os pais biológicos de Park Sung Woo haviam escolhido para ele anos atrás.

Eles haviam planejado desde o início do casamento que teriam dois filhos com idades próximas. Sun Nan-hee escolheria o nome do menino e Park Sung Woo o da menina.

— E se vier outra menina? Ainda vai querer parar no segundo? – ela acariciava os cabelos dele enquanto conversavam.

— Prefiro, amor. É bom para Ah-ri ter um irmãozinho ou irmãzinha para crescerem juntos e aprenderem a dividir, mas se o número aumentar vamos enlouquecer – riu. – Você quer mais filhos?

— Dois está ótimo. Também acho que assim é melhor para não perdermos nada do crescimento deles.

Depois de alguns segundos em silêncio ela comentou pensativa:

— Às vezes fico pensando em como conseguimos chegar até esse momento de plenitude. Houve tantas tribulações.

— Verdade. Acho que se nossa vida fosse um filme ou um livro eu pularia direto para o final – acariciou sua barriga por cima da camisola.

— Eu acho que em algumas partes eu desligaria a televisão se fosse um filme. Se fosse um livro o jogaria na parede de raiva e mandaria uma mensagem atrevida para o autor – ela confessou imaginando a cena.

Por alguns instantes ambos ficaram pensativos. Suas mentes vagavam por tudo que viveram desde que nasceram. Por tudo que viveram desde que se conheceram.

Mesmo com suas palavras anteriores eles tinham certeza que a história deles era a mais linda de todas.

— E viveram felizes para sempre – Sun Nan-hee acariciou o rosto do marido depois de um tempo.

— Para sempre – ele concordou segurando a mão dela e levando aos lábios. Em seguida cantou a cantiga de ninar que ouvia dos seus pais de criação baixinho.

Cantava para o seu filho e para sua esposa.

Quando olhou para cima Sun Nan-hee dormia.

Ele a ajeitou na cama com cuidado, mas ela acordou e o abraçou aninhando-se em seus braços.

— Gosto de dormir assim.

Sorrindo ele se ajeitou na cama abraçado a ela e permaneceu acariciando seus cabelos até que ambos dormiram. Um sono tranquilo de quem está totalmente realizado. De quem ama e é amado.

The End

Uma volta no passado

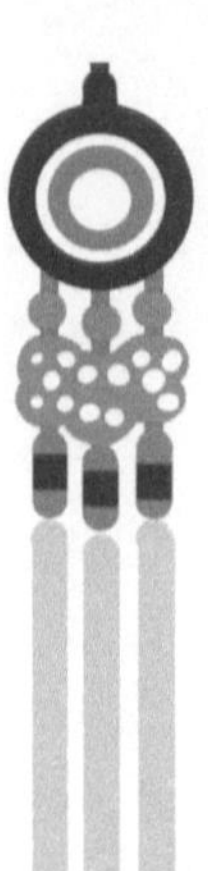

Mãe cruel

Após o show Byeol correu para o encontro com seu amado. Namoravam escondido há alguns meses. Byeol sabia que se seu empresário ou seus pais soubessem da relação os separaria, pois alguém pobre e sem contatos como Dong-yul não era o que queriam para ela. Também não era o que ela buscava, mas se apaixonou e não conseguia ficar longe dele.

O encontro foi marcado como sempre no lugar especial dos dois: o jardim secreto de *Huwon* no palácio de *Changdeokgung*.

Dong-yul era amigo de uma das pessoas que tomavam conta do local e seu amigo permitia livre acesso a ele em qualquer horário. Os outros funcionários também conheciam o rapaz sonhador.

Assim que a viu na entrada do lugar Dong-yul correu em sua direção e a abraçou rodopiando com ela nos braços.

— Esperou muito?

— O bastante para quase morrer de saudade.

Entraram no local e passearam de mãos dadas.

— Por quanto tempo pretende esconder nossa relação? Você tem vergonha de mim? – ele perguntou pensativo.

— Não é questão de ter vergonha ou não. Sabe bem que meus pais serão contra – mentiu. No fundo queria que ele aceitasse sua ajuda para se tornar alguém influente e ela não precisar mentir para suas amigas sobre quem namorava.

— Você não é mais criança. Deve ser responsável por suas escolhas.

— Como posso fazer isso? Você passa os dias fazendo trabalhos insignificantes e estudando para algo que nunca vai conquistar – achava que ele perdia tempo em querer ser um grande diretor só com seu talento.

— Fico admirado que critique minha escolha – a encarou magoado.

— Não critico suas escolhas, apenas como as conduz.

— Confie em mim. Serei um grande diretor – apertou sua mão com suavidade.

— Então me deixe te ajudar. Posso indicar algumas pessoas, fazer pontes – insistiu.

— Não – declarou deixando claro que não queria mais ouvir sobre o assunto.

Para não brigarem ela mudou de assunto e continuaram o passeio.

No dia seguinte Byeol foi chamada no escritório de seu empresário. Entrou na sala sorridente imaginando que teria novidades em sua carreira, mas seu sorriso murchou ao ver seus pais sentados com ele.

— Podemos conversar? – sua mãe disse.

— O que houve? – perguntou desconfiada de que houvessem descoberto sobre Dong-yul.

Tinha razão em desconfiar. Seu pai disse:

— Sabemos do seu caso com o aspirante a zé ninguém.

Ela ficou calada. Quis defender seu namorado, dizer que ele seria um grande diretor, mas as palavras ficaram presas em sua garganta. Não conseguia acreditar que ele poderia ir longe sem apoio de pessoas ricas e influentes como ele queria.

— Esse garoto vai ser sua ruina – sua mãe completou.

— Eu o amo – disse tão baixo que eles quase não ouviram.

— Ama? Vai continuar amando quando as portas se fecharem? Quando não puder mais cantar e precisar viver contando moedas ouvindo o choro de crianças?

— Isso não precisa acontecer. Eu tenho talento e meus pais tem dinheiro – argumentou.

— Muitas pessoas possuem talento. Isso não significa que serão estrelas. Muitos pais possuem dinheiro, mas dependendo de como usam não dura para sempre – o empresário refutou.

Os pais de Byeol ficaram em silêncio diante dessas palavras. Depois que ela começou a fazer sucesso eles começaram a fazer dívidas e estavam nas mãos dele.

A garota, alheia a isso, questionou:

— Você vai me expulsar se eu continuar o encontrando?

— Poderia, mas nem é necessário. Eu vou oferecer a ele a chance de estudar cinema onde ele quiser. Tenho certeza de que a carreira dele vem antes da sua.

Byeol duvidava que Dong-yul fosse aceitar qualquer coisa do seu empresário, mas ele era esperto; pretendia usar um órgão público como escudo para oferecer uma bolsa com estágio para o garoto. Com suas pesquisas já sabia que ele tinha se inscrito em vários concursos para conseguir. Só daria um empurrãozinho.

Dong-yul com um ramalhete de flores esperou ansioso no jardim para contar a novidade.

Enfim seu sonho estava mais próximo. Poderia dizer a sua amada para esperá-lo que voltaria como um grande diretor e poderiam ficar juntos sem esconder o relacionamento.

Ligou para ela várias vezes, mas sempre caia no correio de voz. Estava tão feliz que esperou por horas. Ao perceber que ela não viria foi até sua casa saber se aconteceu algo.

Viu que ela descia do carro de seu empresário e antes que pudesse anunciar sua presença ouviu seu nome na conversa e decidiu apenas ouvir.

O empresário dizia:

— Fiquei sabendo que Dong-yul conseguiu uma vaga para estudar no exterior.

— Isso não tem nada a ver comigo – Byeol o cortou. Descobriu naquela manhã que o namorado realmente partiria para tentar realizar seu sonho. Ela não conseguiu ficar feliz por ele. Em sua cabeça martelava as palavras: "a carreira dele vem antes da sua".

— Não estão mais em um relacionamento? Só disse para o caso de querer se despedir. Ele irá nos próximos dias.

— Já disse que não me importo – falou um pouco alto demais.

Ela tinha passado o dia inteiro recordando como foram os últimos meses desde que conheceu Dong-yul. Passavam os encontros discutindo se ela tinha ou não vergonha dele e sempre iam em lugares onde não havia ninguém. Ela via suas amigas saírem em capas de revistas com namorados famosos e sentia inveja. Decidiu que não lutaria mais. Se Dong-yul queria correr atrás do seu sonho ela também correria atrás dos seus. E em seus sonhos não cabia aspirantes a nada, apenas vencedores.

— Não precisa ficar brava – o empresário disse rindo. – Vamos entrar que seus pais disseram que queriam falar comigo sobre o show em Roma.

— Certo. Vamos falar da única coisa que é importante pra mim: minha carreira. Esse zé ninguém pode estudar até no inferno que isso não muda nada em minha vida. E prepare-se que em breve teremos que anunciar meu romance com JS – mencionou um famoso ator que sempre deixou claro seu interesse nela.

O empresário apenas riu e entrou acompanhado por ela.

De coração partido Dong-yul deixou as flores, já meio murchas, caírem ao chão e foi embora sem olhar para trás. Sentia-se decepcionado por a mulher que ama o desprezar por causa da sua condição financeira.

No meio da rua ele olhou para o céu e jurou:

— Um dia voltarei como um grande cineasta e essas pessoas vão se arrepender de como me trataram.

Pouco tempo depois da partida dele Byeol descobriu que estava grávida e com medo de fazer um aborto, por causa de experiências de outras garotas que conheceu, escondeu a gravidez com a ajuda do empresário. E com a ajuda dele conseguiu fazer o parto e se livrar da criança, voltando ao mundo da música sob a comemoração de fãs no mundo inteiro. Eles acreditavam que ela esteve doente durante os meses em que se afastou dos holofotes.

Enquanto isso Dong-yul, pouco tempo após começar os estudos em Los Angeles, já começa a trabalhar no cinema e ganha fama antes mesmo de se formar.

Depois de dirigir filmes famosos e ganhar vários prêmios ele se muda para o Brasil onde se casa com uma brasileira e tem duas filhas.

Se torna um dos diretores mais cotados do mundo cinematográfico por causa de sua sensibilidade e criatividade.

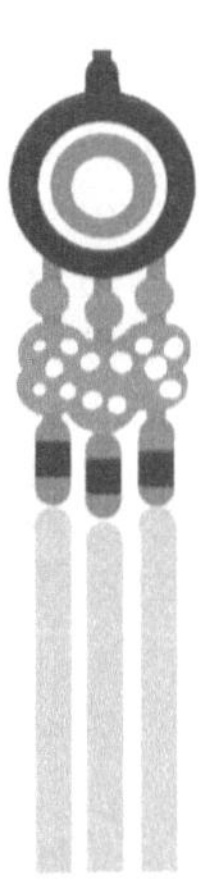

Nasce um fã perturbado

Sun Nan-hee com treze anos de idade e já no topo do mundo musical, liderando o grupo Princess Girls, se descuidou durante o ensaio e machucou a perna.

Ela aproveitou para ficar alguns dias afastada da agitação usando a desculpa de que precisava ficar no hospital.

No segundo dia uma enfermeira se aproximou empurrando uma cadeira de rodas.

— Pode ficar de olho nela enquanto busco um pouco de água? – pediu indicando a garotinha de aproximadamente oito anos na cadeira de rodas.

— Claro – ela olhou sua própria condição, mas achou que não seria tão difícil tomar conta da garota.

— Já volto. É que ela é muito curiosa e às vezes apronta se ficar sozinha cinco segundos – disse já andando em direção ao bebedouro.

A enfermeira mal saiu e a menina foi logo dizendo:

— Unnie[10], pode me levar ao jardim?

— Qual o seu nome? – Sun Nan-hee perguntou antes de responder o pedido dela.

— Meu irmão me chama de Nabi.[11]

---

10 Unnie: Irmã mais velha. Tratamento de menina para menina, da mais nova para a mais velha.
11 Nabi: significa borboleta.

— Borboleta, temos que esperar aqui – ela sorriu para a garota.

— Vou me comportar. Juro – ela juntou as duas mãos pálidas tentando demonstrar com o ato que era uma promessa.

A enfermeira estava vindo com a água. Assim que chegou ela entregou para a menina e agradeceu a Sun Nan-hee.

Sun Nan-hee viu o jeito que a menina olhava em direção a porta e não resistiu:

— Posso levá-la ao jardim?

— Ela sempre pede para ver as borboletas que aparecem nas flores – a enfermeira comentou. – Podem ir. Estarei por perto se precisarem. Basta apertar esse botão.

Mostrou um pequeno aparelho para ela.

Lá se foram as duas pilotando suas cadeiras de rodas.

— Eu sei quem é você – a menina disse logo que chegaram ao jardim. – É uma cantora, não é?

— Sou sim. Já ouviu alguma música do meu grupo?

Como resposta ela começou a cantar o trecho de uma música famosa.

— Sua voz é linda. Quando sairmos daqui vamos cantar juntas em um dueto. O que acha?

— Não vou sair daqui. Já ouvi as enfermeiras falando que morrerei em breve – disse triste.

Sun Nan-hee olhou para algumas enfermeiras ao longe. Sentiu raiva da falta de discrição delas. Não deviam dizer coisas tão cruéis perto de uma criança.

— Essas enfermeiras não sabem de nada – disse colocando língua na direção das mulheres.

Nabi riu, mas sua expressão voltou a ficar triste quando ela disse:

— Os meus ossos estão se desfazendo. Eu só quero que acabe logo para que me irmão possa viver novamente e para que a dor vá embora.

Sem saber o que dizer diante do sofrimento da garota, Sun Nan-hee pediu:

— Fale sobre o seu irmão. Como ele é?

— Ele é quase um pai para mim. Minha mãe me teve quando ele já estava com onze anos. Ela morreu por complicações no parto e meu pai não aguentou e morreu de tristeza.

As palavras dela traziam lágrimas aos olhos de Sun Nan-hee que se esforçou para espantá-las.

— Meu irmão teve que trabalhar ainda criança para nos sustentar. Agora ele tem que pagar o meu tratamento, por isso quase não o vejo.

— Seu irmão parece ser muito responsável e bom.

— É sim. Quando você o vir deve chamá-lo de oppa. Ele é muito bonito, principalmente quando sorri.

— Tem foto dele? Fiquei curiosa – aproveitou para manter o assunto.

— Tenho várias, mas estão no quarto. Quando voltarmos vou mostrar para você.

— Combinado. Vamos cantar juntas agora?

As meninas ficaram no jardim cantando, conversando e brincando em suas cadeiras de rodas por um longo tempo.

Quando voltaram para o quarto Nabi estava muito cansada para mostrar as fotos, então marcaram de se ver no dia seguinte. Mas, no dia seguinte, quando Sun Nan-hee foi até seu quarto ela estava no oxigênio e dopada de morfina.

Sun Nan-hee ouviu enfermeiras comentando:

"Ela ficou assim porque fez muito esforço com aquela cantora".

"Ela vai morrer a qualquer momento, em breve. É justo que seja feliz no pouco tempo que lhe resta."

"Verdade. Assim aquele pobre rapaz pode voltar a viver."

Elas estavam na porta do quarto da garota.

Sun Nan-hee passou por elas com uma expressão de raiva.

Elas se calaram na hora.

Só podem ser as mesmas enfermeiras que Nabi ouviu – pensou se afastando nas muletas que substituíram a cadeira de rodas.

Nos dias seguintes a menina permaneceu na mesma situação. E Sun Nan-hee foi liberada para terminar o tratamento com fisioterapia regular.

Mesmo depois de receber alta ela quis manter contato com a menina que conheceu no hospital. Ligava constantemente para saber do estado dela. Chegou até a falar com ela por telefone e marcou uma visita para conhecer o irmão dela pessoalmente ou por fotos, pois Nabi insistia em apresentá-los.

Sabia que era mais provável que só o veria por fotos, pois a menina já havia contado que ele a visitava apenas à noite depois de sair dos trabalhos que fazia para sustentá-los.

Desde que conheceu a cantora Nabi sempre falava sobre ela nas visitas do irmão.

— Ela não tem namorado, Oppa. Quem sabe vocês se gostam e seremos uma família? – disse sonhadora mesmo ciente de que seus dias estavam contados.

Ele percebia o quanto a breve amizade da irmã com a cantora fez bem para o ânimo dela.

Nabi contou para ele sobre o passeio no jardim e sobre o convite para cantarem juntas. No primeiro dia em que conversaram ela só dormiu depois contar tudo para ele e de dizer várias vezes o quanto Sun Nan-hee era boa e bonita.

Por ironia do destino todas as vezes em que ele esteve no hospital nunca esbarrou na cantora.

No dia marcado para a visita Sun Nan-hee chegou ao hospital com um ursinho de pelúcia e uma boneca. Estava em dúvida de qual dar, por isso escolheu os dois.

Entrou sorridente, mas seu sorriso desapareceu completamente quando foi informada que a menina morreu dois dias antes.

Triste ela deixou os presentes para a primeira criança que passou por ela.

De longe um rapaz olhava a cena. Depois que ela saiu ele se aproximou da atendente.

— Aquela que acabou de sair era a cantora?

— Sim. E ela veio ver sua irmã. Ficaram amigas aqui. Depois que saiu ela sempre ligava para saber da menina.

— Esqueci completamente que ela a visitaria. Depois vou procurar um jeito de me desculpar por não ter avisado sobre o ocorrido. Fiquei sem chão com a partida da minha Nabi.

Comovida a atendente falou:

— Não é política do hospital passar dados de terceiros, mas considerando a situação vou te passar o telefone dela. Você pode ligar se quiser. Realmente sinto que se a doença não houvesse levado a Nabi elas seriam grandes amigas.

— Também sinto isso.

A atendente passou o pequeno pedaço de papel com o número de telefone depois que ele assinou os papeis que veio assinar. Kyu-Bok agradeceu por tudo e partiu.

Apesar de tentar demonstrar força ele não superou a morte da irmã. Ao contrário ficou desesperado quando, mesmo com os tratamentos, ela morreu.

Em casa sozinho, ele não conseguia comer ou ter ânimo para trabalhar. Passava os dias deitado na cama da irmã olhando as borboletas pintadas no teto e lembrando da irmã sorrindo até mesmo quando sentia dores.

Se via constantemente olhando o número de telefone escrito no pedaço de papel.

Aos poucos a lucidez o deixava. Até que, ao ver um anúncio sobre o grupo Princess Girl, tudo clareou em sua mente e prometeu olhando para a imagem de Sun Nan-hee congelada na tela:

— Nabi, vou dedicar todo amor que você não pode usufruir para essa pessoa. Essa pessoa que foi tão boa com você.

Ele começou a acompanhar a vida e a carreira de Sun Nan-hee, mas aos poucos sua convicção em transferir o amor que seria da irmã se transformou em obsessão.

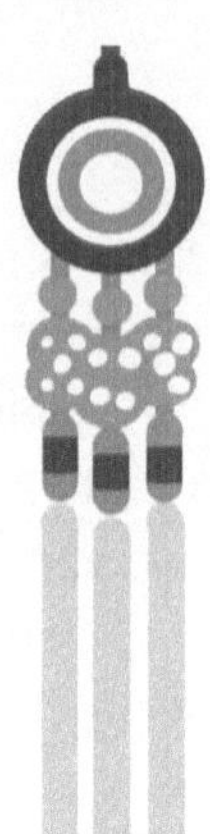

Uma amizade unilateral

— Onde está nossa princesa? – Kim Hyun Su perguntou para a esposa durante o chá.

— Posso apostar que ela está com o filho do motorista – Cha Yang Mi respondeu tranquilamente.

— É bom que esteja na casa deles. Daqui a pouco meu irmão vai chegar e não gosto que ele fique perto da minha filha.

— Devia recebê-lo só no escritório, pois ele sempre menciona as origens dela nas conversas.

— Eu sei. Hoje vai ser a última vez que ele entra nessa casa se falar qualquer coisa sobre isso.

Continuaram conversando sobre o inconveniente irmão de Kim Hyun Su enquanto tomavam chá. O fato de a filha de doze anos estar na casa do motorista e amigo da família Yeon Sang Joo, os deixavam tranquilos. Queriam que ela não perdesse os prazeres da infância por começar uma carreira tão jovem.

A menina havia participado de um concurso apenas para se divertir, mas a plateia e os jurados gostaram tanto que ela acabou entrando para o mundo da música liderando um grupo de cinco garotas chamado Princess Girl.

Os pais permitiram que ela participasse desde que estivesse feliz.

Logo o grupo era um grande sucesso.

Como os pais suspeitavam Sun Nan-hee estava na varanda da casa de Yeon Sang Joo rodeada de brinquedos. Ela e Han-gil cresciam juntos e tinham uma amizade invejável.

Han-gil era um ano mais velho que ela.

Brincavam de guerra usando pequenos bonecos trajados como soldados.

— Agora que você ficou famosa já pensou em como vai fazer com a empresa do seu pai? – ele perguntou depois de atacar um pequeno vilarejo.

— Meu pai cuida dela. Não me vejo presa em um escritório – respondeu arrumando alguns canhões.

— Mas você é a única filha dele. Devia pensar em ajudá-lo. Considerar que se ele um dia ficar doente ou precisar de ajuda só terá você.

Pensativa ela respondeu:

— Não quero que meu pai fique doente nem envelheça.

— São coisas naturais. Precisa pensar nisso, pois seria muito triste se ele perdesse o que conquistou durante toda vida.

— Quer saber? Eu me caso e meu marido toma conta disso – disse com expressão que não demonstrava brincadeira. – Só que meu marido tem que ser você, irmão mais velho.

— Me chamar de irmão na mesma frase em que diz que devemos casar é no mínimo estranho.

— Eu prefiro assim. Nunca ouviu falar em casamentos por conveniência? Não consigo pensar em ninguém mais indicado que você para cuidar dos negócios de papai caso ele não encontre meu irmão perdido.

— Por que acha isso?

Conversavam enquanto moviam seus soldados em uma guerra imaginária.

— Porque uma vez papai me disse isso. Ele falou que seríamos um ótimo casal e que você poderia fazer muito pela empresa – lembrou-se de que vez ou outra o pai elogiava o garoto.

Han-gil sorriu orgulhoso.

— Então está combinado. Quando fizermos vinte e cinco anos nos casaremos e eu ajudarei seu pai enquanto você continua sua carreira.

— Combinado – apertaram as mãos e continuaram conversando sobre como seria o futuro deles até que Sun Nan-hee teve que retornar para a casa dela.

Ao chegar em casa ela não encontrou os pais. Procurou por eles até ouvir vozes exaltadas vindo da biblioteca.

— Esse idiota está aqui – resmungou se referindo ao tio que sempre falava gritando.

Movida pela curiosidade se aproximou devagar para ouvir melhor a conversa. Foi quando seu mundo desabou.

Ouviu o tio dizer:

— Quando você vai dizer para aquela garota que ela foi achada no lixo? Já estou cansado de ter que medir as palavras quando venho aqui.

— Ela não foi achada no lixo. E você não vai mais precisar medir as palavras, pois não permitirei que volte a minha casa.

— Vai cortar relações comigo por uma garota que nem sua filha é?

— Por favor, se retire.

Ele abriu a porta para expulsar o irmão e deu de cara com a filha com uma expressão de incredulidade no rosto.

Ela olhou de um para o outro e correu para o quarto chorando. A expressão do seu pai deixava claro que realmente não era filha dele.

Seus pais, sem saída, contaram toda verdade sobre a adoção.

Sun Nan-hee ficou dias sem sair do quarto. Abandonou compromissos com o grupo, escola e amigos.

Quando se sentiu com forças para sair do quarto ela foi procurar seu melhor amigo. Durante o tempo em que esteve isolada havia tentado ligar e mandar mensagens para ele, mas não teve retorno.

Foi quando ouviu outra conversa que a deixou devastada.

Han-gil estava sendo reprendido pelo pai.

— Você devia ir visitar sua amiga. Ela está sofrendo – Yeon Sang Joo disse.

— Por que? Não ganho nada com isso – ele respondeu friamente.

— Porque ela é sua amiga, ora essa.

— Pai, eu não pretendo ser um empregadinho como você. Se investi nessa garota foi na esperança de que ela seria uma ponte para eu ficar à frente da Dreans – revelou suas verdadeiras intenções friamente.

Mesmo sabendo que a garota ainda seria rica ele queria estar à frente de uma grande empresa, não ser bancado por uma celebridade. Queria ser considerado importante, não bichinho de estimação.

— Você tem vergonha de ser meu filho?

— Claro que tenho. O senhor me deixa cercado de pessoas que tem tudo. O que achou que aconteceria? Que eu viraria empregado de algum deles?

Yeon Sang Joo estava perplexo com a frieza e ambição do filho, mas sabia de onde vinha. O garoto herdou a personalidade da mãe que vivia reclamando por ele não passar de um motorista.

— Nem sei o que dizer.

— Diga que ele não precisa se preocupar, pois existem muitas outras pessoas que ele pode usar como ponte – Sun Nan-hee entrou com o rosto banhado em lágrimas e uma voz repleta de decepção.

Pai e filho olharam para ela surpresos, mas antes que esboçassem qualquer reação ela saiu correndo se trancando novamente no quarto.

A partir desse momento ela passou a agir com frieza com todos que se aproximavam, exceto seus pais.

Para não acabar com a amizade que o pai tinha com Yeon Sang Joo ela exigiu que o motorista não contasse nada sobre o ocorrido.

Quando alguém perguntava porque ela se afastou de Han--gil ela simplesmente respondia que não tinha tempo para pessoas sem importância.

Muito tempo depois Han-gil percebeu que cometeu um erro, pois ainda que não fosse filha biológica ela podia herdar tudo se o filho perdido não aparecesse. E mesmo que aparecesse ela ainda poderia herdar, pois os pais de criação sempre demostraram amá-la como a uma filha.

Revoltado com a burrice que cometeu ele guardou a inútil esperança de que quando fizessem vinte e cinco anos se casariam como combinaram.

Sun Nan-hee só voltou a confiar em alguém depois que conheceu a quase suicida Kim Min Soo. Reconheceu nos olhos da garota a tristeza de alguém perdido. Era um terreno que ela conhecia, então não demorou para se tornarem amigas.

Alguns lugares citados

Pohang: Cidade sul-coreana da província de Gyeongsang do Norte. É o principal porto marítimo na região de Daegu--Gyeongbuk.

N.Grill: Restaurante localizado na Namsan Tower que proporciona uma vista espetacular.

Namsan Tower: A N Seoul Tower, mais conhecida como Namsan Tower ou Seoul Tower, é uma torre de comunicação e observação. Ela está localizada no centro de Seul no monte Namsan. O observatório da torre possui janelas grandes de vidro que circundam ela inteira possibilitando quase a vista da cidade inteira.

Naksan Park: Localizado no centro de Seul, este parque histórico e bonito permite aos visitantes ver a magnificência de toda a cidade.

Mão da Harmonia: Escultura de bronze de um enorme braço saindo da água. Localizada na Praia Homigot.

Seoul Arts Center: O Seoul Arts Center é o complexo de arte representativa da Coreia. É composto pela Ópera, Sala de Concertos, Galeria de Arte, Museu de Caligrafia e Teatro Performance. O Centro de Artes de Seul é famoso pelo seu espaço livre e relaxante ao ar livre.

Palácio Changdeokgung: Classificado como Patrimônio Mundial pela sua importância histórica, simplicidade e sutileza, é um excelente exemplo da arquitetura de palácio e design de jardim da Ásia Oriental, excepcional pela maneira como os prédios estão integrados e harmonizados com o ambiente natural, adaptando-se à topografia e a cobertura arbórea nativa. É onde se encontra o Jardim Secreto de Huwon. Atualmente permite visita guiadas para o visitante saber tudo sobre a história dessa antiga construção.

Conheça mais da
The Books Editora, visite-nos

www.thebookseditora.com.br

Entre em contato conosco:

thebookseditora@gmail.com

 https://www.facebook.com/thebookseditora/

 Se você tem um Smartphone use o leitor de QR Code e descubra um mundo de novidades da The Books Editora.